Размазня❤
4
가끔씩 툭하고
러시아어로 부끄러워하는
옆자리의 아랴 양
Иногда Аля внезапно кокетничает по-русски

"좀 과했군요.
죄송합니다."
"섹시하지? 안 그래?"
키미시마 아야노
스오우 유키

"나, 헤엄 못 쳐~."
마리야 미하일로브나 쿠죠

"좋아…….
그럼, 이만
돌아가자."

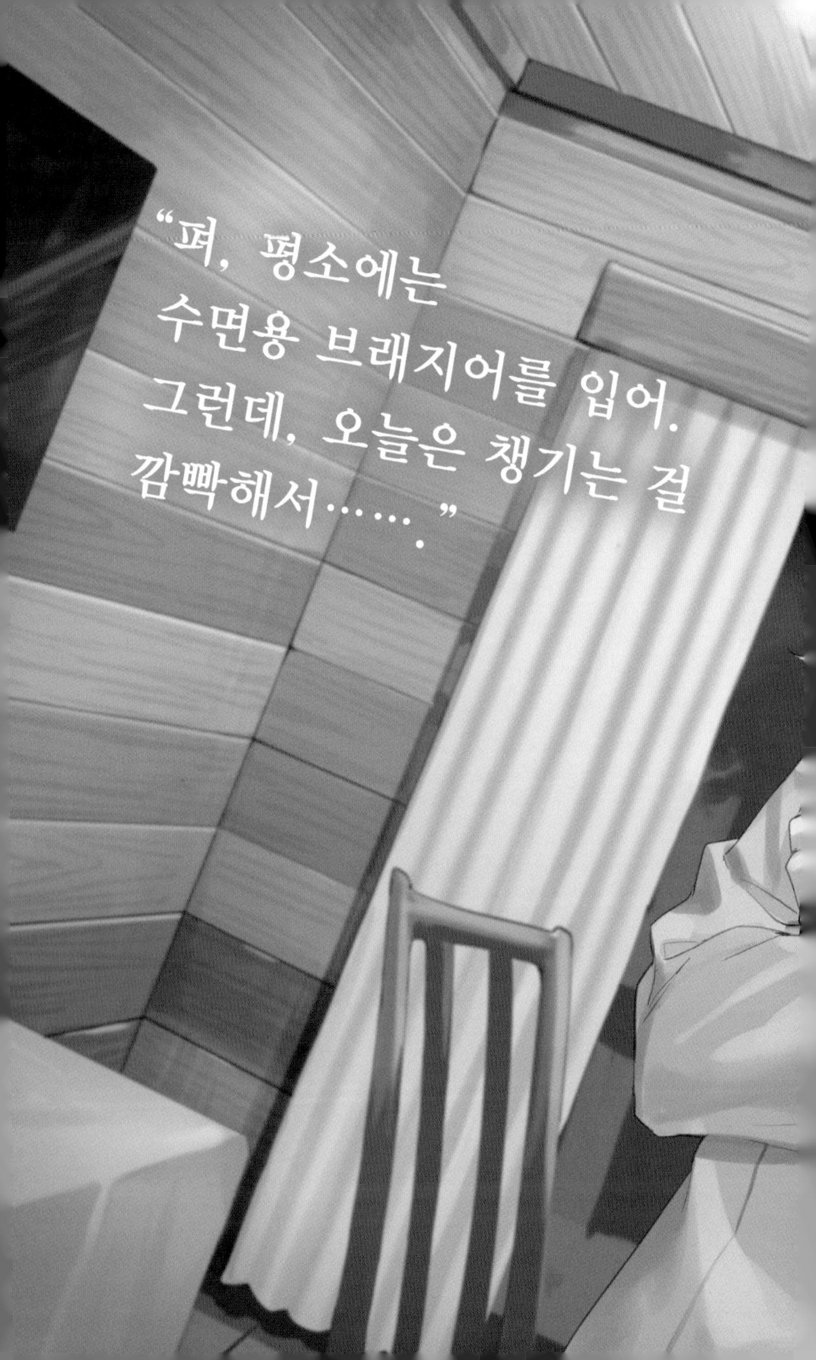
"펴, 평소에는
수면용 브래지어를 입어.
그런데, 오늘은 챙기는 걸
깜빡해서……."

목차

가끔씩 툭하고 러시아어로 부끄러워하는 옆자리의 아랴 양 4

SUN SUN SUN 지음
모모코 일러스트
이승원 옮김

프롤로그 잊고 싶은 과거

"뇌와 몸이 크게 성장하는 유소년기를, 그저 놀면서 보내는 건 어리석은 짓이다. 사교성은 나중에도 익힐 수 있지. 그러니 이 시기에 재능을 최대한 늘리는 것이 중요해. 대다수의 어리석은 범골들은 성장이 멈추는 어른이 되어서 그 점을 깨닫지. 그러나 그때는 이미 늦었다. 내 말 알겠느냐? 마사치카."

조부는 입버릇처럼 이런 말을 자주 했다. 얼마든지 성장할 수 있는 이 시기는 귀중하니, 헛되이 하지 마라. 지금 노력해두면, 나이를 먹고 나서 괜한 고생을 하지 않아도 된다는 말이다.

"최고의 환경, 최고의 교사를 준비해주마. 너에게는 재능이 있다. 누구보다도 뛰어난, 흔치 않은 재능 말이다. 네 재능을 꽃피우기 위해서라면, 나는 그 어떤 노력도 아끼지 않겠다."

그 말은 거짓말이 아니었다. 공부에서도, 예술에서도, 무도에서도, 가르침을 받으면 받을수록 자신이 쑥쑥 성장한다는 것을 알았다. 교사와 가족에게도 칭찬을 받자, 그런 자신이 자랑스러웠다.

"이봐, 스오우. 너도 우리 집에 올래?"

"관둬. 어차피 올 리가 없다고."

어쩔 수 없잖아. 오늘은 피아노를 배우는 날이야. 텔레비전 게임? 그런 걸 잘하게 되어봤자 아무짝에도 쓸모가 없거든?

나는 너희와 달라. 재능을 지닌 인간은 노력해야만 해. 재능의 한계가 보일 때까지, 쭉 노력해야만 하는 거야. 할아버지의 기대에 부응해야만 해.

"벌써 이만큼이나 영어로 말할 수 있게 됐구나! 마사치카는 대단해."

고마워. 하지만 아직 멀었어, 어머니. 나는 더 잘할 수 있어. 더 능숙하게 영어로 말할 수 있게 될 테니까, 그때 가서 실컷 칭찬해줘. 어머니.

"미안해, 오라버니. 내가 항상 누워있기만 하니까, 오라버니가 이렇게 고생하는 거지?"

무슨 소리를 하는 거야, 유키. 몸이 약한 건 어쩔 수 없는 일이잖아? 괜찮아. 내가 유키 몫까지 힘낼게. 내가 어엿하게 스오우 가문을 이어받을 테니까, 유키는 아무것도 신경 쓰지 마.

"괜찮니, 마사치카. 온종일 공부만 하느라 힘들지 않아? 어린이답게 놀아도 된단다."

놀아? 아까까지 유키, 아야노와 함께 트럼프를 하면서 놀았어. 아버지. 한 시간이나 놀았으니까 다시 공부를 시작해야 해.

요즘 들어 어머니의 미소가 딱딱해졌어. 억지로 나를 칭찬하는 느낌이 들어. 어머니가 무리하지 않도록, 더욱 노력해야만 해.

"어머나, 가라테 검은 띠를 땄어? 대단해."

역시 무리하고 계셔. 실은 만족하지 않으신 거야. 마음속으로는 그렇게 생각하지 않으니까, 본심을 들키지 않으려고 눈을 돌리는 거지?

미안해, 어머니. 어머니가 거짓말을 하지 않아도 되도록, 더욱 노력할게. 어머니가 진심으로 칭찬해줄 수 있도록, 더 열심히 하겠어.

"마사치카 님? 이제 그만 쉬시는 편이……."

괜찮아, 아야노. 아직 한계가 보이지 않아. 그러니 더 노력해야만 해.

그것보다, 유키를 살펴봐 줘. 나는 괜찮으니까, 유키를 신경 써줬으면 해.

"너 말이야. 우리를 무시하는 거지?"

"부자라고 건방 떨지 말라고."

시끄러워. 짜증 나니까 방해하지 마. 괜히 시비 걸지 마. 나 좀 내버려 두라고!

"스오우 군, 친구와 좀 사이좋게 지내는 게 어떻겠니?"

선생님까지 괜한 참견하지 마. 그런 녀석들은 친구가 아냐. 남을 방해하며 발목을 잡는 것밖에 못 하는 쓰레기라고.

그런 녀석들을 신경 쓸 여유는 없어. 마음 같아서는 학교에도 가고 싶지 않아. 시간이 없단 말이야. 더 노력해야만, 어머니가 진심으로 웃어줄 거야!

"야, 학교 오지 마."

"동감이야. 왜 오는 건지 모르겠어."

시끄러워, 망할 꼬맹이들아. 내 동생은 학교에 가고 싶어도 갈 수 없어.

운동을 조금만 해도 기침이 멎지 않아. 학교는 물론이고, 집 밖에 나가기조차 어려워.

『소아 천식이군요. 증상이 꽤 심각합니다. 환경과 기온의 변화는 물론이고, 감정의 변화에 의해서도 증상이 나타날 가능성이 있으니 조심하십시오.』

믿어져? 유키는 화를 낼 수도, 울 수도, 소리 내어 웃을 수도 없어. 몸의 자유만이 아니라, 마음의 자유마저 질병한테 빼앗긴 거야.

그런데도 우는소리를 하지 않아. 더는 폐를 끼치지 않으려고, 억지로 미소를 지어.

누가 너희와 같이 지내고 싶을 것 같아? 마음 같아서는 유키의 곁에 있어 주고 싶어. 하지만 유키가 신경을 쓸 테니까…… 유키를 생각해서라도, 학교를 빼먹을 수는 없는 거야!

"또 일이야?! 당신, 요즘 집에 돌아오지를 않잖아!"

"미안해. 나도 가족과 함께 지내고 싶지만……."

"하아, 정말! 당신은 항상 이런 식이야! 사과하면 다 해결된다고 생각하지?!"

왜…… 어째서, 어머니가 저렇게 화를 내는 걸까? 그만해. 예전처럼 웃어줘.

나, 더 힘낼게. 그러니까 아버지에게 화를 내지 마. 맞아. 어머니가 좋아한다고 말했던 그 곡을 연주하자. 분명 쇼팽의…… 뭐였지? 엄청 어려운 곡이지만, 열심히 연습해보는 거야.

내가 그걸 칠 수 있게 된다면, 어머니도 분명…….

"이제, 그만해!!"

분명…… 기뻐해 줄 거라고 생각했어.

왜, 어째서! 나는 이제까지 노력해왔어! 놀 시간이 없을 정도로 공부를 해도, 학교에서 건방지다고 괴롭힘을 당해도, 전혀 괴롭지 않았어! 어머니가 칭찬해준다면, 유키가 나를 계속 따라준다면…….

왜 내 노력을 인정해주지 않는 거야! 더 칭찬해줘! 상냥하게 머리를 쓰다듬어줘! 예전처럼 말이야!

"유미…… 네 어머니는 신경 쓰지 말거라. 너는 지금처럼,

학업에 힘쓰면 된다."

지금처럼? 앞으로도…… 계속 노력하라는 거야? 무리야……. 왜, 왜, 내 괴로움을 이해해주지 않는 거야!

괴로워. 괴롭단 말이야. 할아버지의 기대 때문에 괴로워. 어머니와 함께 있는 게 괴로워. 유키와, 아야노의 순수한 눈동자를 볼 때마다…… 괴로워. 이제 싫어. 이제…… 이 집에, 있고 싶지 않아.

"뭐야, 스오우. 안 돌아가는 거야~?"

"이봐, 농땡이 부리는 거야~? 과외받으러 가야 하잖아~?"

시끄러워……. 정말 시끄러운 녀석들이야. 항상, 항상, 항상, 항상…… 확, 입 다물게 만들— 아냐, 안 돼. 이 녀석들은 내가 상대해줄 가치가 없어. 무시하자. 무시해야…….

"쳇, 재미없어. 되게 잘난 척하네."

"이 녀석보다는 동생 쪽이 훨씬 놀리는 맛이 있다니깐."

"동생?"

"그래~. 요즘은 학교에 안 나오지만 말이야~."

무시하자, 무시…….

"그쪽도 부잣집 아가씨 행세를 하니까 열받지 뭐야~. 그래서 필통을 확 빼앗았더니, 『돌려줘, 돌려줘~』 하더라니깐. 그러다 갑자기 픽 쓰러져 버리더라고~."

"뭐야~. 부자면서 완전 약골이네~."

"자기 방에서 폼 잡으며 피아노나 치고 있을걸~?"

"아하하하하하!"

무, 시……!!

…………………………….

"어서 오렴, 마사치카. 오랜만이구나~."

"오오. 왔구나, 마사치카! 들었단다. 동급생 남자애 넷을 두들겨 팼다면서? 잘했다! 그래야 남자지!"

"아니, 여보. 잘했다고 하면 어떻게 해요."

"설교는 충분히 들었지? 게다가 마사치카가 이유도 없이 주먹을 휘둘렀을 리가 없거든. 남자가 주먹을 휘두르는 건, 양보할 수 없는 무언가를 위해서란다. 안 그러니? 마사치카."

"정말……. 아무튼 얼마든지 우리 집에 있어도 된단다, 마사치카."

"확 이 할아버지 집에서 사는 건 어떠냐? 맞아. 내 러시아 컬렉션을 보여주마!"

……왜, 불쑥 칭찬해주는 거지? 모르겠어……. 스오우 가문과 너무 달라서, 혼란스러워.

"벌써 러시아어를 알아듣게 된 거냐? 역시 쿄타로의 아들이구나."

딱히 어렵지는 않아. 이런 걸로 칭찬받아도 전혀 기쁘지 않아. 내가 칭찬받고 싶은 사람은…… 그 사람을 대신할 수 있는 이는, 없어. 다른 사람에게 칭찬받아도 공허할 뿐이야.

【어, 러시아어를 할 줄 알아? 대단해!】

공허해. 공허할 뿐…….

【우와, 진짜로 뭐든 다 할 줄 아네! 멋져!】

그런 거…… 나는…….

【피아노 칠 줄 알아? 듣고 싶어! 저기, 다음에 들려주지 않을래? 약속이야!】

대신할 수, 있는 이는…….

【마사아치카!】

…………………………….

제 1 화 복부 페티시즘 같은 건 들어본 적 없다

"오빠, 일어나~."

희미한 매미 울음소리와 에어컨 소리 말고는 아무것도 들리지 않는, 조용하고 어둑어둑한 방. 그 차분한 분위기가, 한 소녀의 달콤한 속삭임에 뒤흔들렸다.

하지만 그 속삭임의 대상인 소년은 눈을 감은 채 미간을 살짝 찌푸리더니, 침대 위에서 몸을 꿈틀거릴 뿐이었다.

"안 일어나면…… 확 뽀뽀해버린다~?"

소녀는 그 반응에 짜증을 내기보단, 희미한 웃음기가 담긴 달콤한 목소리로 그렇게 말했다.

하지만, 소년은 일어날 기색이 없었다. 그러자 소녀는 입가에 머금은 옅은 미소를…… 장난기 섞인 미소로 바꾸면서, 진심으로 즐거워하는 듯한 어조로 외쳤다.

"자, 시간 종료! 그럼, 덥석~."

"아야야얏?!"

갑자기 목덜미에서 날카로운 통증이 느껴지자, 소년—쿠제 마사치카는 참다못해 벌떡 몸을 일으켰다.

"아, 일어났네."

“일어났네, 는 무슨! 갑자기 뭐하는 거야!”

목덜미를 감싸 쥐며 상체를 일으킨 마사치카는 침대 옆에 앉아있는 소녀— 그의 친동생인 스오우 유키를 노려보았다. 하지만 유키는 전혀 겁먹지 않더니, 히죽히죽 웃으면서 놀리듯 말했다.

“방금 내가 말했잖아. 안 일어나면 뽀뽀해버릴 거라고 말이야.”

“못 들었거든? 그리고 방금 그게 무슨 뽀뽀냐고.”

“모르나 보네. 물어뜯는 듯한 열렬한 뽀뽀거든?”

“『듯한』은 무슨. 진짜로 깨물었잖아.”

마사치카가 그야말로 물어뜯는 것처럼 쏘아붙이자, 유키는 뜻밖이라는 듯 한쪽 눈을 치켜뜨며 말했다.

“뭐야. 그렇게 평범한 뽀뽀를 받고 싶었던 거야? 어쩔 수 없네……. 아, 막 일어난 직후의 입 안은 더러우니까, 우선 양치질부터 해줄래?”

“대체 얼마나 격렬한 뽀뽀를 하려는 거야. 됐다고.”

“무리하지 마. 어릴 적에는 장난삼아 뽀뽀를 실컷 했던 사이잖아.”

“그런 기억 없거든?”

“너무하네. 나와 했던 키스를 잊은 거야? 어쩔 수 없지……. 생각나게 해주겠어.”

유키는 목덜미의 단추를 풀……려다, 옷에 단추가 없었

기에 티셔츠의 목덜미 부분을 손가락으로 만지작거리면서 침대에 들어오려 했다. 마치 자아도취형 짐승남 같은 미소를 머금으며 다가오는 여동생을 본 마사치카는…….

"아니, 다가오지 말라고."

"우읍."

동그랗게 뭉친 여름용 이불을 그녀의 안면을 향해 휘둘렀다. 그러자 유키는 억눌린 신음을 흘리며 침대에서 떨어졌다. 그러자 이번에는 이불로 몸을 감싸더니, 가장자리로 입가를 가리면서 우는 시늉을 했다.

"너무해! 내 첫 키스를 빼앗았으면서……!"

"……백번 양보해서 그런 사실이 있더라도, 빼앗긴 사람은 100퍼센트 네가 아니라 나일걸?"

나쁜 남자에게 버림받은 듯한 비참한 분위기에 감싸인 유키를, 마사치카는 도끼눈으로 노려보았다. 하지만 유키는 전혀 주눅 들지 않으며 연기를 이어갔다.

"그렇게 나를 나쁜 애로 만드는 거구나……. 남자는, 항상 제멋대로라니깐."

"너, 그런 소리를 할 만큼 남자를 잘 알지는 않잖아."

"맞아. 나는 너뿐…… 너뿐이란 말이야!"

"짜증 나~."

"하지만…… 너는, 나뿐이 아니구나……."

"아니, 대체 무슨 소리를 하는 거야?"

마사치카가 질린 표정을 짓자, 유키는 날카롭게 노려보았다. 느닷없이 째려보는 시선이 자신을 향하자, 마사치카도 무심코 움찔했다.

"시치미 떼려는 거야?! 나, 알고 있거든?! 네가 나 말고 다른 여자를 이 집에 데려왔다는 걸 말이야!!"

"윽!"

마사치카는 찔리는 구석이 있는 탓에 그 말을 듣고 뜨끔했다.

(어떻게 알……?! 아, 이건 떠보는 거야. 이 녀석이 알 리가 없어. 동요한 티를 내면 안 돼!)

순식간에 그렇게 판단한 마사치카는 동요한 마음을 억누르며 질린 표정을 지었다.

"저기, 대체 언제까지 하려는 거야?"

"말 돌리는 거구나?!"

"아니, 그런 건 아닌데……."

"그럼 이건 뭐야!!"

유키는 그렇게 외치며 손을 내밀었다. 그녀의 엄지와 검지 사이에…… 커튼 사이로 스며드는 햇빛을 받아 찬란히 빛나는, 새하얀 머리카락 한 올이 끼어 있었다.

마사치카의 등에서 식은땀이 뿜어져 나왔다.

"다른 여자의 머리카락이잖아……. 아까, 베갯머리에서 발견했어! 나 말고 다른 여자를 침대로 끌어들여서 무슨 짓을 한 거야, 이 변태!"

"아니…… 네가 거짓말하는 거잖아! 이 방에는 들인 적이 없다고!"

"흐음~, 그럼 이 집에 들인 건 인정하는 거네?"

"어?"

유키가 갑자기 연기를 멈추며 뜨뜻미지근한 눈길로 쳐다보자, 마사치카는 얼이 나갔다. 그런 유키는 그를 바보 취급하는 듯한 미소를 머금으면서 손에 쥔 머리카락을 쑥 내밀었다.

"잘 봐……. 이건 할아버님의 백발이야!"

"앗?!"

"아하하! 걸려들었네~! 이걸로 방학식 날의 빚은 갚아줬다고!"

유키가 의기양양하게 웃자, 마사치카는 인상을 찡그리면서 반론을 늘어놨다.

"빚은 무슨……. 먼저 덤벼든 건 너잖아. 아랴 상대로 악랄한 정신 공격을 하고, 나한테 약까지 먹인 녀석이 무슨 소리를 하는 건데?"

"그야 승부는 승부거든~. 상대가 누구든 봐줄 수 없지 않겠어? 게다가……."

"게다가?"

바로 그때, 유키는 갑자기 진지한 표정을 지으면서 침대 옆에서 무릎을 모으고 단정히 앉았다. 마사치카도 덩달아 자세를 바르게 고쳤다.

"사실 나는 요즘 들어 어떤 사실을 깨닫고 말았어."

"뭔데?"

"그건 바로……."

유키는 심각한 목소리로 그렇게 말하면서, 먼 곳을 쳐다보는 듯한 눈길을 머금었다.

"어쩌면…… 나는, 악역 영애일지도 몰라."

"……좋아. 일단 이야기를 끝까지 들어보도록 할까."

마사치카는 갑자기 맥이 풀리는 느낌을 받았지만, 이야기를 재촉했다.

"객관적으로 생각해봐……. 나는 우리 학교에서도 숙녀의 귀감이라 불리는 명가의 영애야. 게다가 아야노라는 메이드도 있어."

"응."

"한편 아랴 양은 평민 출신이자 외부에서 온 전학생이지. 학력은 뛰어나지만, 학생들은 그녀를 약간 멀리해."

"……뭐, 그렇지."

"그리고, 그런 나와 아랴 양이, 선거전이라는 무대에서 싸우고 있어."

"……흐음."

거기까지 말한 유키는 한쪽 눈을 치켜뜨며 마사치카를

쳐다봤다.

"……."

"……아니, 『이해되지?』 하고 말하는 듯한 표정으로 쳐다봐도 모르겠거든?"

"이런 위치 관계로 본다면, 나는 완전 악역 영애 아냐?"

"……뭐, 이해는 되네."

"이대로 순조롭게 일이 진행되면, 나는 내년 3월 졸업식에서 선거전 때의 부정행위를 오빠에게 폭로 당하면서 절연 선언을 받고 학교에서 추방당할 거야."

"아하, 나는 멍청한 왕자 포지션이구나."

"그리고 스오우 가문에서도 쫓겨나면서, 아야노와 단둘이 빈털터리로 길바닥에 나앉겠지."

"아, 그래도 아야노는 데려가는구나."

"그러다 옆 마을 테이오 학원의 하치오지 학생회장에게 스카우트되면서, 나는 테이오 학원의 부회장이 돼."

"무슨 학원의 무슨 학생회장이라고?"

"그리고 하치오지 선배와 손을 잡은 내가, 세이레이 학원을 흡수 합병하는 거야!"

"아니, 학생회에 그런 권력이 있어? 그리고 나와 아랴는 어떻게 되는데?"

"응? 패전한 학교의 대표로서 처형되는 거야."

"너무 인정미 없어서 개그네."

"하지만! 악은 사라지지 않았다! 그래. 이 모든 일은 아야노가 몰래 꾸민 거야!"

"뭐, 뭐라고~?!"

"그리고 거기서부터! 제2장, 『키미시마 가문의 반역』의 막이 올라! 일본 전체를 휘말리게 하는 거대한 음모가 펼쳐지는 거지~!"

"완전 막장 전개네."

"그리하여, 나는 악역 영애답게 온갖 수를 다 동원하며 선거전을 치르기로 결심한 거야!"

"와아~ 짝짝짝짝~."

마사치카가 교과서 읽는 말투로 그렇게 말하며 손뼉을 치자, 천장을 향해 주먹을 치켜들고 있던 유키는 의미심장한 눈길을 그에게 보냈다.

"뭐, 농담은 그만하고…… 내 책략 덕분에 아야노에게 간병을 받았으니까, 이득 아냐?"

"의미심장한 발언하지 마. 딱히 이상한 짓은 안 했다고."

"맞아. 그런 미소녀가 등을 씻겨주거나 한 침대에서 같이 자주겠다고 하는데 전부 거절하다니, 진짜로 남자 맞아~?"

"나, 왜 비난받는 거지? 신사적이라며 칭찬 들어도 이상할 게 없지 않아?"

"차려진 밥상을 안 먹는 건 남자의 수치거든……. 게다가 아야노는 노출도가 상당한 여름 메이드복을 입었잖아? 목덜미의 리본 아래로 손을 쑥 집어넣을 수 있는 멋진 디자인이거든?"

"……집어넣은 적 있는 거야?"

"당연히 있지. 참 따뜻하고 부드러워서 최고였어~."

유키가 당당한 표정으로 성희롱을 고백하자, 마사치카는 차가운 눈길로 쳐다봤다. 하지만 유키는 그 시선을 개의치 않으며「이런이런」하고 말하듯 고개를 저었다.

"열이 나서 정상적인 판단을 내리지 못했다고 하는, 더할 나위 없는 면죄부도 있었는데…… 감기는 남에게 옮기면 낫는다는 수수께끼 이론과 치료라는 명목으로 밀착 접촉을 할 절호의 기회였는데…… 가슴도 주무르지 않았다니, 자네에게 실망했네~."

"너의 그 발언에 실망했거든?"

"……그렇게 생각했지만 말이야~? 설마 아랴 양을 집으로 불렀을 줄은 몰랐어~. 자네도 꽤 하는구먼~."

여동생이 갑자기 히죽거리며 슬그머니 다가오자, 마사치카는 거북하다는 듯 시선을 돌렸다.

"……딱히 별일 없었다고~."

"에이~ 한창때의 남녀가 한 지붕 아래에 있었어. 게다가 가족도 집에 없었거든? 그 상황에서 아무 일도 안 일어날 리가 없잖아."

"아니, 진짜로 아무 일도 없었어. 그저……."

"그저?"

"그저…… 여름 방학 숙제를 했을 뿐이야……."

"어?"

마사치카가 그렇게 말하자, 유키는 갑자기 진지한 표정을 지으면서 앞으로 내밀고 있던 몸을 뒤편으로 뺐다. 그리고, 눈도 깜빡이지 않으며 고개를 갸웃거렸다.

"……숙제했어? 아랴 양을 일부러 집에 불러서 말이야?"

"……그래."

"여름 방학에? 세상의 수많은 학생이 청춘을 구가하는, 고등학교 1학년 여름 방학에?"

"……그래."

"……반응을 보아하니, 한 번만 한 게 아닌가 보네."

"……세 번쯤, 했어."

"야, 이 망할 자식아~."

유키가 진지한 표정으로 독설을 퍼붓자, 마사치카는 반론도 못 하며 고개를 돌렸다. 아니…… 솔직히 말하면, 나도 좀 그렇다는 생각이 들기는 했다. 방학식을 마치고 하교하는 길에 아리사와 여름 방학 때 만나자는 약속을 하긴 했지만, 만날 구실이 생각나지 않아서…… 그렇다고 구실에 집착하다 이 기회를 그냥 놓치는 미래가 눈앞에 어른거렸고, 아리사가 먼저 제안하는 것을 기대하기도 어려웠기에…… 고민하고 또 고민한 끝에 내놓은 아이디어가 「같이 여름 방학 숙제 안 할래?」였다.

그 후로 사흘 동안, 두 사람은 마사치카의 집에서 묵묵히 숙제만 했다. 딱히 러브 코미디 느낌의 이벤트는 발생하지 않았다. 덕분에 여름 방학 숙제는 엄청난 속도로 하고 있지만, 한편으로 아리사의 태도는 날이 갈수록 딱딱해지는 것처럼 느껴지는 것은 과연 기분 탓일까.

"믿기지 않아……. 게다가 방에 들이지 않았다는 건, 거실에서 공부했다는 거지?"

"……그래."

마사치카가 어중간하게 고개를 끄덕이자, 유키는 눈을 치켜뜨며 침대를 손바닥으로 때렸다.

"이 바보야! 집에서의 공부 모임 이벤트는 자기 방에 탁자를 깔고 거기 앉아서 하는 게 철칙이라고!!"

"아니, 그건 집에 부모님이 있다는 전제하에서……."

"없더라도 방에 들여야 할 거 아냐! 그리고, 아랴 양이 몸을 앞으로 숙인 순간에 가슴이 언뜻 보여서 심장이 벌렁거리거나, 엎드린 순간의 엉덩이 라인에 두 다리 사이가 뜨거워져야 하는 법이라고!"

"두 다리 사이가 뜨거워진다, 같은 소리를 여자애가 하지 마."

"그리고 보리차를 쏟아서 옷이 젖은 순간, 허둥지둥 닦아주는 척하면서 보디 터치! 그리고 거기에서~ 목욕 & 건

조기로 이어가서 남친 셔츠로 몰아가야지! 자기 셔츠를 입은 목욕 직후의 아랴 양을 보고, 가슴은 쿵쾅쿵쾅 사타구니는 불끈불—."

"그만해!"

"꾸엑."

마사치카는 아침부터 문제적 발언을 일삼는 여동생에게 베개를 집어 던졌다. 그리고 안면에 베개를 맞고 몸을 뒤로 젖힌 유키에게 아무 말 없이 다가가더니, 옆에 있던 이불로 그녀를 돌돌 말아서 포장했다. 그리고 그대로 침대 위에 내다 버렸다. 그렇게 여동생을 강제적으로 조용히 만든 마사치카는 하품을 하면서 방을 나섰다. 그러자 거실에서 테이블을 닦고 있던 메이드복 차림의 아야노와 시선이 마주쳤다. 여름 방학이라, 유키와 아야노는 어제부터 이 집에서 머물고 있었다.

"좋은 아침입니다. 마사치카 님."

"응…… 좋은 아침."

공손히 인사하는 아야노를 본 마사치카의 눈썹이 희미하게 꿈틀거렸다.

"일부러 메이드복을 입은 거야? 곧 외출할 거니까, 그냥 사복을 입으면 되잖아."

오늘은 유키의 희망에 따라 다 같이 놀이동산에 놀러 가기로 했다. 오전에 집을 나설 예정이니 그때까지는 사복 차림으로 있어도 될 거라고 생각했지만, 아야노는 당연하다는 듯 이렇게 말했다.

"아뇨. 집안일을 할 때는 정장을 갖춰 입어야 마땅하니까요."

"……그렇구나."

마사치카로서는 괜한 수고처럼 느껴졌지만, 머리카락을 정돈하고 메이드복을 입으면 메이드 모드의 스위치가 켜진다는 본인의 말에 납득하며 고개를 끄덕였다. 솔직히 말해 유키가 포니테일 헤어스타일로 바꿔서 여동생 모드에 들어가는 것과 달리, 아야노는 머리카락을 묶고 메이드 모드가 되더라도 분위기가 전혀 달라지지 않지만…… 본인만 알 수 있는 차이가 있는 거겠지. 그렇게 받아들인 마사치카는 일단 화장실로 향했다.

화장실에서 볼일을 보고, 세면대에서 손을 씻으면서 입을 헹군 후, 세수로 잠기운을 떨쳐낸 그는 옷을 갈아입기 위해 자기 방으로 향했다. 그리고…….

"쿨~."

"너, 완전 뻔뻔하구나."

멍석이 아니라 이불에 말린 상태인 채, 침대에서 잠을 자는 (시늉만 하는) 유키에게, 마사치카는 발꿈치 찍기를 날렸다. 뭐, 실은 발꿈치가 아니라 종아리로 복부 언저리를 살짝 눌러줬을 뿐이지만 말이다. 그러자 유키는 「음?」

하며 한쪽 눈을 뜨더니, 크게 하품을 했다.
"어라? 아침밥 먹을 시간이냐?"
"감금당했는데도 뻔뻔하게 구는 깡패."
"이봐, 교도관. 술 좀 달라고~."
"아, 조금씩 정보를 넘겨주는 타입이네."
"흐음…… 글쎄. 옛날 일이라 생각이 안 나는걸."
"단, 순순히 가르쳐주지는 않음."
"녀석이 다니던 바 알지? 거기 2층을 뒤져봐. 재미있는 게 있을지도 몰라."
"단, 화나서 나가려고 하면 힌트를 주는 것까지가 클리셰."
"훗……."
오빠의 태클에 만족한 듯 웃은 유키가 양손을 펼쳐서 이불을 걷어내더니…… 걷어내더니…….
"응! 으응~~!"
"……."
어라, 잘 벗겨지지 않는 건가. 유키는 이불에 말린 채로 몸을 이리저리 비틀면서 발을 버둥거렸다. 그 모습을 한동안 쳐다보던 마사치카는 이윽고 질렸다는 듯 몸을 숙이면서 이불의 매듭을 풀어줬다. 그러자 유키는 씨익 웃더니, 목을 푸는 시늉을 하며 몸을 일으켰다.
"이야…… 이제야 온 거냐. 자~, 그럼 나도 움직여볼까."
"그리고 부하의 도움으로 탈옥한 후, 도우미 캐릭터에서

강적 캐릭터로 돌변하는 거지……. 아니, 이게 대체 무슨 짓이야?"

지친 기색으로 그렇게 말한 마사치카는 유키를 바닥에 내려놓은 후, 침대에 벌러덩 엎드렸다.

"이봐, 아침부터 지친 거냐? 의욕이 바닥을 치잖아."

"그러는 너야말로 왜 의욕이 하늘을 찌르는 건데……."

"괜한 걸 물어보지 마……. 오빠가 나쁜 꿈을 꾸는 것 같아서, 위로해주려고 이러는 거야."

"어? 나쁜 꿈?"

마사치카는 유키의 말을 듣고 몸을 뒤집더니, 기억을 살펴봤다. 그러자 왠지 옛날 일을 꿈에서 본 느낌이 들었다. 마사치카가 반사적으로 인상을 찡그리자, 유키는 자기 가슴에 손을 얹으며 그를 슬쩍 쳐다봤다.

"정 힘들면, 내 가슴에 얼굴을 묻고 울어도 된다고……."

여동생이 농담처럼 한 말에 은근히 담겨 있는 배려를 느낀 마사치카는 고마움과 멋쩍음을 느꼈다. 원래 실질적으로 혼자 사는 것이나 다름없는 오빠를 배려해, 유키는 아야노와 함께 이 집으로 쳐들어왔다. 본인은 「내가 쓸쓸하니까!」라고 말했지만, 실은 그것보다 오빠가 고독을 느끼고 있지 않을까 걱정하는 마음에서 찾아온 것이리라.

(뭐, 아야노까지 끌어들여서 셋이서 함께 자려고 하는 건 좀 심하다 싶지만…….)

어젯밤의 일을 떠올리며 쓴웃음을 머금은 마사치카는 유키의 장난스러운 태도에 맞춰주듯 이렇게 말했다.

"그 빈약한 가슴에 얼굴을 묻는 건 무리일걸?"

"주무를 수는 있어, 이 멍청아!! 아니면 뭐야?! 손에 안 잡히는 찌찌는 찌찌라고 할 수 없단 거야?!"

마사치카가 안 됐다는 듯 쳐다보자, 유키는 자기 가슴을 쑥 들어 올렸다. 색기가 눈곱만큼도 느껴지지 않는 그 행동을 보며 눈을 가늘게 뜬 마사치카는 해명을 늘어놨다.

"아니, 움켜쥐려면 볼륨이 상당해야…… 그게 아니라, 사이즈 이전에 너는 전체적으로 가녀린 편이니까 갈비뼈에 닿을 것 같아."

"그럼 시험해볼래?! 내 모성에 빠져들어! 우랏—!"

"우읍."

유키는 고함을 지르며 마사치카의 위에 올라타더니, 그의 머리를 끌어안고 가슴을 비벼댔다. 마사치카의 얼굴이, 부드럽고 말랑말랑한 감촉에 휩싸였다. 한편으로…… 딱딱한 앞가슴뼈가 그의 코를 자극했다.

"헤헷, 어때? 모성이 느껴져?"

"부성이라면 느꼈어. 밥 좀 많이 먹어."

"먹고 있거든~?! 먹어도 살이 안 찐단 말이야~!"

발끈한 유키는 마사치카의 머리를 놔주면서 몸을 일으켰다. 그리고, 마사치카의 배 위에 올라타더니, 이마에 손을 대며 질렸다는 듯 고개를 저었다.

"그래……. 역시, 찌찌로는 쿠죠 자매에게 이길 수 없나."

"찌찌 같은 소리 좀 하지 마."

"그렇다고 엉덩이와 다리로 대항하는 것도 어렵지……. 게다가, 엉덩이와 다리 쪽으로는 노노아 양이라고 하는 다크호스도 있거든……."

"그래? 몰랐네."

"그 매혹적인 엉덩이를 몰랐다고? 첫, 이래서 찌찌별 사람은……."

"저기, 이 이야기는 길어지는 거야? 그러면 다 끝난 후에 깨워줄래?"

마사치카가 여동생이 몸 위에 걸터앉은 상태에서 다시 잠을 청하려 하자, 유키는 이마에 손을 댄 채「훗」하고 냉소적인 웃음을 흘렸다.

"결론을 성급하게 내놓지 마, 마이 브라더……. 가슴과 엉덩이, 다리로는 외국인의 피가 흐르는 그 세 사람에게 이길 수 없지. ……그러니, 말이야."

그리고, 유키는 천천히 셔츠를 걷어 올렸다. 귀여운 배꼽과 희미하게 드러난 갈비뼈를 선보이면서, 유키는 우쭐대듯 말했다.

"나는, 복부를 밀기로 했어."

"호오, 복부라."

"후훗, 어때? 이 매끈하고 말캉한 내 배 말이야. 무심코 볼을 비비고 싶어지지 않아?"

"아니, 그렇지는 않은데……."

"헤헷, 무리하지 말라고……. 새로운 문이 열릴 것 같지 않아?"

"유감이지만, 복부 페티시즘이라는 문 자체가 존재하지 않거든?"

"없으면 만들자. 페티시즘의 문."

"삼류 엉터리 소설에 나올 법한 문구네."

"이봐, 방금 내 말을 쓰레기 취급하지 않았어?"

"용케 눈치챘는걸."

"알 수 있어. 우리는 사고 패턴이 비슷하거든. 그리고, 오타쿠적 사고방식이라면 눈치채기 더 쉬워."

"뭐, 그건 그래."

마사치카 또한 유키의 생각을 어느 정도 읽을 수 있었다. 그래도 유키의 돌발적인 행동은 예측할 수 없으며, 마사치카의 오타쿠적 사고방식에 대한 유키의 날카로운 예측은 그야말로 초능력자 수준이라고 할 수 있었다.

"아무튼, 어때?"

"뭐가 말이야?"

"복부 페티시즘에 눈뜰 것 같아?"

"전혀."

"쳇, 역시 찌찌냐? 찌찌가 좋은 거냐? 자~, 찌찌야~."

히죽거리며 셔츠를 걷어 올린 유키는 상체를 좌우로 비틀었다. 세이레이 학원 남학생 대다수가 핏발 선 눈으로 뚫어지게 쳐다볼 그 광경을, 마사치카는…….

"쿨~."

"이봐, 잠든 시늉 하지 마. 대출혈 서비스로 노브라라고, 이 자식아."

"……."

"너무하네. 이렇게 섹시한데~."

삐친 듯한 투로 그렇게 말한 유키는 스마트폰 화면을 보면서 엉덩이의 위치를 조절한 후, 셀카를 찍었다. 찍힌 사진— 배가 드러나게 셔츠를 걷어 올린 채, 마사치카의 하복부에 올라탄 자신의 사진을 확인한 유키는 마른침을 삼켰다.

"이건…… 넣은 게 분명해."

"야, 이 바보야."

"좋았어, 아랴 양한테 보내버려야지. 으음, 『마사치카 씨는 오늘도 아침부터 기운이 넘쳐요』라고 한 마디 추가할래."

"너는 악마냐!"

"아니지! 잘못 보낸 것처럼 『마사치카 씨, 어제는 정말 좋았어요』 하고 써서 보내는 편이 좋을까?!"

"좋아, 다시 포장해주마."

재빨리 몸을 일으켜서 유키의 손아귀에서 스마트폰을 빼앗은 마사치카는 그녀를 다시 이불로 말았다. 거기까지 걸린 시간은 4초. 놀라울 정도로 능숙한 솜씨였다.

"그럼 삭제~."

"아앗~!! 여동생의 스마트폰을 허락 없이 만졌어! 완전 저질이야~!!"

유키의 항의를 깔끔하게 무시한 마사치카는 유키가 방금 찍은 사진을 삭제했다.

"횡포야~! 단호히 항의할래~!"

그리고, 도롱이벌레 같은 모습으로 버둥거리는 여동생을 번쩍 들더니…….

"그래. 슬슬 침대 밑으로 돌아가렴."

마치 보호 동물을 자연으로 돌려보내는 듯한 상냥한 어조로, 천천히 침대 밑에 집어넣었다.

"아, 저기, 좁은—."

"그래그래. 시끄러운 여동생은 침대 밑에 집어넣는 거야~."

"아니, 진짜로 좁단 말이야! 이불 때문에 더 미 · 어 · 터 · 져~~."

"사양하지 마……. 좁은 곳을 좋아하잖아?"

마사치카는 유키의 말을 무시하며 그녀를 침대 밑에 밀어 넣었다. 그러자 유키는 갑자기 요염한 목소리를 내기 시작했다.

"부탁이야! 하지 마, 오빠! 아파! 너무 아프거든?! 그렇게 억지로 밀어 넣지 마! 더, 더는 안 들어간단 말이야!"

"……."

"어, 설마 무시~?! 지, 진짜로 괴로— 도와줘, 아야노~!"

"부르셨습니까! 유키 님."

"이봐, 무기를 들지 말라고."

끝부분이 뾰족한 철제 샤프 세 자루를 오른손에 장착하고 방 안으로 뛰어 들어온 아야노는 실내의 상황을 보더니 천천히 눈을 깜빡였다. 이불에 말린 상태에서 몸의 절반이 침대 밑에 들어가 있는 유키. 그 옆에서 몸을 웅크리고 있는 마사치카. 이해하기 어려운 상황이지만, 아야노는 아무 말 없이 고개를 갸웃거리더니…… 몇 초 후, 고개를 똑바로 들었다.

"……아, 나오지 못하게 된 거군요? 마사치카 님, 돕겠습니다."

그렇게 말한 아야노는 마사치카의 옆으로 이동해서 유키를 당기기 시작했다.

"……아야노가 평소에 나를 어떻게 생각하는지 잘 알겠어."

"네 평소 행실 탓이야."

가장 신뢰하는 종자에게 자기 의지로 침대 밑에 들어간 거란 오해를 받자, 유키는 침대 밑에서 나오는 동안 공허한 눈빛을 머금고 있었다.

◇

"……그런데, 그 복장은 뭐야?"

"변장한 거야, 오빠."

마사치카가 도끼눈으로 쳐다보자, 유키는 모자의 챙 부분을 들어 올리며 태연한 어조로 그렇게 대답했다. 아야노가 만든 아침을 먹은 후, 세 사람은 외출 준비를 마친 후에 다시 거실로 모였는데…… 그 자리에 나타난 유키는 베이스를 연주하는 여고생 애니 캐릭터가 프린트된 티셔츠와 멜빵이 달린 반바지를 입고 있었다. 또한 검은 장발을 트윈테일 스타일로 묶은 후에 베레모를 썼으며, 결정타 삼아서 커다란 선글라스까지 장착했다. ……체격이 작아서 그런지, 고등학생으로는 도저히 보이지 않았다. 누가 봐도 중학생…… 자칫하면 겉멋 든 초등학생으로 보일 것이다.

하지만 본인은 그런 것을 전혀 개의치 않는지, 자아도취적인 미소를 지으며 베레모에 손을 댔다.

"훗, 분장을 해도 내 귀여움은 숨길 수 없는 건가~."

"귀여움인 거냐."

"귀여움인 거야."

피스 사인을 하듯 손가락 두 개를 턱에 댄 유키가 「으흥~」 하며 우쭐대는 표정으로 올려다보자, 마사치카는 마음속으로 「건방진 여자 꼬맹이 같네」 하고 생각하며 머리를 긁적거렸다.

“아니, 애초에…… 변장은 왜 한 거야?”

“전에 아랴 양과 만났을 때처럼, 아는 사람과 마주칠 가능성이 없는 건 아니잖아? 지금은 우리는 선거전에서 대립하고 있으니까, 괜한 억측이 퍼지지 않게 변장한 거야.”

“아니, 그건 괜찮지 않아? 우리는 절친한 소꿉친구인 걸로 유명하잖아.”

“뭐, 그래도 만약에 대비하는 편이 좋지 않겠어? 괜히 풍파 일으킬 짓은 안 하는 편이 좋아.”

“흐음…….”

내심 「괜히 변장했다가 들키면 더 성가셔지는 거 아냐?」 하고 생각하면서도, 그 말을 하는 것도 귀찮아진 마사치카는 대충 고개를 끄덕였다. 그리고 유키의 옆으로 시선을 돌려서…… 지뢰 향기를 마구 풍기고 있는 소녀를 쳐다봤다. 말할 필요도 없겠지만 바로 아야노다. 수수한 블라우스와 수수한 스커트, 그리고 메이드 모드일 때는 단정하게 묶었던 흑발을 이제는 얼굴을 가리려는 듯 앞쪽으로 늘어뜨렸으며, 커다란 안경으로 얼굴을 더욱 숨기고 있다. 전형적인 『촌티 나지만 실은 예쁜 여자애 스타일』이었다.

“……아야노.”

“네, 마사치카 님.”

“괜한 소리는 안 하겠어. 옷 갈아입고 와.”

“하지만…….”

“시키는 대로 해. 꽂 같은 여고생이 일부러 그런 꼴로 밖을 돌아다니면 안 돼.”

“…….”

마사치카가 그렇게 말하자, 아야노는 당혹스럽다는 듯 흔들리는 눈동자로 유키를 힐끔 쳐다보았다. 아야노가 그럴 줄 예상했던 마사치카 또한 유키를 쳐다보며 이렇게 말했다.

“네가 변장하는 건 그렇다 쳐도, 이건 너무하잖아. 미소녀를 이 꼴로 만들면 어떻게 해.”

“아니, 이런데도 미소녀가 아니라면 그거야말로 대형 사고잖아…….”

“전국의 촌티 나는 여성들에게 사과해.”

도끼눈을 뜨며 유키를 향해 그렇게 말한 마사치카는 아야노를 돌아보았다.

“미소녀…….”

“어?”

아야노는 무표정한 얼굴로 두 손을 볼에 대고 있었다. 왠지 그녀의 볼이 빨개진 느낌이 들었다. 하지만 마사치카가 이상하다는 듯 쳐다보고 있다는 걸 눈치챈 그녀는 두 손을 내리며 자세를 바로 했다.

“어쩔 수 없네. 아야노, 옷 갈아입고 와도 돼.”

"알겠습니다."

그리고 유키를 향해 고개를 숙인 후, 자신의 짐이 놓여 있는 유키의 방으로 향했다. 그런 그녀의 뒷모습을 몇 초 동안 쳐다본 후, 마사치카가 「아」 하고 말했다.

"방금…… 혹시 부끄러워한 걸까?"

"헤이, 보이~. 딱 봐도 부끄러워한 거 맞거든?"

"아니, 그게…… 아야노가 내 칭찬을 듣고 부끄러워할 줄은 몰랐어."

"으음…… 뭐, 그건 그래."

아야노가 무표정한 얼굴로 넘어갈 줄 알았던 마사치카는 아야노가 보여준 여자애다운 반응에 당황했다. 그리고 「심정은 이해한다」는 듯 고개를 끄덕이는 유키에게 머뭇머뭇 물었다.

"저, 기…… 아야노는 나한테 연애 감정을 전혀 품고 있지 않은 거지?"

"응? 본인은 그렇게 말했어."

"그래……."

아야노가 마사치카와 유키에게 품은 감정은, 주인에 대한 종자로서의 경애다. 본인은 그렇게 말하고 있으며, 마사치카도 그렇게 받아들였다. 그리고 아야노의 헌신이 종자로서 주인을 모시고 싶다는 소망에서 비롯된 것이라면, 받아줘야 한다고 마사치카는 생각했다.

하지만…… 만약 거기에 연애 감정이 눈곱만큼이라도 섞여 있다면, 마사치카 또한 다르게 대응해야만 한다. 아야노가 우리를 대하는 태도는 기본적으로 평등하며, 거기에서 성별에 따른 차이를 느낀 적은 없다. 그렇기에, 마사치카도 아야노의 말을 진실이라고 인식했는데…… 저런 태도를 보니, 다소 의문이 느껴졌다.

"혹시 신경 쓰여?"

"뭐, 어…… 가족이나 다름없는 상대에게 외모를 칭찬받는다고 해서 부끄러워하지는 않을 것 같거든……."

"으음…… 뭐, 맞아."

마사치카가 그렇게 말하자, 유키도 턱을 만지작거리며 생각에 잠기더니…… 갑자기 뭔가가 생각난 표정을 지었다.

"그럼, 확인해볼까?"

"뭐? 어떻게?"

"이렇게~."

여동생이 씨익 웃자, 마사치카는 불길한 예감에 사로잡혔다. 하지만 마사치카가 그 예감에 따라 제지하기 전에, 유키는 양손을 입가에 대면서 자기 방을 향해 말했다.

"아야노~! 빨리 좀 와봐~! 자, 빨리! 복장은 신경 안 써도 돼!"

유키가 그렇게 말하자 즉시 문이 열리는 소리가 들려오더니, 이어서 이쪽을 향해 다가오는 빠른 발걸음이 들려왔다. 그리고 거실로 이어지는 문이 열리더니—.

"부르셨습니까, 유키 님."

"푸읍!"

뛰어나온 아야노의 모습을 본 마사치카는 화들짝 놀라며 눈을 치켜떴다.

왜냐하면, 아야노는 연보라색 속옷만 걸치고 있었던 것이다. 그것도 속옷이라기보다 란제리란 표현이 어울릴 듯한, 생각보다 세련되고 섹시한 속옷이었다. 그 브래지어 안에서 계곡을 만들고 있는 가슴과, 한 손에 쏙 들어올 만큼 가느다란 허리. 약간 작은 편인 엉덩이와, 늘씬하고 긴 다리. 유키만큼은 아니라도 아야노 또한 전체적으로 가녀린 편이지만, 그런데도 몸매가 좋았다. 그런 그녀의 새하얀 피부에 풍성한 흑발이 드리워진 모습은, 마사치카가 무심코 숨을 삼킬 만큼 요염했다.

"오케이, 아야노. 나~이스 타이밍."

"뭐가 나이스 타이밍이야! 아야노! 너도 몸 좀 가려!"

"마사치카 님과 유키 님에게 보여드릴 수 없는 곳은 없습니다."

"그런 곳 있거든?!"

마사치카는 반쯤 비명에 가까운 목소리로 그렇게 외치면서 고개를 돌렸다. 가녀리면서도 여성적인 곡선을 지닌 아야노의 반라를 보자, 아무리 가족이나 다름없는 사이라고는 해도 동요하지 않을 수 없었다. 유키의 알몸과는 다르다고, 유키의 알몸과는……!

한편 유키는 아야노에게 다가가더니, 등 뒤에 있는 마사치카에게 말을 건넸다.

"여기 좀 봐, 오빠. 아야노는 이런 곳에 점이 있네. 섹시~."

"어디를 가리키는 건지 모르겠지만, 일단 아야노는 빨리 가서 옷 입고 와."

"유키 님……."

"으음…… 뭐, 됐어. 갑자기 불러서 미안해. 볼일은 끝났으니까 가봐도 돼."

"아뇨……. 그럼 실례하겠습니다."

문이 열렸다 닫히는 소리가 들려오자, 마사치카는 그제야 고개를 돌렸다. 그리고 유키를 노려보았다.

"대체 무슨 속셈이야?"

"응? 아야노가 오빠를 남자로 여기는지 확인해본 거야. 남자로 여기지 않으면 속옷 차림을 보여줘도 전혀 부끄럽지 않다잖아."

"아하……."

예상했던 것보다 훨씬 그럴듯한 이유였기에, 마사치카는 무심코 납득했다. 확실히 가족 같은 상대로는 그런 수치심이 옅어진다는 것을 마사치카도 알고 있었다.

"그래서, 결과는 어떤데?"

"응? 모르겠어."

"뭐?"

"약간 부끄러워하는 느낌도 들었지만, 표정에 변화가 없었어~. 이성으로서 의식하고 있는 레벨인지는 미묘해."

"내 감탄을 돌려줘."

마사치카가 도끼눈으로 쳐다보자, 유키는 의미심장한 눈길로 그를 마주 쳐다봤다.

"뭐, 오빠가 아야노를 여자애로서 의식하고 있다는 걸 잘 알았어."

"……."

유키가 그렇게 지적하자, 마사치카는 말문이 막혔다. 아야노의 속옷 차림을 보고 성적 매력을 느꼈다는 것을 자각하고 있기에, 아무 말도 할 수가 없었다. 입을 다문 마사치카를 능글맞은 눈길로 쳐다본 유키는 위로하는 듯한 미소를 머금었다.

"참고로 나는 오빠를 이 세상 누구보다 좋아하지만, 그것은 어디까지나 가족애이자 남매애거든. 그래서 오빠에게 알몸을 보여줘도 전혀~ 부끄럽지 않아. 미안해~. 오빠가 옷 갈아입는 모습을 보더라도 비명을 지르며 물건을 집어 던지는 동생이 아니라서 말이야."

"뭘 사과하는 건지 모르겠지만, 그럴 때는 좀 부끄러워하는 게 어때? 눈곱만큼도 부끄러워하지 않는 것도 사춘기 여자애로서 좀 문제 있는 거 아냐?"

"이봐…… 남들만큼의 수치심을 지닌 여고생이, 이런 이상한 복장으로 밖을 돌아다닐 것 같아?"

"그런 소리를 당당하게 하지 말라고! 그리고 이상하다는 건 자각하고 있는 거냐?!"

"오빠…… 솔직히 말할게. 열다섯이나 먹으니 트윈테일이 버거워."

"그건 그래, 하고 말할 수밖에 없네."

마사치카가 진지한 표정으로 대꾸하자, 유키는 어딘가 안타까운 미소를 지으며 공허한 눈빛을 머금었다.

"하지만 말이야. 거울을 보고 전율했어……. 『맙소사. 나, 대박 어울리네』 싶었거든."

"부정 못 해서 괴로워."

"그런 것치고는 반응이 밋밋하네? 역시 포니테일을 할 걸 그랬어?"

"뜬금없이 웬 포니테일이야?"

"어? 그야 오빠는 포니테일을 좋아하잖아."

"흠…… 부정은 하지 않겠다만, 우리 동생은 생각이 짧구나."

"그게 무슨 소리지?"

마사치카가 과장된 태도로 그렇게 말하자, 유키도 바로 맞춰줬다. 여동생이 미간을 찌푸리며 심각한 표정을 짓자,

마사치카는 웃으며 대답했다.

"물론, 포니테일은 좋지……. 하지만 진정으로 위대한 것은, 평소 머리카락을 묶고 다니는 인간이 머리카락을 풀었을 때의 갭이야……."

"흐음~. 아, 지금 나가면 25분의 전철을 탈 수 있겠네. 그런데 전철의 환승 안내는 인간이 걷는 속도를 너무 물로 보는 것 같지 않아?"

"흥미 없는 티 좀 노골적으로 내지 마! 그리고 환승 안내는 노약자의 걷는 속도를 기준으로 하고 있거든?!"

"플랫폼 이동에 8분이나 걸리는 노약자는 없을걸……?"

"으음, 그건 우리의 기운 넘치는 할아버지를 기준으로 생각하니까 그런 거야. 세간의 일반적인 노약자는 말이지? 탈주한 애완견을 200미터 넘게 쫓아가서 잡지는 못한다고."

"맞아. 보통은 자전거를 타고 쫓아갈 거야."

"그렇지 않아. 아니, 그것도 틀린 말이 아니긴 하네."

어떻게 태클을 날리면 좋을지 고민하는 마사치카의 시야에…… 어느새 옷을 갈아입고 온 아야노가 머리카락을 포니테일 스타일로 묶는 모습이 들어왔다.

"……."

"어~ 아야노? 왜 포니테일을 하는 거야?"

"네? 놀이동산에서 긴 머리카락을 풀고 있으면 지적을

받을 수 있으니, 혹시나 해서 묶어두려는 것뿐입니다."

"어, 아, 그렇구나……."

"……?"

"예이~, 우리 오빠는 자의식 과잉~! 부끄러워~!"

"시끄러워!"

유키가 자신의 얼굴을 두 손으로 가리키며 놀리자, 마사치카는 부끄러움을 얼버무리려는 듯 그렇게 외쳤다. 한편, 아야노는 무표정한 얼굴로 고개를 갸웃거렸다.

그 후로도 이러쿵저러쿵하는 바람에, 결국 25분에 출발하는 전철을 놓치고 말았다.

제 2 화 오타쿠는 성가셔

놀이 기구에서 흘러나오는 경쾌한 음악과 롤러코스터가 레일을 달리는 굉음이 놀이동산 안에서 울려 퍼지는 가운데, 세 사람은 평소보다 의욕이 약간 상승한 상태에서 내부를 둘러보고 있었다. 세 사람 다, 놀이동산에 와본 경험이 거의 없었다. 특히 놀이동산에 가자는 말을 꺼낸 유키는 한껏 들뜬 표정으로 주위를 둘러보고 있었다.

“놀이동산에는 참 오랜만에 와보네. 중학교 1학년 여름 방학 때 이후로 처음일 거야.”

“그래. 할아버지 집에 갔을 때, 할아버지와 할머니가 데려가 주신 게 마지막이었던 것 같아.”

“맞아. 그때는 의욕이 하늘을 찔렀다니깐. 그 바람에 급류타기의 물보라를 뒤집어써서, 우리 둘 다 흠뻑 젖었잖아~.”

유키는 고개를 끄덕이면서 「이야, 그때는 우리 둘 다 젊었지」 하고 말하는 듯한 미소를 지었다. 하지만 바로 그때, 마사치카가 도끼눈을 뜨며 지적했다.

“과거를 날조하려는 것 같아서 말해두는 건데, 들떠서 물보라를 뒤집어쓴 건 너 혼자만이거든?”

마사치카가 지적하자, 유키의 미소가 딱딱하게 굳었다. 하지만, 마사치카는 이 날조를 눈감아줄 수 없었다.

그때 갔던 놀이동산의 급류타기는, 풀장 위를 횡단하듯 설치된 다리 위에서 놀이 기구가 일으킨 물보라를 정면에서 볼 수 있게 되어 있었다. 당연히 다리 중앙 부근은 투명한 돔을 설치해서 관객이 물에 젖지 않도록 배려하고 있었다. ……하지만, 당시의 유키는 무슨 생각인지, 코스터가 물에 떨어지기 직전에 돔 밖으로 뛰쳐나갔다.

그리고, 밀려오는 격렬한 물보라를 보고 「유키가 물보라에 휩쓸려 가는 거 아냐?!」 하며 위기감을 느낀 마사치카가 동생을 구하기 위해 뛰쳐나갔다……는 것이, 사건의 진상이었다.

"덕분에, 팬티와 양말까지 흠뻑 젖었잖아."

"……."

"그대로 있다간 감기에 걸릴 게 뻔해서, 아직 대낮인데 집으로 돌아가게—."

"되게 시끄럽네. 확 뽀뽀해버린다?"

"윽?!"

마치 건달처럼 미간을 찌푸린 유키는 선글라스를 슬쩍 들어 올리면서 이상한 협박 멘트를 던졌다. 그 말을 듣고 오늘 아침에 받은 고통을 떠올린 마사치카는 반사적으로 목덜미를 손으로 감쌌다.

"왜 목덜미를 감싸는 거야?"

"자기 가슴에 손을 얹고 생각해봐."

"가슴에 손을……? 아, 브래지어 입는 걸 깜빡했네."

"너, 바보냐?!"

"농담이야…… 봐."

"보여주지 말라고."

몸을 앞으로 숙인 유키가 셔츠 목덜미 부분을 당겨서 속옷을 보여주자, 마사치카는 질색하듯 손을 내저으며 고개를 돌렸다. 그러자 유키는 입가를 비틀며 어깨를 으쓱하더니, 마음을 다잡듯이 선글라스를 고쳐 쓰면서 근처에 있는 건물을 쳐다봤다.

"아, 여기가 귀신의 집일까?"

"그럴걸? 피도 묻어 있잖아."

외벽에 가짜 피가 묻어 있는 낡은 오두막에는「여기야말로 귀신의 집!」이란 분위기가 감돌고 있지만…… 유키는 영 마음에 들지 않는 듯 고개를 갸웃거렸다.

"왠지, 싸구려 프리 호러 게임 같아."

"싸구려 프리 호러 게임 같은 건 없다고."

"……그건 그래. 오빠, 되게 머리 좋네."

"그렇게 감탄할 일은 아니지 않아?"

유키가 진심으로 감탄한 것 같은 표정으로 고개를 끄덕이자, 마사치카는 도끼눈으로 그녀를 쳐다봤다. 참고로 아야노는 공기 상태다.

귀신의 집에 흥미를 잃은 유키는 반대 방향에 있는 돔 형태의 건물을 쳐다봤다.

"아, 오락실이 있어."

"진짜네. 놀이동산 안에 오락실이 있구나."

"흐음~. 그러고 보니 나는 오락실에 가본 적이 한 번도 없어~."

밝고 재미있는 전자음이 들려오는 공간에 흥미가 생긴 건지, 유키의 눈이 반짝였다. 그 모습을 본 마사치카는 턱에 손을 대며 생각에 잠겼다.

"오락실……. 그러고 보니, 나도 한동안 안 갔네."

"아, 전에는 꽤 갔었나 봐?"

"할아버지 집에 맡겨졌던 시절에 말이지……. 뭐, 그 동네에 있는 거의 모든 오락실에서 출입 금지를 당했거든. 그 후로는 가본 적이 없어."

"대체 무슨 짓을 한 거야?"

유키가 진지한 표정으로 올려다보자, 마사치카는 기억을 뒤지듯 하늘을 쳐다보았다.

"으음…… 모든 게임의 랭킹에 내 이름으로 도배하기도 했고……."

"그건 가게 측으로부터 괜한 오해를 살 행동이네."

"크레인 게임기 안의 경품을, 온갖 기술을 구사해서 전부 뽑기도 했고…….”

“오빠, 경품이 놓인 받침대를 아예 무너뜨려서 다 뽑은 거지?”

“경품이 바닥났으니까, 그 아래편에 깔린 반짝거리는 돌을 동시에 몇 개나 뽑을 수 있는지도 시험해봤어.”

“그런 신들의 유희 같은 행동하지 말라고.”

“그러면서 놀다 보니, 출입 금지를 당했어.”

“응, 타당하네.”

유키가 도끼눈을 뜨며 그렇게 말하자, 마사치카는 어깨를 으쓱했다. 실제로 당시의 자신은 삐뚤어진 초등학생 같은 상태였으니, 출입 금지를 당하는 게 옳다고 생각한다.

초등학교에서 폭력 사건을 일으키고, 천식이 심하던 유키를 남겨둔 채 친할아버지 댁에 맡겨져 기분이 울적했다. 오락실에 눌러앉아서 그다지 좋아하지도 않는 게임을 마구 해댄 것도 그 이유다. 그러고 보니 마사치카의 성격이 지금처럼 배배 꼬인 것도 그즈음부터였다고 생각한다. 당시에는 스오우 가문의 일원인 어머니와 할아버지가 마음에 들지 않아서, 명확한 이유도 없이 그 교육에 반발하는 행동을 취했다.

(그 애와 만나고…… 겨우 마음이 진정됐지.)

바로 그때, 유키가 마사치카의 손을 잡아끌며 앞쪽을 가리켰다.

"뭐, 그 솜씨는 나중에 보기로 하고…… 우선 저걸 타자!!"

유키가 가리킨 곳에는, 꼬불꼬불한 레일을 격렬하게 돌고 있는 제트코스터가 있었다. 놀이 기구 입구 쪽 간판에는 「합계 고저 차 국내 제일!!」이라는 문구가 큼지막하게 적혀 있었다.

"……처음부터 너무 세게 나가는 거 아냐? 이 절규 머신은 이 놀이동산에서 가장 무시무시한 녀석이잖아? 좀 무난한 코스터부터 타는 게……."

"이봐, 겁먹은 거냐고, 마이 브라더."

"그게, 나는 본격적인 절규 머신을 타본 적이 없거든……."

"안심해. 나도 없어."

"그 도전 정신은 어디서 나오는 거냐고……. 아야노는 어때?"

"저는 유키 님을 따라갈 뿐입니다."

"뭐, 그렇게 말할 줄 알았어……."

체념한 마사치카는 어깨를 으쓱하면서 결심한 후, 유키에게 끌려가듯 놀이기구 입구로 향했다.

"어라? 이봐~, 키 140센티미터 미만은 못 타는 것 같거든~? 너, 무리 아냐?"

"나, 그렇게 작지는 않거든~?!"

"허세 부리지 마……. 응?"

"응? 은 무슨! 똑똑히 봐! 딱 봐도 여유롭게 세이프잖아!"

인간 모양 패널을 향해 쪼르르 뛰어간 유키는 그 앞에 서면서 자신의 키를 어필했다. 보아하니, 패널보다 주먹 하나 정도 더 컸다. 하지만 마사치카는 상냥한 눈길로 달래듯 말했다.

"유키? 뒤꿈치 들지 마."

"안 들었거든~?!"

"하하하. 굽이 너무 높은 구두를 신으면 위험해~."

"운동화 신었거든?!"

"알았다, 알았어. 그럼 갈까?"

"어이쿠? 하마터면 주먹이 나갈 뻔했네~."

마사치카가 상냥한 표정으로 앞장서자, 유키는 딱딱한 미소를 지으며 그 뒤를 쫓았다. 그런 두 사람을, 아이를 동반한 부부가 훈훈하다는 표정으로 쳐다봤다. 아무래도 나이 차이가 나는 남매라고 여기는 것 같았다. 실은 같은 학년에 나이 차이도 한 살도 안 나는데 말이다. 참고로 그 부부에게는 아야노가 보이지 않는 것 같았다. 유키의 뒤편에서 있는데 말이다. 그야말로 압도적인 무존재감이다.

"자~. 그러면 여기에 짐과 귀중품을 넣어주세요~."

잠시 줄을 서서 차례를 기다리자, 직원으로 보이는 누님이 그렇게 말하며 로커를 손가락으로 가리켰다. 자물쇠가 달린 로커 위에는 간판이 있었으며, 코스터에 가지고 탈 수 없는 물품이 일러스트와 함께 실려 있었다.

"아하, 타는 도중에 떨어뜨리면 안 되니까 말이야."
"으음, 스마트폰과 지갑……."
"그리고 그 모자와 선글라스도 안 돼."
"아, 그렇구나."
짐과 호주머니 안에 들어 있는 것들을 전부 로커에 집어 넣은 후에 열쇠를 뽑아서 손목에 찼다.
"아, 죄송합니다만 시트에 머리를 댈 수 있도록 포니테일을 풀어주시겠어요?"
"……?!"
직원 누님의 말을 들은 아야노가 어깨를 부르르 떨더니, 한껏 치켜뜬 눈으로 그 누님을 응시했다.
"자기가 보이는 인간과 마주친 유령 같은 반응이네. 『제, 제가 보이나요?!』 같은 태도 취하지 말라고."
마사치카가 어이없어하며 태클을 날리자, 아야노는 포니테일을 풀었다.
(결국 변장을 거의 다 풀게 됐네. ……뭐, 딱히 상관없지만 말이야.)
그런 생각을 하면서 잠시 기다리자, 드디어 우리 차례가 됐다.
"어, 하필이면 가장 앞이잖아……."
"와우~, 처음부터 클라이맥스~."
가장 앞줄의 4인용 시트로 안내받자, 마사치카의 표정이 굳었다. 유키도 농담 같은 발언으로 얼버무리고 있지만, 표정이 약간 딱딱했다. 아야노는 평소와(무표정) 마찬가지였다.

“그럼, 잘 다녀오세요~.”

직원이 밝은 목소리로 환송해주는 가운데, 코스터가 움직이기 시작했다. 덜컹거리며 천천히 커브를 돌더니, 기나긴~ 오르막을 올라갔다.

“우와~ 하늘이 참 예뻐~.”

“오빠, 저기 좀 봐~. 공중그네가 저렇게 아래편에 있어~.”

“…….”

천천히 오르막 꼭대기를 향해 나아가면서, 남매는 그런 뻔한 소리를 늘어놨다. 그리고, 드디어 코스터는 정상에 도달하더니…… 앞부분이 내리막에 걸치는 부분에서 멈췄다.

“아니, 여기서 멈추면—.”

마사치카가 말을 이으려던 순간이었다. 코스터가 단숨에 내리막을 질주하기 시작했다.

“우오오오오오오오?!”

“으아아아아아아아?!”

“…….”

남매는 경악과 공포가 뒤섞인 고함을 내질렀다. 그 목소리조차도 바람을 타고 뒤편으로 쓸려 나갔다. 그리고, 고저 차가 심한 코스를 내달리면서 급커브를 돌았다.

“오오오오오?!”

"히이이이익?!"

"……."

내장이 뒤흔들리는 감각이 연이어 밀려왔다. 그리고, 수평 방향에서 급격한 압박이 가해졌고, 바람이 세차게 안면을 때렸다. 그 와중에, 남매의 목소리는 서서히 환성으로 바뀌기 시작했다.

"끼이이이이이얏호오오오오—!!"

"오예에에에에에에에에에엣—!!"

"……."

두 어깨를 누르고 있는 손잡이를 꼭 움켜쥔 두 사람은 환성을 질렀다. 완전히 절규 머신을 즐기고 있었다. 하지만, 즐거운 시간은 오랫동안 이어지지 않았다. 이윽고 코스터는 덜컹거리며 속도를 낮추더니, 종착지를 향해 천천히 나아갔다. 그러자, 남매는 서로의 얼굴을 쳐다보며 빠른 어조로 감상을 말했다.

"제대로 된 절규 머신을 타보는 건 처음이지만, 생각했던 것보다 훨씬 재미있네!"

"맞아! 아드레날린이 마구 샘솟는 느낌이 들어! 한 번 더 타고 싶을 정도라니깐!"

"좋네! 다음에는 앞줄에 탈 수 없을지도 모르지만……."

왼편에 앉은 유키와 흥분한 어조로 이야기를 나누던 마사치카는 문뜩 반대편에 있는 아야노를 돌아보았다.

"아야노는 어땠, 어……?"

마사치카가 그렇게 물었지만, 아야노는 앞만 쳐다볼 뿐 대답하지는 않았다. 그리고 표정을 무너뜨리지 않은 채…… 치켜뜬 오른쪽 눈에서 눈물이 흘러내렸다.

"아이돌 흐느낌?!"

"미, 미안해! 무서웠어?!"

마치 그림처럼 표정을 무너뜨리지 않으며 눈물을 흘리는 아야노를 본 마사치카와 유키는 당황했다. 둘이서 아야노를 달랬지만, 아야노는 앞을 바라보며 미동조차 하지 않았다. 그사이에 코스터가 종착지에 도착하고, 손잡이가 자동으로 들어 올려졌다.

"……."

하지만, 아야노는 일어서지 않았다. 아까까지는 코스터 자체의 진동 탓에 몰랐지만, 유심히 보니 아야노는 부들부들 떨고 있었다. 아무래도 떨림이 멎지 않을 만큼 무서웠던 것 같았다.

결국, 아야노는 마사치카에게 반쯤 안긴 채로 내리고, 남매 두 사람에게 부축을 받으며 절규 머신에서 빠져나왔다.

"괜찮아?"

"……네. 폐를 끼쳐서 죄송합니다."

"이야, 아야노가 이렇게 절규 머신에 약할 줄은 몰랐네~. ……무리하게 해서 미안해."

"아뇨. 제가 연약한 탓이니까요……."

"아니, 연약한 것과는 좀 다르지 않아?"

아야노의 고지식한 반응에 약간 질린 마사치카는 짐을 넣어둔 로커 근처로 이동한 후에 아야노에게서 손을 뗐다. 그리고 세 사람이 로커를 향해 손을 뻗은 바로 그때였다.

"아."

곁에서 귀에 익은 목소리가 들려오자, 마사치카와 유키는 반사적으로 그쪽을 돌아보았다. 그러자…… 평소와 마찬가지로 의욕 없는 눈길로 이쪽을 쳐다보고 있는, 사복 차림의 노노아(오늘은 투사이드업)가 있었다.

"노노? 무슨 일―."

그리고, 그 옆에는…… 마찬가지로 사복 차림인, 사야카가 있었다. 마사치카와 유키를 본 사야카는 눈을 치켜떴다. 이런 사태에 대비해 가져온 유키의 변장 도구는 현재 로커 안에 있다.

"어, 스오우 양과 쿠제 씨……? 안녕……?"

"으, 응."

"안녕하세요……. 이런 곳에서 다 보는 군요, 사야카 양."

뜻밖의 만남에 당황하면서도, 남매는 인사를 건넸다. 사야카가 아야노를 언급하지 않은 건, 남매에게 주목한 탓일까. 아니면 아야노의 존재감이 없어서일까.

"으음……."

동요한 기색이 역력한 사야카의 시선이 주위를 향했다. 불가사의하게도, 마사치카는 사야카가 무엇을…… 아니, 누구를 찾는지 알 수 있었다. 그것을 깨달은 순간, 맹렬한 위기감에 사로잡히며 유키에게 작은 목소리로 말했다.

"(이봐! 어떻게 할 거야?!)"

"(다 틀렸어.)"

"(그런 소리 할 때냐!)"

그러는 사이, 사야카는 자기가 찾고 있는 은발이 보이지 않는다는 것을 눈치챘고…… 그 순간, 사야카의 표정에서 감정이 빠져나갔다. 고개를 숙인 사야카의 안경이 갑자기 빛을 반사하면서, 그 너머의 눈동자를 감췄다.

사야카에게 불온한 분위기가 감돌기 시작했지만, 마사치카와 유키는 즉시 대처할 수 없었다. 아야노는 당연히 공기 상태였다.

"……아하."

그리고, 무엇을 납득한 것일까. 사야카는 그렇게 중얼거리면서 고개를 들었다. 그 순간, 사야카의 안경 너머에 존재하는 눈동자에는 오싹할 정도의 냉철한 빛이 깃들어 있어서…… 발작 직전이라는(뚜껑 열리기 직전이다) 걸 한눈에 알 수 있었다. 그 모습을 힐끔 쳐다본 노노아는 들고 있던 음료의 빨대에서 입을 떼더니…….

"음~."

……하고, 남 일처럼 중얼거렸다.

◇

놀이동산 안에 설치된 소규모 푸드 코트. 줄지어 놓인 새하얀 원형 테이블 중 하나에, 꽤 눈길을 끄는 5인조가 앉아 있었다. 가장 먼저 눈이 가는 건 끝부분이 살짝 말린 선명한 금발과 이목구비가 뚜렷한 서양인 같은 외모를 지닌 노노아다. 유행하는 아이템으로 꾸민 복장은 약간 노출이 심한 편이며, 한여름인데도 새하얀 피부를 아낌없이 드러내고 있다. 언뜻 봐도 알 수 있을 만큼, 하이 레벨 미소녀였다.

그리고, 같은 자리에 앉은 다른 여자애 셋 또한 뛰어난 외모를 지녔다. ……그중 한 명은 초등학생 같아 보이지만 말이다. 그런 미소녀 집단 사이에 평범남이 한 명 있다. 남들이 보기에는 어떤 관계인지 짐작조차 안 될 조합이었다.

"저기, 너희들……."

그 집단에게…… 정확하게는 노노아에게, 대학생으로 보이는 남자가 말을 걸었지만…… 노노아의 옆에 앉은 사야카에게서 풍겨 나오는 분위기를 느끼자마자 말이 쏙 들어갔다. 사야카도 그 남자를 쳐다보기는 했겠지만…… 그런 사소한 일에 신경 쓸 마음이 없다는 듯, 경멸과 분노에 찬 눈길로 마사치카를 노려보고 있었다. 이 테이블에는 한여름의 더위가 느껴지지 않는 기묘한 공간이 형성되어 있었다. 딱 봐도 심각해 보이는 상황이었기에, 친근한 미소를 머금으며 다가온 그 남자의 미소가 딱딱하게 굳었다.

"……무슨 일이시죠?"

"어, 아, 그게……."

그 남자를 완전히 무시하는 노노아를 대신해서 유키가 쓴웃음을 머금으며 그렇게 묻자, 그는 딱딱한 미소를 머금은 채 시선을 이리저리 돌렸다. 그리고 우연히 눈에 들어온 아야노의 추로스를 손가락으로 가리켰다.

"아…… 저, 저 추로스 말이야. 참 맛있어 보이네."

"……저기서 팔아요. 시나몬 맛이에요."

"아, 그렇구나. 고마워."

그 남자는 그렇게 말하자마자 뒤돌아서더니, 허둥지둥 도망쳤다. 일행으로 보이는 남성 4인조한테 달려가서 「위험해, 완전 위험한 애들이야~」 하고 말하는 남자의 목소리가 어렴풋이 들려왔다.

(뭐, 심정은 이해해…….)

남자의 목소리를 들은 마사치카가 정면 오른편에 앉아있는 사야카에게서 눈을 돌리지 않은 채, 마음속으로 고개를 끄덕였다.

물론, 마사치카 또한 사야카와 계속 눈싸움만 벌이고 있었던 것은 아니다. 왼편에 앉은 유키와 테이블 아래로 어떻게 대응할지 상의한 것이다. 상대의 손바닥 위에, 손가락으로 스마트폰 자판 입력하듯 글을 쓰면서 말이다.

『……그런 식으로 얼버무리는 거야. 그럼 대화는 맡길게.』

『아니, 오빠가 하라고.』

『이런 상황에서 남자가 무슨 말을 하면 여자는 감정적으로 변해서 성가셔지잖아? 여자끼리 이야기를 나누는 편이 여러모로 편할 거야.』

『……라고, 용의자는 허황된 진술을 하고 있으며…….』

『누가 용의자야?』

『이거 안 되겠군요. 언동 한 마디 한 마디에서 여성에 대한 차별 의식이 묻어나고 있습니다.』

『이봐, 관둬.』

응…… 그리고, 먼저 입을 떼는 역할을 서로에게 떠넘겼다. 솔직히 말해 무섭거든. 우리의 믿음직한 종자님께서는 아까 헌팅남이 가리킨 추로스를 짤막하게 만드는 작업에 몰두하고 있었다. 그 모습은 마치 해바라기 씨앗을 입에 욱여넣고 있는 햄스터 같았다.

(왜 저러는 거야. 빼앗아 갈 사람 없다고.)

그리고, 사야카를 달랠 수 있는 유일한 사람인 노노아는…….

(이봐, 스마트폰 만지작거리지 말라고.)

그런 식으로, 두 사람 다 관심이 없었다. 알고는 있었지만, 이런 상황에서도 자기 페이스를 전혀 흐트러뜨리지 않는 이 두 사람이 정말 감탄스러웠다.

『빚 한번 거하게 진 줄 알라고…….』

『그래……. 솔직히 말해 빚이라면 네가 압도적으로 많이 졌다고 생각하지만, 그래도 일단은 고맙게 생각할게.』

바로 그때, 이대로는 답이 나오지 않는다고 판단한 유키가 체념한 듯 마사치카를 힐끔 쳐다봤다. 그리고, 트윈테일을 풀고 머리를 가볍게 흔들더니, 숙녀다운 미소를 머금으며 사야카에게 말을 건넸다.

"사야카 양…… 아무래도 착각을 하고 계신 것 같은데, 오늘 저와 마사치카 씨가 함께 놀기로 한 건 방학식 때 일을 화해하기 위해서예요. 선거를 위해서라고는 해도, 방학식 때는 우정을 무시하며 싸웠으니까요……. 그 응어리를 없애기 위해 함께 이곳에 온 것이며, 다른 의미는 전혀 없답니다."

"……."

유키가 그렇게 설명하자, 사야카는 한쪽 눈을 슬쩍 치켜뜨면서 적의가 엳어진 시선을 유키에게 보냈다. 하지만 추궁을 관둘 생각은 전혀 없는지, 냉철한 표정을 유지한 채 천천히 안경을 고쳐 썼다.

"……거짓말."

"뭐라고요? 사야카 양?"

"거짓말, 이군요."

상대방이 속삭이는 어조로 단언하자, 유키의 미소가 살짝 굳어졌다. 그리고 사야카가 저렇게 단언하는 근거가 뭔지 생각해봤고, 「그런 근거는 없다」라는 가정하에 시치미를 뗀다는 선택지를 골랐다.

"왜 그러시죠? 사야카 양. 저는 거짓말 같은 건—."

"그럼! 어째서!"

"우왓."

사야카는 양손으로 테이블을 짚으면서 유키를 향해 몸을 쑥 내밀었다. 유키도 그 반응에는 살짝 놀랐다. 약간 본성이 드러난 유키를 향해 얼굴을 쑥 내민 사야카가 말했다.

"……어째서, 두 사람한테서 같은 샴푸 향기가 나는 거죠?"

"윽?!"

"두 사람만이 아니에요……. 저기 있는 키미시마 양한테서도 같은 향기가 나요!"

그렇게 말한 사야카는 아야노를 향해 날카로운 눈길을 보냈다. 자신을 향한 그 날카로운 눈길에 놀란 아야노는 어깨를 부르르 떨더니, 추로스를 더 빨리 먹어 치우기 시작했다. 안 빼앗아 먹는다니깐 그러네.

"게다가 그 셔츠!"

"윽! 어?"

다시 유키를 돌아본 사야카는 유키가 입고 있는, 애니메이션 캐릭터가 프린트된 티셔츠를 쳐다보며 안경을 고쳐 썼다.

“3년 전에 텔레비전 방송을 한, 케이후유의 한정 티셔츠죠? 그것도 가장 인기가 있었던 카나밍 엔딩 버전이에요. 일반 판매되지 않았을 뿐만 아니라 인터넷 옥션에도 출품되지 않는 그것을, 오타쿠가 아닌 스오우 양이 우연히 구매했을 리가 없어요. 애초에, 3년 전에 산 것이라면 사이즈가 맞을 리가 없죠. 게다가 그 셔츠는 오래 입은 티가 나는군요. 즉!”

빠른 어조로 위세 좋게 말한 사야카는 몸을 일으키더니, 마사치카와 유키를 시야 안에 담으면서 선언했다.

“그 셔츠는 원래 쿠제 씨의 것이며! 사이즈가 맞지 않게 된 그것을 스오우 양이 입고 있다고 봐야 할 거예요!”

……명추리였다. 마사치카와 유키가 즉시 반박하지 못할 정도로 말이다. 「아니, 그것보다 네가 어째서 케이후유(정식 명칭: 경음악부에 겨울은 오지 않는다)를 알고 있는 건데?」라는 태클을 날리지 못할 정도로 말이다.

“그래서요?”

탐정 뺨치는 명추리를 선보인 사야카는 의자에 털썩 앉더니, 조용히 말했다.

“쿠제 씨가 물려준 옷을 입고, 쿠제 씨와 같은 샴푸 향기를 풍기고 있으면서, 아직도 단순히 같이 외출한 거라고 말할 건가요?"

사야카는 아까와 다르게 차분한 톤으로 물었다. 그 표정은 선도위원을 방불케 했다.

"게다가, 화해를 위한 자리라면 쿠죠 양도 불렀어야 하지 않을까요? 쿠죠 양을 빼놓고 셋이서 놀러 오다니…… 대체 뭐죠? 방학식 때는 저와 노노……아에게 협력까지 받았으면서 말이에요. 방학식 때의 그건 전부 헛수고였던 건가요? 게다가 같은 샴푸 향기까지…… 불순 이성 교제인가요? 신문부가 안다면 매우 기뻐할 스캔들(기삿거리)이군요."

사야카가 지적하자, 마사치카는 한순간 말문이 막혔다. 마사치카에게 있어서, 유키와 아야노가 자기 집에 묵는 것은 전혀 특별한 일이 아니지만…… 남들은 그리 여기지 않을 것이다. 그렇다. 듣고 보니 아무리 소꿉친구라고 해도 여자애 둘이 대립 후보 측의 남자 집에 묵는다면, 내통하고 있는 것으로 여겨져도 이상할 게 없다. 악의적으로 본다면 마사치카가 아리사, 유키, 아야노를 농락하며 선거전을 뜻대로 쥐락펴락하고 있다…… 라는 견해도 가능하다.

(『미모의 전학생의 파트너가 된 남학생 A, 이번에는 대립 후보인 미소녀 두 명과 외박 데이트?!』 같은 거냐……. 주간지 표지에 실으면 딱 좋은 문구네. 그래……. 확실히 내 위기감이 부족했어. 변장도 호들갑은 아닐지도 몰라.)

자신의 주의력 부족을 반성한 마사치카는 이 상황을 어

떻게 해결할지 생각했다.

딱히 사야카가 이 일을 남들한테 떠벌릴 거라고는 생각하지 않는다. 하지만, 관계자인 아리사에게 보고하는 일은 충분히 있을 수 있다. 그렇게 되면…… 꽤나 일이 성가셔질 것이다. 게다가 아리사에게 보고하지 않더라도, 이대로 사야카가 의문을 품고 있게 두는 것도 마이너스다.

(자…… 어떻게 한담?)

사야카의 지적에 일일이 변명하는 건 가능하다. 하지만, 사야카가 허술한 변명에 납득할 것 같지는 않았다. 게다가 상황 증거가 이만큼이나 갖춰진 상태라면, 마사치카가 사야카의 처지였어도 범상치 않은 관계인 상대방이 변명을 늘어놓고 있다는 판단을 내릴 것이다.

(어쩌지……? 뭐가 최선의 해답일까?)

마사치카는 포커페이스를 유지한 채, 고속으로 뇌를 회전시켰다. 바로 그때, 전혀 의식하지 않고 있던 인물…… 노노아가, 여전히 스마트폰을 만지작거리면서 사야카에게 말을 건넸다.

"사얏찌~, 그렇게 신경 쓸 일 아냐~."

"……어?"

사야카는 천천히 소꿉친구를 돌아봤다. 마사치카와 유키도 노노아가 자신들을 감싸줄 거라고 생각하며 그녀를 향해 슬며시 고개를 돌렸다. 세 사람의 시선이 자신을 향하자, 노노아는 별것 아니라는 투로 이렇게 말했다.

"왜냐하면, 이 두 사람은 남매거든."

한순간, 마사치카와 유키의 내면에서 시간이 멈췄다. 그 직후, 맹렬한 기세로 머리를 굴렸다.

((어째서 알고 있는— 아니, 문제는 그게 아냐! 지금 해야 할 일은 시치미를 떼는 거야!))

남매는 순식간에 같은 판단을 내리더니, 즉시 행동을 취했다.

"뭐?"

"으, 음? 노노아 양? 무슨 소리를 하는 거죠?"

마사치카가 영문을 모르겠다는 표정을 지었고, 유키는 당혹스러운 미소를 지으며 고개를 갸웃거렸다. 이 두 사람에게 있어, 뜬금없는 소리를 들었을 때 취하는 가장 자연스러운 반응이다. 하지만 두 사람이 선보인 회심의 연기를…… 노노아는, 쳐다보지도 않았다.

"표정을 보니, 내 말이 맞나 보네?"

노노아가 쳐다보고 있는 건…… 마사치카도, 유키도 아니었다.

((아야, 노?!))

그 사실을 눈치챈 순간, 남매는 동시에 아야노를 돌아보았다. 그리고…… 추로스의 포장지를 접으면서 눈을 깜빡거리고 있는 아야노의 모습이 눈에 들어오자, 두 사람의 사고회로는 작동을 멈췄다.

"아하하, 멋진 반응이네~. 역시 그랬구나~."

굳어버린 남매의 귀에, 노노아의 의미심장한 웃음소리가 흘러들어왔다. 그 말을 들은 두 사람은 동시에 자기들이 저지른 실수를 눈치챘다. 방금 아야노를 돌아본 것은, 명백한 과민 반응이었다.

"어…… 남매? 나, 남매?!"

"그래. 눈만 봐도 알 수 있잖아? 쏙 빼닮았는걸."

혼란에 빠진 사야카가 그렇게 외치자, 노노아는 여전히 태연한 어조로 말을 이었다. 그리고 이 상황에서도 변명거리를 생각하고 있는 마사치카에게, 결정타를 날리듯 이렇게 말했다.

"필사적으로 잔머리 굴리는데 이런 소리를 해서 미안하지만…… 애초에 나는 옛날의 너를 본 적 있거든? 스오우 마사치카 군~?"

"윽!"

그저 진실을 알리는 담담한 말이었지만, 마사치카는 그 말을 듣고 눈을 치켜뜨더니…… 체념했다. 그리고 긴 한숨을 내쉬며 고개를 푹 숙이더니, 유키에게 눈길을 보냈다. 그리고 유키가 어깨를 으쓱하자, 다시 노노아를 쳐다보았다.

"……맙소사. 어디서 봤는데?"

"피아노 발표회야. 그것보다, 역시 나를 잊었구나? 이래

봬도 너한테 꽃다발을 건네준 적도 있거든~?"

"……맙소사."

노노아와의 뜻밖의 접점을 알게 된 마사치카는 머리를 긁적이며 기억을 뒤졌다. 하지만 스오우가에서 살던 시절의 기억을 봉인했기에, 퍼뜩 떠오르지는 않았다. 으음~ 듣고 보니 금발에 약간 외국인처럼 생긴 여자애와 만난 적이 있네? 같은 느낌이 안 드는 것도 아니라고나 할까? ……같은 느낌이 들 뿐이었다.

"기억이 안 나는 것 같아서 말해주는 건데, 쿠젯찌는 근처 피아노 교실에 다니는 아이들 사이에서 꽤~ 유명인이었거든?"

"어…… 왜?"

"왜긴 왜겠어~. 초등학교 2학년 때 쇼팽을 연주하는 애가 있으면, 눈길을 끄는 게 당연하잖아."

"……그렇구나."

마사치카는 그 말을 듣고도 감회에 젖지는 않았다. 피아노는 관둔 지 오래됐고, 당시의 자신이 주위에서 어떻게 여겨졌든, 이제 와서는 아무 상관없었다.

"즉…… 스오우란 성을 쓰던 시절의 나를 알고 있었고, 아까 남매라고 말한 것은 넌지시 떠본 거구나."

"뭐, 사촌이나 친척일 가능성도 있긴 하잖아. 하지만 아까도 말했다시피 눈이 쏙 빼닮았으니까, 남매겠지~ 하고 생각했어."

"……거기까지 눈치챘으면서, 왜 이제까지 말 안 한 거야?"

마사치카가 그렇게 묻자, 노노아는 다시 스마트폰을 쳐다보며 아무래도 상관없다는 투로 대답했다.

"딱히 흥미가 없었거든."

"……그랬구나."

실로 노노아다운 발언이었기에, 마사치카는 쓴웃음을 흘렸다. 바로 그때, 이제까지 놀란 듯 치켜뜨며 지켜보고 있던 사야카가 얼이 나간 투로 말했다.

"어…… 어? 지, 진짜로? 진짜로…… 남매, 인가요?"

"……응, 뭐……."

"……네. 실은, 그래요."

더는 둘러댈 수 없다고 판단한 마사치카와 유키는 순순히 고개를 끄덕였다. 그러자 사야카는 두 사람을 뚫어지게 응시한 후, 확인하듯 물었다.

"성이 다른 건…… 생이별한 남매, 라서 인가요?"

"어? 그 말은 좀 과장스러운 것 같지만…… 뭐, 그렇게 되려나?"

"맙, 소사……."

마사치카가 고개를 갸웃거리면서 그렇게 말하자, 사야카는 충격을 받아서 말문이 막힌 반응을 보였다. 살며시 벌어진 입을 떨리는 손으로 막더니…… 치켜뜬 두 눈에서 눈물이 흘러내리기 시작했다.

"타, 타니야마?!"

사야카가 갑자기 눈물을 흘리자, 마사치카는 흠칫했다.

(뭐, 뭐야? 혹시, 우리가 생이별한 비극의 남매라고 생각하는 건가? 남매라는 걸 밝히지도 못하는 가혹한 처지라고 생각하나? 아니, 저렇게 충격을 받을 만큼 비참한 가족사는 아닌데…….)

마사치카가 당황한 가운데, 사야카는 눈물을 줄줄 흘리면서 목 깊은 곳에서 쥐어짜 낸…… 감격에 찬 목소리로 말했다.

"대, 대박……!!"

"타니야마?"

"이 관계 응원할래……!!"

"사야카 양. 당신 혹시 뭘 좀『아시는』분이신가요?"

유키는 감격의 눈물을 흘리는 사야카를 향해 몸을 내밀면서 물었다. 그녀는 완전히 동지(일반인 코스프레)를 보는 눈빛을 머금고 있었다. 그런 유키의 눈을 본 사야카 또한, 유키가 같은 취향(이쪽 사람)을 지닌 숙녀라는 것을 눈치챈 것 같았다.

"읏! 네!!"

사야카는 힘차게 고개를 끄덕이더니, 유키의 손을 덥석 움켜쥐었다. 이 순간, 두 사람 사이에서 유대가 꽃피었다. 논리적인 판단은 아니다. 그저……『생이별한 남매』라는 말을 듣고 마음이 떨리는 오타쿠 중에 나쁜 녀석은 없다!

"……나 참."

이 갑작스러운 전개를 본 마사치카는 어이없다는 투로 그렇게 중얼거렸다. 하지만 두 사람은 서로밖에 보이지 않는 것 같았으며, 생이별한 남매 설정의 위대함에 대해 열띤 토론을 벌이기 시작했다.

"으음…… 진짜로 어떻게 하지?"

도저히 끼어들 수 없는 분위기를 형성하고 만 두 사람을 본 마사치카는 도움을 청하듯 노노아를 쳐다보았다. 그러자 노노아는「아~」하고 말하면서 시선을 돌리더니, 마사치카 쪽을 힐끔 쳐다보았다.

"그럼 나와 놀이기구 타러 갈래?"

"아니, 이야기가 왜 그렇게 되는 건데……."

마사치카는 반사적으로 그렇게 대답했지만, 곧「아니, 그것도 괜찮겠네」하며 생각을 바꿨다. 오타쿠가 말문이 트이면 이야기가 길어진다는 것은 나도 잘 알고 있다. 여기서 이야기가 끝날 때까지 기다릴 바에야, 할 일 없는 사람끼리 놀이동산을 돌아보는 편이 유익할 것이다.

"아야노는 어쩔래?"

"네?"

오른편을 돌아보니, 아야노가 약간 당황한 표정으로 마사치카를 쳐다보고 있었다.

"어?"

아야노의 시선이 방금까지 향하고 있던 방향을 쳐다보니…… 거기에는 추로스 가게가 있었다. 마사치카는 아야노의 마음을 눈치챘다. 한 개 더 사러 가고 싶은 건가요. 그런 거군요.

"아냐…… 여기서 기다리고 있을래?"

"으, 음…… 네. 저는 유키 님의 종자이니까요."

"……그래."

마사치카는 마음속으로 「이 녀석, 이렇게 추로스를 좋아했나……. 뭐, 평소에 먹을 기회가 없긴 할 거야」 하고 생각하면서 자리에서 일어났다. 아직 점심을 먹기 전이라는 건 일단 신경 쓰지 않기로 했다.

"으음, 그럼 우리는 놀이기구를 타러 갈까 하는데……."

"후후후. 그건 그렇고 사야카 양은 사적일 때는 노노아 양을 『노노』라고 부르는 거군요?"

"그, 그건…… 저기……."

"어머, 부끄러워할 필요는 없지 않을까요?"

"……안 들리나 보네~. 뭐, 그럴 줄 알았어."

완전히 둘만의 세계에 들어선 유키와 사야카를 보며 가볍게 한숨을 내쉰 마사치카는 노노아를 쳐다봤다.

"그럼…… 갈까?"

"오케이~."

마사치카의 말을 듣고 가볍게 고개를 끄덕인 노노아는 스마트폰을 호주머니에 넣으면서 자리에서 일어났다. 그리하여, 어찌 된 건지 마사치카는 노노아와 단둘이 오전 동안 놀이기구를 타러 다니게 됐다. 진짜 영문 모를 상황 속에서 결성된 기묘한 조합이지만…… 의외로 즐거웠던 것은 노노아의 인덕 덕분일지도 모른다.

그렇게 약 한 시간 정도 논 후, 점심시간이 되어서 세 사람이 있는 곳으로 다시 돌아가 보니…….

"정말, 몇 번이고 몇 번이고 공식에서 최애 커플을 부정당한…… 제 기분을 아나요?!"

"으, 으음…… 뭐, 소꿉친구 순애 취향이면, 그렇게 되겠죠……."

"왜 다들 불쑥 튀어나온 전학생이나 만난 지 얼마 안 된 클래스메이트에게 끌리는 거냐고요! 갑자기 튀어나온 애들보다 소꿉친구를! 항상 주인공을 지켜봐 온 소꿉친구를! 행복하게 해줬으면 한단 말이에요!!"

"아, 아하하……."

그곳에는 소꿉친구 캐릭터의 위대함을 설파하고 있는 사야카와 약간 질린 기색을 보이는 유키, 그리고 자기와는 상관없는 일이라는 듯 추로스(테이블 위의 포장지 숫자로 볼 때 여섯 개째)를 먹고 있는 아야노가 있었다.

그런 혼란한 상황을 공허한 눈길로 쳐다보면서, 마사치

카는 옆에 있는 노노아에게 물어보았다.

“……저기, 미야마에.”

“응~?”

“나와 유키 말인데, 혹시 타니야마한테 최애 커플로 인정받은 거야?”

“아마 그럴걸~?”

“……맙소사.”

노노아가 그렇게 답하자, 마사치카는 하늘을 우러러보며 납득했다. 토론회에서 사야카가 보인 분노는…… 오타쿠에게 가장 무시무시한 지뢰 중 하나인『견해 차이』에서 기인한 것일지도 모른다.

(오타쿠는…… 참 성가셔.)

마사치카가 마음속으로 그렇게 중얼거린 순간, 유키가 고개를 퍼뜩 들며 입을 열었다.

“오라버니는 그런 말을 할 자격이 없지 않을까요?”

“내 마음을 읽지 말라고.”

“아앙~. 호, 호칭이 오라버니……. 존귀해…….”

“……너, 진짜로 오타쿠였구나.”

코와 입을 막으며 뭔가를 참는 사야카를 본 마사치카는 어마어마한 안타까움과…… 약간의 공감을 느끼면서, 말로 형용할 수 없는 기분에 사로잡혔다.

제 3 화 어? 정말?

냉방이 잘 되는 실내에서, 교과서를 넘기는 소리와 필기구를 놀리는 소리가 울려 퍼졌다. 오늘도 마사치카는 아리사와 함께 거실에서 여름 방학 숙제를 하고 있었다.

사춘기 남자애가 절세의 미소녀와 자택에서 단둘이 있게 된다면 여러모로 신경이 쓰여야 마땅하겠지만, 이 공부 모임도 벌써 네 번째다. 이제는 완전히 익숙해져서 공부에 집중할 수 있다…… 같은 일은 딱히 벌어지지 않았다.

왜냐하면, 공부 모임의 횟수가 늘어날수록, 아리사에게서 느껴지는 무언의 압력이 강해지고 있었다. 그 압력의 의미가 뭐냐면…… 단적으로 말해「진짜로 공부만 하고 끝낼 생각이야?」란 느낌의 압력이었다.

"……."

지금 이렇게 아무 말 없이 필기구를 놀리는 동안에도, 저 새침한 얼굴에서 묘한 압력이 느껴졌다. 아니, 실은 첫날부터「공부하러 온 것치고는 복장을 참 신경 썼네~」하고 생각했다.

하지만 여성은 타인에게 보여주기 위해서만이 아니라,

자신의 기분을 고양시키기 위해서도 멋을 부린다. 여성이 복장에 신경을 썼다고 해서, 그게 「남자에게 보여주기 위해서다」라고 생각하는 건 착각이다. 그 점을 알기에, 마사치카도 이제까지 아리사의 복장에 대해 아무 말도 하지 않았지만…… 오늘은 옅은 화장까지 하고 왔다. 그 바람에 안 그래도 현실미 없는 미모가 더욱 완벽해지면서, 위협적으로 느껴지는 경지에 이르렀다. 더는 그냥 넘어갈 수 없었다.

(응, 완전히 꽃단장을 하고 왔어……. 여름 방학 숙제를 할 뿐인데 말이야.)

마사치카는 아리사의 미모에 익숙해졌지만, 이 정도까지…… 그야말로 완전 무장을 한 아리사를 넋 놓고 쳐다보게 됐다. 아니, 정확하게는 「아아~ 정화된다~. 감사합니다~, 감사합니다~」 같은 느낌이었다. 보고 있기만 해도 행복했다. 그야말로 숭배의 경지였다.

그런 마사치카의 시선을 눈치챈 아리사가 얼굴을 들면서 고개를 살짝 갸웃거렸다.

"……왜 그래?"

"그게…… 오늘은 웬일로 화장을 다 했나 싶어서 말이야."

"으음…… 뭐, 신경 좀 써봤어."

"그랬구나. 이야, 평소보다 훨씬 아름다우십니다~."

"……그래? 고마워."

마사치카가 약간 어색한 칭찬을 건네자, 아리사는 그런 말에 익숙하다는 듯 통명한 반응을 보였다. 하지만 아까까지 몸에 두르고 있던 날 선 분위기가 약간 누그러들었고, 희미하게 느슨해진 입가를 통해 아리사가 방금 그 말을 내심 싫어하지 않는다는 것을 드러내고 있었다. 하지만 마사치카가 멋쩍은 듯 다시 공책을 쳐다본 순간, 아리사는 느슨해져 있던 입술을 꼭 오므렸다.

불만 섞인 눈길로 마사치카의 정수리를 노려본 아리사는 머리카락을 묶은 새 리본을 손가락으로 만지작거리면서, 러시아어로 이렇게 중얼거렸다.

【그렇게 생각하면…… 먼저 말을 꺼내란 말이야.】

"……무슨 말씀하셨나요?"

"별거 아냐. 『칭찬이 늦었으니까 감점』이라고 말했어."

"……그거 죄송하네요. 꽃단장한 아랴 양이 너무 아름다우신 나머지, 칭찬이 입에서 바로 나오지 않았사옵니다."

"딱히…… 꽃단장을 한 건……."

그걸 말이라고 하는 거냐. 아리사가 뻔뻔한 소리를 늘어놓자, 마사치카는 뜨뜻미지근한 눈길로 쳐다보았다. 언제나 「화장은 교칙 위반? 그런 건 필요 없거든?」이라는 듯 화장을 안 하던 아리사가, 옅은 화장을 하고 온 것이다. 그게 꽃단장이 아니면 대체 뭘까.

마사치카가 그런 뜻이 담긴 시선을 보내자, 아리사는 시선을 슬쩍 피하면서 대답했다.

"이건, 그러니까…… 연습이야. 사회에 나갔을 때, 화장을 제대로 못 하면 바보 취급을 당하지 않겠어? 그래서 마음이 내킬 때, 연습을 좀 해보는 거야……."

"흐음~, 그렇구나~."

"……왜 그런 눈으로 쳐다보는 건데?"

"아~, 눈이 정화된다 싶어서 말이지. 어느 각도에서 봐도 참 아름다우신지라, 평생 쳐다보고 싶을 지경이옵니다~."

마사치카가 뜨뜻미지근한 눈길을 보내며 교과서 읽는 말투로 그렇게 말하자, 아리사의 눈가에 경련이 일어났다. 그리고 뭔가를 떠올린 표정을 짓더니, 도발적인 미소를 머금으며 이렇게 말했다.

【그냥 보기만…… 할 거야?】

아리사는 유혹하는 눈길을 머금으며, 요염한 목소리로 그렇게 말했다. 아리사가 느닷없이 러시아어로 유혹하자, 마사치카의 볼이 파르르 떨렸다.

"……뭐라고 한 거야?"

"『화장이 잘 됐는지 못 됐는지 진짜로 알긴 해?』 하고 말했어."

놀리는 투로 그렇게 말한 아리사는 가슴 아래로 가져간 두 팔로 팔짱을 끼면서 등받이에 몸을 맡겼다.

【자, 만져도 되거든?】

(……어디를 말이야?)

마사치카는 진지한 표정으로 생각했다. 그리고 진지한 표정으로, 아리사의 팔 위에서 존재감을 뽐내고 있는 두 언덕을 쳐다보려다…… 강철 같은 의지로 아리사의 얼굴에 시선을 고정시켰다. 그리고, 우월감에 찬……「무슨 소리를 하는 건지 모르겠지? 흐흥」이란 의미의 미소를 보고, 살짝 울컥했다.

(이 바보……【그럼 사양 하지 않을게】하고 말하며 확 가슴을 만져버릴까.)

그렇게 했을 때, 아리사는 과연 어떤 표정을 지을까. 꽤 흥미롭긴 하니, 세이브 & 로드가 가능하다면 한 번쯤 골라 보고 싶은 선택지지만…… 아무리 생각해도 Dead End 직행 선택지인 데다, 실제로 그랬다간 인생이 끝날 것 같았기에 그냥 생각만 해보는 선에서 그쳤다.

그런 마사치카의 신사적(?)인 생각을 알 리 없는 아리사는 오른손으로 머리카락을 등 뒤로 쓸어 넘기며 도발적으로 말했다.

【특별히, 네 마음대로 하게 해줄게.】

(와, 마음껏 조물조물할래~☆)

아리사가 러시아어로 허락해주자, 마사치카는 두 손바닥을 활짝 펼치면서 아리사의 가슴을 향해 다이빙……할 수 없기에, 고개를 돌려서 창밖을 쳐다봤다.

(『이런 대박 찬스가 찾아온 걸 까맣게 모르다니, 참 불쌍하네. 바보 멍청이~』라고 생각하고 있겠지……. 시끄러워. 알면서도 눈감아주고 있는 거야! 내가 신사인 걸 감사하게 생각하라고 이 바보 멍청아~!)

아리사가 얼굴을 살짝 붉힌 채 히죽거리고 있는 걸 눈치 못 챈 척하면서, 마사치카는 마음속으로 반격했다. 움츠러든 게 아니라, 겁쟁이의 허세라고나 할까. 바로 그때, 아리사가 한숨을 내쉬며 공격을 이어갔다.

"유감이지만, 시간 초과야."

"뭐가?"

마사치카가 눈동자만 움직여서 힐끔 쳐다보자, 아리사는 「휴~ 이런이런」 하고 말하는 듯한 조롱 섞인 미소를 머금었다.

"너는, 방금 절호의 기회를 놓쳤어."

"뭐?"

"불쌍해라……. 이번 달 운을 다 써버렸네."

"아니, 대체 무슨 소리를 하는 거야?"

"글쎄? 여자 마음을 좀 더 공부하면 알 수 있지 않을까?"

한쪽 눈을 살짝 치켜뜬 아리사는 코웃음을 치며 그렇게 말했다. 그 모습은 벽창호 도련님을 놀리는 산전수전 다 겪은 누님 같아 보였다. 우월감으로 가득 찬 눈길을 보내며 웃고 있는 아리사를 보자, 마사치카는 완전히 뚜껑이 열렸다.

(뭐~~~~?! 여자 마음을 공부해? 러시아어를 공부하라는 게 정답 아냐?! 언어의 벽 너머 안전권에서 남자를 놀리면서 우쭐대지 말라고~, 이 가짜 변태야! 확 덮쳐서 그 여유와 우월감에 찬 미소를 벗겨버릴까 보다!)

마사치카가 마음속으로 울분을 터뜨리자, 소악마 모습을 한 유키가 「바로 그거야~ 확 저질러 버려~!」 하며 성원을 보냈고, 천사 모습을 한 마리야가 「안 돼! 아랴한테 그런 짓을 하면 안 된단 말이야!」 하며 제지했다. 그 제지 덕분에(?) 만행을 저지르려 하는 충동을 억누른 마사치카가 볼에 경련이 일어난 상태에서 말했다.

"그, 그러는 너도 남자 마음을 모르는 것 같은데…… 그 점에 대해선 어떻게 생각해?"

"……남자 마음?"

"가족이 집을 비워서 실질적으로 혼자 사는 남자의 집에 서슴없이 들어오는 건, 너무 위기감 없는 행동이 아니냔 말이야~."

마사치카는 마음 한편으로 자기 무덤을 파는 느낌을 받으면서, 빈정거리듯 웃었다. 그 말에 눈썹이 파르르 떨린 아리사는 턱을 치켜들며 도발적인 미소를 머금었다.

"……흐음~? 서슴없이 들어오면…… 대체 어떻게 된다는 건데?"

너한테, 나를 건드릴 배짱이 있긴 해?

그리 생각하며 마음속으로 코웃음을 치고 있는 듯한 그 도발을 보자, 마사치카의 볼이 더욱 떨렸다.

(후, 후후……. 나를 완전히 얕보고 있는걸……. 좋아. 내가 여성향 게임 원작 애니를 보며 익힌, 혼신의 미남캐 행동을 보여주겠어!)

이렇게 도발을 당했으니, 더는 물러설 수 없다. 마사치카는 마음속으로 그렇게 외치더니, 천천히 자리에서 일어나서 아리사의 옆으로 이동했다.

그리고 팔짱을 낀 채 자신을 올려다보는 아리사에게, 필살의 턱 들어 올리기에서 이어지는 「내 방으로 와」를 시전하려다—.

(잠깐만 있어 봐. 아랴는 자존심이 강하니까, 자아도취 히어로 타입을 싫어하겠지? 좀 무난한 편이 좋을 것 같은데…….)

그 직전에 생각을 바꿨다. 하지만 오른손을 이미 아리사의 얼굴 근처로 가져간 만큼, 이제 와서 물러날 수는 없다. 턱을 들어 올리는 게 무리라면, 이 손을 대체 어디로—.

"……."

마사치카는 망설인 끝에 아리사의 머리카락을 귀 뒤쪽으로 쓸어 넘겨준 후, 입가에 미소를 머금으며 말했다.

"방에서 기다릴게."

그리고 자신의 방에 들어가서 문을 닫았다. 그 후에 한

방 제대로 먹여줬다는 듯 미소를 머금으려다—.

(완전 작업 멘트 같은 소리를 늘어놨어어어엇—!!)

양손으로 얼굴을 감싸더니, 그 자리에서 무너지듯 주저앉았다. 발가락을 오므린 채 침대로 이동한 마사치카는 이불에 얼굴을 묻으며 소리 없는 비명을 질렀다.

(아니, 『방에서 기다릴게』는 대체 뭐냐고! 그런 대사는 상대방이 자리를 비우는 타이밍에 뱉어야 할 거 아냐! 여자가 샤워하러 갈 때라거나! 대뜸 자리에서 일어나서 『방에서 기다릴게』 하고 말하는 건, 차분하게 생각해 봐도 의미를 모르겠거드으으으으은?!)

현재 진행형으로 흑역사를 새기는 감각에 휩싸인 마사치카는 이불에 힘껏 움켜쥐며 몸을 배배 꼬았다. 온몸에 힘을 주던 그는 곧 축 늘어졌다.

(으음…… 뭐, 어찌 보면 차라리 잘 된 건가……. 1분 정도만 더 기다린 후에 『왜 안 오는 거야!』 하고 너스레 떨면서 방에서 뛰쳐나가면, 원래 분위기로 되돌아갈 거야.)

그렇게 생각하며 자기 자신을 달래고 있는 마사치카의 귀에…… 머뭇거림이 섞인 노크 소리가 전해졌다.

"읏?! 드, 들어와."

화들짝 놀라며 이불에서 얼굴을 뗀 마사치카는 허둥지둥 침대에 걸터앉더니, 태연한 척 그렇게 대답했다. 그러자 문이 슬며시 열리더니, 새침한 표정을 지은 아리사가 고개를 숙인 채 안으로 들어왔다.

(왜 온 거냐고!!)

전혀 예상 못 한 전개였기에, 마사치카의 볼에 경련이 일어났다. 하지만 아리사는 개의치 않으면서, 왼팔을 가슴 아래편에 대더니, 오른손으로 머리카락을 만지작거리면서 「뭐, 작업 멘트 자체는 합격점이었거든? 그래서 와준 거야」 하고 말하는 듯한 표정을 지으며 고개를 돌리고 있었다.

아리사의 태도를 본 순간, 마사치카의 내면에서 「네가 그렇게 나온다면 나도 생각이 있어」라는 경쟁심이 다시 불타올랐다. 온 힘을 다해 표정 근육을 제어하며 훗 하고 웃더니, 자신의 옆자리를 손바닥으로 두드리며 상냥하게 유혹했다.

"자, 이리로 와."

(이러다 죽겠어어어어어엇—!!)

그리고, 다음 순간에 바로 후회했다. 『미남 한정』으로 허용되는 행동을 직접 해보니, 수치심이 한계 돌파를 해서 확 죽어버릴 것만 같았다.

"……흥."

표정이 얼어붙은 채 마음속으로 지면을 굴러다닐 만큼 괴로워하는 마사치카의 앞에서, 아리사는 퉁명한 태도로 코웃음을 치더니—.

(왜 앉는 거야! 왜 앉는 거냐고오~!!)

마사치카의 옆에 살며시 앉았다. 그리고 다리를 살짝 꼬더니, 고개를 돌린 채 머리카락을 만지작거렸다.

(방금은 『징그러워』 하며 질려야 하는 타이밍이라고! 그러면 나도 『너무해!』 하고 농담을 해서 이 상황을 무마시켰을 거야! 괜찮은 거야?! 뭘 말하는 건지는 안 밝히겠지만, 정말 괜찮은 거냐고!)

다른 가족이 없는 집의, 남자 방에서, 침대에 나란히 앉아있다. 이 상황에서 이어지는 전개라면, 마사치카는 딱 하나밖에 생각나지 않았다.

(어어어, 어쩌지?! 대충 농담해서 얼버무릴까?! 아니, 이 상황에서 그랬다간 얼간이 취급당할 게 뻔해! 용기 없는 자식~ 하고 생각할 거야!!)

생각하고 말고를 떠나, 그게 엄연한 사실이지만 말이다. 실제로 마사치카는 아리사를 덮칠 배짱이 없으며, 육식남도 아니다. 하지만 상황이 이렇게 되면 그 점을 인정하는 것 자체가 패배를 뜻하며, 그건 영 아니꼬웠다.

(만약, 이 상황에서 내가 물러난다면…….)

머릿속에, 여유 넘치는 미소를 지으며 자기를 바보 취급하는 아리사의 모습이 떠올랐다.

『어머? 남자 마음을 가르쳐주는 것 아니었어? 여차할 때 겁먹으며 움츠러드는 게, 네가 말하는 남자 마음이라는 거야? 흐음, 그렇구나.』

•

상상 속의 아리사가 늘어놓는 도발적인 대사에, 마사치카는 그것이 자신의 망상이라는 것을 알면서도 울컥했다. 만약 진짜로 연애 경험이 풍부하고 어른스러운 누님이 이런 말을 했다면 납득이 될 것이다. 하지만…….

(연애는 고사하고 친구도 거의 없는 너한테 그런 말 듣고 싶지 않아—!!)

불타오르는 반항심을 원동력 삼아, 마사치카는 한 걸음 더 나아갔다. 허리를 살짝 들어서, 아리사와 다리가 닿을락 말락 할 만큼 붙어 앉았다. 그리고 고개를 돌리고 있는 아리사의 귀에, 가벼운 미소를 머금은 채로 이렇게 속삭였다.

"긴장한 거야? 귀여운걸."

(누가 나 좀 말려줘—!!)

흑역사 어록을 계속 갱신 중인 가운데 마사치카는 마음 속에서 얼굴을 두 손으로 감싼 채 온 힘을 다해 상체를 뒤편으로 젖혔다. 전진해도 지옥, 후퇴해도 지옥인 완벽한 생지옥 상태였다.

(유키! 아야노! 이렇게 되면 아버지라도 괜찮아! 누가 좀 이 집에 들어와—!! 이 타이밍에 가족에게 방해받는 게 클리셰잖아아아앗?!)

마사치카는 오타쿠 느낌 물씬 나는 정석 이벤트가 이 지옥을 박살 내주기를 기대했지만…… 현실에서는 그렇게 타이밍 좋게 방해꾼이 등장하지 않는다. 아니, 타이밍 나쁘게라고 말하는 편이 옳을까?

아무튼 예상치 못한 사태에 방해받는 일 없이, 마사치카의 말이 아리사의 귀에 전해졌다. 그리고 아리사는 그 말을 듣더니…… 마사치카를 살며시 돌아보았다가 코앞에 있는 그의 얼굴에 놀라 표정을 굳힌 후, 허둥지둥 도발적인 미소를 머금었다.

“긴장? 딱히 안 했어. 그러는 마사치카야말로 긴장한 것 아냐?”

턱을 들며 그렇게 말한 아리사는 그대로 침대에 드러누웠다.

“……자, 남자 마음을 가르쳐준다며?”

옆으로 돌아누우면서 도발적인 말을 입에 담은 아리사의 볼은, 희미하게 홍조를 띠고 있었다. 부자연스럽게 굳은 어깨를 볼 때, 무리하고 있는 게 명백했다.

(인마, 허세 좀 그만 부려─! 네가 그렇게 나온다면, 나도 확 덮친다는 선택지밖에 남지 않는단 말이다!)

이 상황은 일종의 치킨 레이스로 치닫고 있었다. 먼저 브레이크를 밟는 쪽이 지는 상태다.

(이렇게 되면 이세계 소환의 소환진이라도 좋아! 이세계에 계신 여러분~! 여기에 여자 용사가 있어요~! 어, 그렇게 되면 나도 소환에 휘말리는 거 아냐? 크윽, 우주로부터의 방문자든 다른 차원의 침략자든 뭐든 좋으니까, 이 상

황 좀 어떻게 해달라고오오—!!)

그런 마사치카의 소원이 이뤄진 것일까. 아리사가 뭔가를 눈치챈 반응을 보이면서 침대 위의 수건을 향해 손을 뻗더니…… 다음 순간, 그녀의 얼굴에서 표정이 사라졌다.

"……저기, 마사치카."

"응?"

갑자기 아리사가 얼음장 같은 목소리로 그렇게 말하자, 마사치카는 당황스러움과 함께 약간의 안도감을 느꼈다. 아리사는 그런 마사치카를 개의치 않으며 천천히 침대에서 몸을 일으키더니…… 오른손에 쥔 것을, 마사치카의 눈앞으로 내밀었다.

"이게, 뭐야?"

그것은 한 올의 기나긴~ 검은 머리카락이었다.

(아, 그거구나.)

마사치카는 어제, 유키와 있었던 일을 떠올렸다. 그와 동시에 「유키한테도 똑같은 짓을 당했지~ 하하하」 하고 슬쩍 현실도피를 했다.

하지만, 곧 눈치챘다. 이것이야말로 자신이 바라 마지않던, 이 생지옥을 박살 낼 폭탄이라는 사실을 말이다. 이제 저 폭탄에 불만 붙이면, 이 심장이 멈출 듯한 치킨 레이스를 망칠 수 있다. 거기까지 생각이 미친 마사치카는…… 과장된 태도를 보이며 앞 머리카락을 쓸어 넘겼다.

"응? 아, 그건…… 어제 놀러 왔던 유키와 침대에서 프로레슬링 놀이를 하다 흘린 것 같네."

"……흐음, 그렇구나."

따귀 맞을 것을 각오한 인간쓰레기 행동으로, 마사치카는 도화선에 불을 붙이려 했다. 그러자 아리사는 섬뜩한 미소를 머금더니, 마사치카의 목덜미를 향해 손을 뻗었다.

(아, 멱살 잡히는 거구나—.)

그렇게 예감한 직후, 아리사의 손이 마사치카가 입은 폴로셔츠의 목덜미 부분을 확 잡아당겼다. 그것도…… 위쪽이 아니라, 옆쪽으로 말이다. 그리고 노출된 마사치카의 목덜미를, 아리사가 길고 새하얀 손가락으로 매만졌다.

"아……."

등골이 오싹거리는 느낌에 휩싸인 마사치카는 무심코 낮은 신음을 흘렸다. 그 바람에 수치심을 느낀 마사치카는 반사적으로 고개를 돌리려 했지만…… 아리사에게서, 눈을 뗄 수가 없었다. 요염하면서도 무시무시한 미소를 짓고 있는 아리사를 보고, 위기감과 함께 강력한 매력을 느낀 마사치카는…… 숨을 삼켰다.

평소와 다르게 화장을 한 아리사의 평소보다 어른스러운 미모가, 마사치카의 시선을 놔주지 않았다. 이른바, 위험한 향기가 감도는 마성의 여자라는 걸까? 파멸로 향하게 되리라는 것을 알면서도 다가갈 수밖에 없는, 어른의 매력이 눈앞에 존재했다.
(히이익, 산전수전 다 겪은 누님이야…….)
동급생이 지닌 뜻밖의 일면에, 마사치카는 완전히 삼켜졌다. 저항도 못 하며 그저 굳어 있는 마사치카의 목덜미를, 아리사가 손가락으로 매만지더니…….
"그럼—."
연분홍색을 띤 입술에서, 거무튀튀한 웃음기가 어린 말이…… 흘러나왔다.
"이 깨문 흔적은…… 뭐야?"
"……뭐?"
그 질문을 들은 순간, 마사치카는 정신이 퍼뜩 들었다. 그리고 그 질문을 머릿속으로 되새기자…… 등에서 식은땀이 뿜어져 나왔다.
(아, 아아앗—! 그거, 아직 남아있었던 거냐—!!)
어제 아침, 유키에게 깨물렸을 때의 고통이 뇌리를 스치더니, 소악마 모습을 한 유키가 내 머릿속에서 사악하게 웃어댔다. 마치 연인과 함께 있는 상황에서 바람피우는 상대가 남긴 키스 마크를 들키고 만 남자가 된 심정이다. 아니, 따지고 보면 틀린 말도 아니었다.
(크크크크, 큰일 났다! 이제 어떻게 하지?!)
예상을 아득히 능가하는 규모의 대폭발을 예감한 마사치카의 생존본능이 격렬하게 경종을 울려댔다. 목덜미에 닿아 있는 아리사의 손가락이 묘하게 무서웠다. 왠지 「목은 인체의 급소였지……」라는 생각이 머릿속에 떠올랐다.

변명이라도 하고 싶지만, 깨물린 자국을 어떻게 둘러대면 좋을지 생각나지 않았다. 유키가 친동생이라는 것을 폭로하면 피해를 줄일 수 있을 거란 생각이 들었지만, 그럴 수도 없다.

실은 어제, 사야카와 노노아에게 유키와 남매라는 사실을 들킨 마사치카는 아리사에게도 그 사실을 밝힐지 고민했다. 마사치카와 유키, 두 사람과 가까운 사이인 아리사에게는 진실을 전해두는 편이 좋겠다는 생각이 들었다. 하지만 다름 아닌 유키가 그것을 말렸다.

『비밀은 말이지. 알게 된 사람한테도 부담이 돼.』

『……부담?』

마사치카가 뜻밖의 단어를 듣고 당황하자, 유키는 진지한 표정으로 말을 이었다.

『그 비밀을 알려주면, 오빠는 마음이 편해질지도 몰라. 하지만 비밀을 알게 된 아랴 양은 그 순간부터 강제적으로 비밀을 지켜야만 하는 처지가 되거든? 언니인 마샤 선배에게도 그것을 비밀로 해야 하잖아? 애초에 나와 오빠가 남매라는 걸 알게 되면, 선거전에 도전하는 아랴 양의 기분이 어떨 것 같아? 경쟁 상대가 파트너의 여동생이라는 걸 알게 되어도, 결의가 무뎌지지 않을 거라고 단언할 수 있어?』

『아!』

물 흐르듯 이어진 그 질문을 들은 순간, 마사치카는 충격을 받았다. 확실히, 여동생의 말이 옳다는 생각이 들었다.

『그래……. 맞아. 비밀은 부담이 된다……. 맞는 말이네.』

마사치카가 감명을 받은 것처럼 몇 번이나 고개를 끄덕이자, 유키도 진지한 표정으로 고개를 끄덕이며 말을 이었다.

『응. 어떤 만화에 그렇게 쓰여 있었어.』

『말짱 꽝이네.』

그런 대화를 주고받은 끝에, 아리사에게는 자신들이 남매라는 사실을 비밀로 한다는 결론에 도달했다. 적어도, 회장 선거가 끝날 때까지는 말이다. 하지만, 그렇다면 이 상황을 대체 어떻게 수습할까……. 필사적으로 생각해봤지만, 위기감에 비롯된 초조함 탓에 뇌가 헛바퀴를 돌기만 했다.

"아, 으음~~ 그거? 그건 말이지~. 프로 레슬링 놀이를 하다 질 뻔한 유키가 나를 물어뜯었어~. 질 것 같다고 반칙을 저지르다니, 좀 너무하다니깐~."

그 결과, 마사치카의 입에서 나온 것은 궁색한 변명이었다.

"흐음……."

불온한 분위기가 감도는 그 목소리를 들은 마사치카가

아리사를 힐끔 쳐다보니…… 그녀는 입가에 섬뜩한 미소를 머금은 채 마사치카의 목에서 손을 떼더니, 주먹을 꽉 말아 쥐었다.

“저기…… 내가 지금, 무슨 생각을 하는지 알겠어?”

……아무래도 폭탄 처리에 실패한 것 같다. 그것을 깨달은 마사치카는 각오를 다지더니, 다시 과장된 태도를 보였다.

“훗, 물론 알지……. 나는 여자 마음을 아는 신사거든.”

깔끔한 미소를 머금으며 그렇게 말한 마사치카는…… 침대에 털썩 드러눕더니, 귀여운 척하는 소녀 같은 표정을 지으며 아리사를 올려다보았다.

“상냥하게, 해줄 거지?”

그리고, 마사치카는 승천했다. 상냥했는지는…… 기억이 없어서 모른다.

“그럼 가자.”

“네! 여자 마음을 감사히 배우겠습니다. 잘 부탁드립니다!”

정신을 차리고 보니, 어느새 숙제를 중단한 마사치카는 아리사와 함께 외출하기로 했다. 스마트폰으로 시간을 확인해 보니, 현재 시각은 오후 3시 20분. ……약 20분 동안의 기억이 머릿속에서 사라졌다. 게다가 마사치카는 맨션 복도에 서서, 규율이 엄격한 운동부 부원 같은 말투로 아리사에게 말하고 있었다.

“……저기, 말투가 왜 그래?”

"저도 잘 모르겠습니다!"

그렇다. 정말 모르겠다. 하지만 아리사의 시선을 받을 때마다 자동으로 차렷 자세를 취했다. 내가 기억 못 하는 20분 동안, 내 마음에 뭔가가 새겨진 게 분명하다. 아니, 지워지지 않을 낙인이 찍혔다고 봐야 할까.

"기분 나쁘니까, 평소 말투를 써."

"읏…… 아, 응."

아리사가 차가운 시선을 보내자, 마사치카는 자기 볼을 찰싹 소리 나게 때리면서 평소 태도로 되돌아갔다. 그리고 다시 이 상황을 돌이켜 보니…… 아무래도, 아리사가 「여자 마음을 가르쳐준다」는 명목으로 데이트를 신청한 것 같았다.

"……."

차분하게 돌이켜 보면 태클을 날릴 일이 한두 개가 아니었지만, 이미 집을 나섰으니 어쩔 수 없다. 순순히 공주님의 요망에 따르기로 한 마사치카는 공손히 고개를 숙였다.

"그럼 제가 이제 어떻게 하면 되겠습니까?"

마사치카가 마치 집사라도 된 듯한 태도를 보이자, 아리사는 약간 짜증이 치솟은 표정을 지으면서 퉁명한 어조로 말했다.

"우선 에스코트를 해."

"……네."

지시에 따라 팔꿈치를 살짝 굽히면서 아리사의 옆에 서자, 그녀는 익숙하지 않은 손놀림으로 그의 팔꿈치에 손을 집어넣었다. 그리고…… 노골적으로 미간을 찌푸렸다.

"……아니, 자기가 시켜놓고 『이건 좀 아냐……』란 표정 짓지 마."

"그, 그런 표정 안 지었거든?!"

"……그래? 어쨌든 더우니까 이건 관두자."

몸을 밀착시키자 서로의 체온이 한여름 더위에 더욱 박차를 가했기에, 마사치카는 팔을 들어 올려서 에스코트를 관뒀다.

(뭐, 아랴는 순순히 남자한테 에스코트를 받는 캐릭터가 아니거든.)

마음속으로 그렇게 생각한 마사치카는 불만 섞인 표정을 짓고 있는 아리사를 힐끔 쳐다봤다.

"그럼…… 이제 어디로 갈까요?"

"그건 네가 생각해야 하지 않아?"

"어? 아니…… 네가 가고 싶은 곳이 있어서, 내가 같이 가주는 흐름 아냐?"

"아냐. 여자 마음을 배우기 위한 데이…… 외출이라고 내가 말했잖아?"

"……즉, 네가 가고 싶어 할 곳을 내가 골똘히 생각해야 하는 거야?"

“뭐, 그래.”

머리카락을 쓸어 넘기며 그런 무모한 소리를 늘어놓은 후, 아리사는 가슴을 살짝 펴며 우쭐대는 표정으로 이야기를 시작했다.

“잘 들어. 딱히 정답을 찾을 필요는 없어. 상대방이 기쁘게 해주려고, 즐겁게 해주려고, 최선을 다한다. 여자애는 그 마음에 기뻐하는 법이야.”

“아하. 그거, 순정 만화에서 배운 지식 아냐?”

“그, 그런 거 아니거든……?”

마사치카가 즉시 「순정 만화에서 본 거지?」 하고 태클을 날리자, 아리사는 시선을 이리저리 돌리며 기어 들어가는 목소리로 그렇게 말했다. 마사치카는 뜨뜻미지근한 눈길로 쳐다보면서도 더는 추궁하지 않으며 엘리베이터를 향해 걸음을 옮겼다.

“그럼 우선…… 대충 돌아다녀 볼까요.”

“잠깐만…… 대충 돌아다니면 안 되거든?”

“농담이야. 다 생각이 있으니 안심해.”

“그, 그래? 그럼 괜찮지만…….”

마사치카가 농담기 없는 목소리로 딱 잘라 말하자, 아리사는 수긍했지만…… 그가 말한 생각이 뭐냐면…….

(뭐, 역 근처를 대충 돌아다니다, 아랴가 들어가고 싶어 할 가게가 있으면 들른 다음…… 마지막에 달콤한 디저트

가게에 데려가면 무난할 거야.)

……라고 하는, 참으로 안이하고 나쁜 의미에서 대충인 생각이었다. 하지만…… 걸음을 옮기기 시작한 직후, 마사치카는 불길한 예감을 받기 시작했다. 왜냐하면…….

(쳐다봐……. 엄청나게 쳐다본다고…….)

어찌 된 건지, 아리사가 주위를 전혀 쳐다보지 않았다. 잡담을 나누며 역 쪽으로 걸어가고 있지만, 아리사의 시선은 앞쪽과 마사치카를 오가기만 하며 주위의 가게는 전혀 쳐다보지 않았다.

(아랴 양은 남의 얼굴을 쳐다보며 이야기할 수 있는 훌륭한 애였구나~!)

옆에서 아리사의 시선이 계속 느껴지자, 마사치카는 그런 생각을 하며 현실도피를 했다.

【……덧칠 삼아 나도 확 해 버릴까?】

느닷없이 그런 러시아어가 들려오자, 마사치카는 마음속으로 고개를 갸웃거렸다. 무슨 의미인지 감도 오지 않았기에, 마사치카는 무심코 아리사를 쳐다보았다.

"뭐라고 한 거야?"

"별거 아냐……. 그냥『아파 보여』하고 생각했을 뿐이거든?"

웅얼거리듯 그렇게 말한 아리사는 마사치카의 목덜미 쪽을 힐끔 쳐다보았다. 그제야 마사치카는 아리사가 자신을 계속 쳐다본 이유를 눈치챘다.

(아, 아하! 내 얼굴을 쳐다본 게 아니라, 목덜미의 물린 자국을 쳐다본 거구나! 우와, 나는 완전 자의식 과잉이네!)

아리사가 자기 얼굴을 쳐다본다고 생각했던 마사치카는 착각을 했다는 것을 알고 부끄러워 미칠 뻔했다.

(우와아아아아~, 뭐야~, 그랬구나…… 어? 그럼【덧칠】이란 건……?)

별생각 없이 그 말의 의미를 생각해본…… 순간, 마사치카는 다른 의미에서 엄청난 수치심에 사로잡혔다. 참다못해 아리사에게서 고개를 돌린 그는 이유 없이 쇼윈도를 노려봤다.

(끄아아아아—!! 뭐야! 그건 어떤 감정에서 비롯된 말인건데?! 그거냐? 한때 유행했던, 지우개에 좋아하는 사람의 이름을 적는 것 같은 거야? 그거, 들키지 않으면 사랑이 이뤄진다고 들었는데…… 굳이 따지자면 들키느냐 마느냐의 그 두근거림을 즐기는 게 메인이었던 걸로 기억해. 딱히 좋아하지도 않는 상대의 이름을 적는 녀석이나, 일부러 들키려고 포장을 벗기는 녀석도 있었는데…… 어.)

"우왓?!"

아리사의 얼굴을 똑바로 바라볼 수가 없기에, 어쩔 수 없이 쳐다보고 있던 옷 가게 쇼윈도에서…… 느닷없이 아는 사람의 얼굴이 튀어나오자, 마사치카는 화들짝 놀라며 몸을 뒤편으로 젖혔다.

"왜 그— 어, 미야마에 양?!"

마사치카의 시선이 향한 곳을 돌아본 아리사도 마찬가지로 깜짝 놀랐다. 그도 그럴 것이, 쇼윈도에 놓인 여러 마네킹 뒤편에 있는 벽면. 그곳에는 외국인 모델과 함께 노노아가 실려 있는 포스터가 붙어 있었다. 대로 쪽을 향해 당당히 포즈를 취하고 있는 동급생의 모습을 보자, 두 사람은 무심코 멈춰 섰다.

"우, 와아…… 대단하네. 잡지의 독자 모델 같은 것과는 차원이 달라……."

"그러고 보니, 부모님이 운영하는 브랜드의 모델을 한다고 했어……."

"응……. 하지만 이렇게 사진을 보니 실감이 나네. 마치 연예인 같아."

화려한 옷을 입고, 미스터리한 표정으로 곁눈질을 하는 노노아의 모습은 다른 프로 모델에게도 전혀 밀리지 않았다. 자초지종을 모른다면 프로로 착각할 정도로 자연스러웠다.

마사치카가 감탄을 금치 못하며 그 포스터를 뚫어지게 쳐다보고 있을 때, 누군가가 그의 볼을 꼬집었다.

"……으아아."

"마사치카? 왜 꼬집힌 건지 알아?"

고개를 돌려보니, 아리사가 꾸짖는 표정을 짓고 있었다.

마사치카는 그 질문을 듣고서야, 자기가 『여자 마음을 알기 위한 데이트』를 하고 있단 사실을 떠올렸다. 마음속으로 「아차」 하고 생각하면서, 꼬집힌 볼을 감싸 쥔 채 대답했다.

"……데이트 중에 다른 여자애에게 시선을 줬기 때문입니다."

"정답이야. 이게 진짜 데이트라면 엄청난 감점이거든? 뭐. 이건 데이트가 아니니까, 나는 딱히 신경 쓰지 않지만 말이야."

그렇게 말한 아리사는 몸을 돌리더니 앞장서서 걷기 시작했다. 아리사를 쫓아가서 나란히 선 마사치카는 그녀에게 꼬집힌 볼을 문질렀다.

(신경 안 쓴다는 것치고는 손에 힘이 많이 들어간 것 같은데…… 내 착각일까?)

이러는 사이에도 볼에 느껴지는 시선이 아까보다 험악해진 것 같은데…… 과연 이것도 마사치카의 착각일까.

【왜 나는 안 쳐다보는 거야.】

(아, 착각이 아니었구나.)

【항상 쳐다보고 싶다고 했으면서…….】

(화났어……. 엄청 화났다고……!)

아리사가 머리카락을 만지작거리면서 러시아어로 불만을 늘어놓자, 마사치카는 마음속으로 식은땀을 흘렸다. 왜 쳐다보지 않는 거냐면, 마사치카에게는 이 상황에서 아리사의 얼굴을 똑바로 바라볼 배짱이 없었다. 미인의 화난 얼굴은 무시무시하니 말이다.

"으음, 변명처럼 들리겠지만…… 아까는 『시선을 뺏다』고 말했지만, 딱히 눈길을 빼앗긴 건 아니거든? 좀 감탄했을 뿐이라고……."

"딱히 신경 안 써. 그리고 미인을 쳐다보는 건 어쩔 수 없는 일이잖아. 그게 남 · 자 · 마 · 음이라는 거 아냐?"

"맞아. 그래서 너를 무심코 쳐다볼 때도 있다니깐."

"무, 무슨 소리를 하는 거야……."

빈정대는 소리에 진지하게 대꾸하자, 아리사는 부끄러운 듯 눈을 돌렸다. 그런 아리사를 본 마사치카는 표정이 훈훈해졌다.

【나도…… 그럴 때가 있어.】

(윽!!)

그리고, 그 멘트 한 방에 마사치카는 무심코 피를 토했다. 마음이 풀린 순간을 노려서 이런 치명적인 한 방을 날리는 건 좀 너무하다고 생각한다.

(그래……. 아랴도 미남을 무심코 쳐다볼 때가 있구나……. 혹시 히카루를 쳐다본 걸까?)

마사치카는 머릿속에서 토한 피를 닦으면서 자기 자신을 지키기 위한 현실도피에 들어갔다. 의미심장한 시선이 자신을 계속 향하고 있는 것 같지만, 신경 쓰지 않았다. 진짜로 신경 안 쓴단 말이다.

"뭐, 그것보다…… 내가 미야마에를 넋 놓고 쳐다보는 일은 없어. 만약 그럴 때가 있다면, 그건 경계해서 그러는 거야."

"경계?"

"아, 그게……."

무심코 말할 필요 없는 본심을 드러낸 마사치카는 말끝을 흐렸다. 마사치카가 노노아에게 품고 있는 경계심을 타인에게 설명하는 건 어려우며, 아마 설명해도 공감하지는 못할 것이다.

그녀를 아는 많은 이들에게 있어, 노노아는 겉모습에 비해 얌전한…… 정확하게는 항상 무기력하고, 남에게 피해를 안 주는 날라리란 인상일 것이다. 마사치카도 그 평가에는 동의하며, 같은 귀차니스트이기에 노노아가 기본적으로 귀찮은 일을 피하며 함부로 풍파를 일으키지 않을 거라는 쪽으로 신뢰 또한 하고 있다. 하지만…… 한편으로, 노노아의 행동을 제한하는 것은 일부 예외를 제외하면 그 『귀찮음』뿐이라는 점도 알고 있다.

법으로 금지되어 있어서 하지 않는다, 비도덕적이라 하지 않는다, 같은 게 아니다. 그저 **귀찮으니까 하지 않을 뿐**이다. 노노아의 내면에서 『필요성』이 『귀찮음』을 상회한다면, 그녀는 법이나 도덕을 무시하며 행동한다. 그것을 경험과 직감으로 이해하기에, 마사치카는 노노아를 상대로 공포심과 경계심을 품을 수밖에 없는 것이다.

하지만, 아리사에게 그런 이야기를 해줄 생각은 없었다. 뒷말하는 것 같아서 내키지 않는 데다, 괜한 선입견을 심어주는 것도 좋지 않다고 생각한다. 그렇기에, 마사치카는 얼버무리기로 했다.

"아~ 저기, 그 녀석이 나한테 말을 걸면, 주위의 들러리들이 엄청나게 노려보거든. 딱히 노노아가 나쁜 건 아니지만…… 가볍게 인사를 나눌 뿐인데도 노려보니까, 그 녀석을 보면 반사적으로 경계하게 돼."

"아, 그런 거구나……."

"응. 그리고 단순히 걔의 금발은 눈에 띄잖아. 무심코 쳐다보게 된다고."

"흐음, 내 머리카락보다도 말이야?"

"아, 물론 네 은발도 아름답다고 생각하지만……."

"농담이야."

아리사는 그렇게 말하며 살며시 웃더니, 자신의 머리카락을 들어 보이며 말을 이었다.

"그리고 나도 옛날에는 금발이었어."

"어, 옛날에는……? ……어, 아하! 혹시 그거야? 외국 어린애는 성장하면서 머리카락과 눈동자의 색깔이 바뀌기도 한다며?! 우와, 진짜구나!"

마사치카가 눈을 반짝이며 흥분을 감추지 못하자, 아리사는 약간 당황한 표정으로 눈을 깜빡거렸다.

"으, 응……. 나처럼, 색이 빠지는 경우는 드물다지만 말이야."

"흐음~! ……그래. 금발인 아랴……."

"……뭐야. 흥미 있어?"

"뭐, 솔직히 말해 보고 싶긴 하네."

"그, 그렇구나……. 그럼 다음에 사진을 보여줄게."

"오, 정말이야? 기대할게."

지금도 요정처럼 아름다운 아리사라면, 어릴 적에는 천사처럼 사랑스러웠을 것이다. 마사치카는 그 모습을 상상하며 히죽거렸다.

(유키도 옛날에는 천사 같았지만, 지금은…….)

머릿속에서 「깔깔깔」 하고 사악한 웃음을 흘리는 소악마 유키를 보면서, 마사치카는 세월의 잔혹함을 실감했다. 순진무구하던 그 시절의 여동생은 대체 어디에 가버린 것일까. 뭐, 그때로 되돌아간다면 내 마음속의 해묵은 상처가 다시 벌어지겠지만 말이다.

"……저기."

"응?"

"……마사치카는 어땠어?"

"뭐?"

"마사치카는…… 옛날에, 어떤 애였어?"

아리사가 느닷없이 뜻밖의 질문을 던지자, 마사치카는 자기 표정이 딱딱하게 굳는 것을 느꼈다.

"……갑자기 무슨 소리를 하는 거야?"

마사치카는 적절한 대답이 생각나지 않았기에, 표정과 마찬가지로 굳은 목소리로 그렇게 되물었다. 그러자 아리사는 마사치카의 태도가 딱딱해진 것을 느낀 건지, 작게 「아……」 하고 중얼거린 후에 머뭇머뭇 말을 이었다.

"저기, 나는 네 생일을 몰랐잖아? 생각해 보니, 선거전 파트너에 대해 너무 모르는 것도 문제가 될 것 같거든……."

"아…… 그런 거구나."

위축된 아리사를 본 마사치카는 데이트 중에 묘한 분위기를 형성한 것을 반성했다. 그리고, 일부러 밝은 목소리로 대답했다.

"으음…… 뭐, 지금의 나보다는 꽤 성실했어. 수업 시간에 졸지도 않았고, 교과서를 깜빡하지도 않았거든."

"그랬어?"

"응. 당시의 나는 오타쿠가 아니었으니까 말이야~. 훗, 중학생 때 오타쿠 취미에 눈뜨면서, 성실하던 나는 이렇게 타락해버리고 말았지……."

"아, 그랬구나……."

마사치카가 농담조로 한 말에 시선이 약간 차가워진 아

리사는 잠시 생각에 잠기는 듯한 반응을 보였다.

"그럼…… 좋아하는 음식은 뭐야?"

느닷없이 무난한 질문을 받은 마사치카는 마음속으로 쓴 웃음을 머금었고…… 그 질문에 담긴 배려에, 솔직하게 감사했다.

"으음…… 뭐, 너도 알고 있겠지만 매운 요리를 좋아해. 그리고…… 다들 좋아하는 라멘이나 카레 같은 거?"

"매운 요리……."

"아랴는 별로야?"

"그…… 그렇지는 않아. 전에 같이 매운 라멘을 같이 먹은 적도 있잖아."

"아, 응."

그 일 때문에 매운 음식을 꺼리냐고 물어본 건데 말이다. 아무래도 아리사는 매운맛 라멘 때문에 죽을 뻔했다는 걸 아직 들키지 않았다고 여기는 눈치였다.

(뭐, 저렇게 우기니까 괜히 추궁하는 건 좀 그렇지만…….)

왜 저렇게 고집을 부리나 싶어서 마사치카가 마음속으로 고개를 갸웃거리고 있을 때, 아리사가 이어서 물었다.

"그럼 싫어하는 음식은 뭐야?"

"딱히 없어. 어릴 적부터 편식을 하지 말라는 말을 들으며 커서 그래……."

"그랬구나……."

"아, 하지만 할아버지가 만들어준 보르시는 싫었어. 흙내가 났거든."

"흙내……?"

"아마 비트를 제대로 조리하지 않아서 그런 걸 거야……. 그래서 전에 아랴가 만들어준 보르시는 그야말로 혁명이었어. 정말 맛있었다니깐."

"그, 그래? 맛있었다니 나도 기뻐."

마사치카가 솔직하게 칭찬해주자, 아리사는 멋쩍은 듯 고개를 돌렸다. 그리고 손가락으로 머리카락을 동그랗게 말더니, 고개를 들어 올리며 이렇게 말했다.

"뭐, 그러면 다음에 또 만들어줄 수도 있거든? 다음 공부 모임 때라도 말이야."

"아, 으음…… 그건 좀 미안할 것 같네. 만드는 데 네 시간이나 걸린다며?"

"물론 너한테도 도움을 받을 거야. 요리 좀 하지?"

"아…… 그러면 되겠네."

"그럼 결정된 거야. 다음 공부 모임 때…… 맞아. 장을 보는 것부터 도와주겠어?"

"아…… 응. 뭐, 오케이."

마사치카가 쓴웃음을 머금으며 고개를 끄덕이자, 아리사는 기분 좋은 듯 웃었다. 하지만 곧 뭔가를 눈치챈 표정을 짓더니, 고개를 살짝 숙였다.

【마, 마치 부부, 같네.】

(……그래.)

안절부절, 힐끔힐끔, 머리카락 만지작만지작. 이제는 일상적인 일이기에, 마사치카는 그냥 넘어갔다. 지적하지도, 물어보지도, 태클을 날리지도 않았다.

(부부……라.)

그래도 다시 생각해 보니 함께 장을 보고, 함께 요리해서, 함께 먹는 것은 부부는 아니더라도 동거 중인 커플 같기는 했다. 그리고 그 광경을 상상하면서…… 자연스럽게 「나쁘지 않네」 하고 생각하는 자기 자신에게, 마사치카는 놀랐다.

(뭐, 아랴와 함께 사는 것도…… 나쁘진 않을 것 같아.)

성실하고, 자존심이 강하며, 툭하면 잔소리를 늘어놓는데다, 괜히 우위에 서려고 하지만…… 그런 행동이, 성가시게 느껴지지는 않았다. 그런 성실한 면도, 약간 허세를 부리는 면도, 솔직히 귀엽다는 생각이 들었다. ……사랑스럽다는 생각마저, 들었다.

(아아…… 왠지, 가슴이 들뜨는 것 같아.)

마음이 둥실 떠오르는 느낌이 들자, 마사치카는 무심코 미소를 머금었다. 그리고, 가슴속에서 샘솟아 나오는 상냥하고 따뜻한 마음에 따라, 아리사의 손을 살며시 움켜잡았다.

"아! ……뭐 하는 거야?"

갑자기 손을 잡힌 아리사는 화들짝 놀리며 걸음을 멈췄다. 눈을 치켜뜨며 딱딱하게 굳은 아리사를, 마사치카는 온화한 미소를 머금으며 돌아보았다.

"왠지 손을 잡고 싶어졌어. 안 될까?"

"어, 아……."

마사치카가 그런 직설적인 발언을 하자, 시선이 격렬하게 흔들린 아리사는…… 몇 초 후, 다시 새침한 표정을 지으면서 고개를 치켜들었다.

"뭐, 뭐어? 여자애는 약간 당돌한 남자를 싫어하진 않거든. 물론, 어디까지나 일반론이야. ……좋아. 이번에는 특별히, 내 손을 잡는 걸 허락해줄게. 게다가 이 외출을 제안한 건 나인걸."

아리사가 변명 같은 말을 늘어놓으면서 허락하자, 마사치카는 작게 웃음을 흘렸다.

"그거 고맙네. 그럼 갈까?"

"으, 응…… 그래."

마사치카가 자신의 말을 가볍게 넘기며 상냥히 손을 잡아끌자…… 아리사의 태도가 확연하게 고분고분해졌다. 아까까지의 콧대 높은 태도는 어디 간 건지, 맞잡은 손과 마사치카의 얼굴을 번갈아 쳐다보면서 얌전히 그를 따라왔다. 그리고 고개를 슬쩍 돌리면서, 러시아어로 중얼거렸다.

【뭐야, 정말…….】

그렇게 중얼거린 아리사가 맞잡은 손에 살짝 힘을 줬다. 그러자 마사치카는 마음속으로 몸부림……치는 일 없이, 조용히 쓴웃음을 머금었다. 왠지 평온한 마음으로, 아리사가 부끄러워하는 모습을 바라볼 수 있었다. 그런 한없이 상냥하고 온화한 미소를 머금은 마사치카의 얼굴을, 아리사는 가만히 응시했다.

두 사람은 손을 맞잡은 채 역 근처를 천천히 걸었다. 두 사람 사이에서 대화는 오가지 않았으며, 맞잡은 손에서 느껴지는 상대방의 체온만을 그저 느끼고 있었다. ……하지만 그렇게 5분쯤 지나자, 마사치카와 손을 맞잡는 것에 익숙해진 아리사가 천천히 주위를 둘러보면서 입을 열었다.

"……저기."

"응?"

"아까부터 목적지 없이 돌아다니는 거 맞지?"

그 날카로운 지적에 마사치카의 심장이 크게 뛰었고, 등에서는 땀이 흘러내렸다. 정곡을 찔린 것이다. 그것도 정확하게 말이다. 한 마디 덧붙이자면, 지금 자신이 어디를 걷고 있는지도 알지 못했다.

사실 마사치카는 가게가 잔뜩 있는 곳을 돌아다니다 보면, 아리사가 「아, 저 가게……」 하고 아리사가 말해줄 거라고 생각하면서 대충 돌아다니고 있었다. 게다가 지금은 「이대로 계속 걷는 것도 괜찮겠는걸~」이라는 약간 어이없는 생각까지 하며 설렁설렁 돌아다니는 바람에…… 어느새, 한 번도 와본 적 없는 구역에 발을 들이고 말았다.

(진짜로 여기는 어디지……? 젠장, 멍하니 발길 닿는 대로 돌아다녔더니 어디인지 모르겠어!)

정신을 차리고 보니, 완전히 미아 상태였다. 하지만 솔직하게 털어놨다간, 현재 실시간으로 가라앉고 있는 아리사의 기분이 완전히 땅속 깊은 곳까지 곤두박질을 칠 게 뻔했다. 그도 그럴 것이, 나는 데이트를 시작하면서「다 생각이 있으니 안심해」하고 떠벌렸다. 실은 아무 계획이 없었다는 소리를 이제 와서 하는 건 무리였다.

그렇기에…… 고육지책 삼아서, 마사치카는 마음속으로 식은땀을 흘리며 도박에 나섰다. 태연한 척을 하면서, 의심을 사서 억울하다는 표정을 지었다.

“그럴 리가 없잖아? 걱정하지 마.”

“……진짜야?”

“그래. 저 모퉁이를 돌면…….”

마사치카는 반사적으로 모퉁이를 손가락으로 가리켰지만, 당연히 그 너머에 뭐가 있는지는 모른다.

하지만 문제될 것은 없다. 왜냐하면「목적지가 있다」고 단언하지는 않은 것이다.「계단이 있다」,「안내판이 있다」, 아니면「어라? 다음 모퉁이 너머였나?」도 괜찮다. 모퉁이를 돈 후에 얼마든지 수정할 수 있다.

그런 마사치카의 약아빠진 생각은…… 실제로 모퉁이를 돈 순간, 산산조각이 났다.

그도 그럴 것이, 그 통로 너머는 막다른 길이었으며, 그 곳에는 가게가 하나뿐이었던 것이다. 그리고, 그 가게는 바로…… 속옷 가게였다.

(망했다.)

자신의 끝내주는 운(?)을 실감한 마사치카는 표정이 얼어붙은 채 굳은 듯 그 자리에서 멈춰 섰다. 그런 마사치카의 옆에서는 혹독한 눈보라가 발생하더니, 그 눈보라를 일으킨 이는「놓치지 않겠다」는 듯 마사치카의 손을 꽉 움켜잡았다.

"저기."

"넵."

"여기가, 목적지야?"

영구동토의 밑바닥에서 흘러나오는 듯한 그 무시무시한 목소리를 들은 순간, 마사치카는 이것이 최후의 질문이라는 사실을 이해했다. 이 질문에 어떻게 대답하느냐에 따라, 자신의 운명이 결정되리라…… 그 사실을 깨닫고만 마사치카는 진지한 표정으로 아리사를 돌아보더니, 그녀의 눈을 응시하며 말했다.

"요즘 들어, 속옷 사이즈가 맞지 않는 것 같아서—."

그 말을 끝으로, 마사치카는 두 번째 승천을 경험했다.

역시 기억은 없지만…… 일단, 상냥하지 않았다는 것만은 틀림없었다.

【……어째서 네가 그걸 아는 건데?】

제 4 화 아니, 그렇게는 안 돼

"더워……."

커다란 보스턴백을 어깨에 걸친 마사치카는 활활 타오르는 듯한 태양 아래를 걷고 있었다. 아직 오전 여덟 시밖에 되지 않았지만, 8월의 태양은 잔혹할 정도로 기운이 넘쳤다.

걸을 때는 그나마 괜찮다. 하지만 건널목에서 멈춰선 타이밍에 땀이 삐질삐질 났고, 마사치카는 그게 너무나도 불쾌했다.

"뭐, 이런 날씨에 바다에 들어가면 기분이 좋긴 하겠네."

그렇게라도 생각하지 않으면 못 해 먹을 것 같았다. 그렇다. 오늘은 학생회장인 토우야가 기획한, 학생회 합숙의 출발일이다.

학교에서 가장 가까운 역에 모인 후, 거기서 전철과 버스를 갈아타면서 켄자키 가문이 소유한 별장으로 가기로 했다. 마사치카는 집돌이에 가깝지만, 오랜만에 해수욕을 하러 가는 것이 기다려져서 마음이 약간 들떠 있었다. 하지만…… 약속 장소가 보이기 시작하자, 마사치카는 자연스레 걸음을 멈췄다.

"더워……."

기온이, 아니다. 아니, 공기라는 의미에서 본다면 틀린 의미가 아닐지도 모른다.

원인은 단 하나. 약속 장소에는 토우야와 치사키가 이미 와있었는데…… 두 사람에게 감도는 분위기가 이렇게 멀리서 보는 데도 뜨거웠다. 연인과 여행을 가게 되어 기쁘면서도 부끄러워하는 티가 역력했다. 그도 그럴 것이, 서로를 마주 쳐다보며 손까지 마주 잡고 있었다. 그것도 양손을 말이다. 아, 깍지를 끼려고 하네.

"다가가기 싫어……."

이대로 다른 멤버가 올 때까지 기다릴까…… 하고 생각했을 때, 갑자기 고개를 돌린 치사키와 시선이 마주쳤다. ……설마, 시선을 느낀 것일까? 이렇게 멀리서 쳐다보는데?

"……갈 수밖에 없나."

체념한 마사치카는 가볍게 손을 들어 보이며 두 사람에게 다가갔다. 그러자 눈에 익은 고급 외제차가 마사치카를 추월하며 나아가더니, 역 앞의 터미널에 섰다. 그리고 뒷좌석에서 내린 두 사람이 트렁크에서 내린 캐리어 가방을 끌면서 토우야, 치사키와 합류했다. 말할 필요도 없겠지만, 유키와 아야노였다.

(나이스 타이밍이야, 유키. 이걸로 저 두 사람 사이에서 바늘방석에 앉은 기분을 맛보지 않아도 되겠네.)

마음속으로 주먹을 말아 쥐며 기뻐한 마사치카는 네 사람과 합류했다.

"좋은 아침입니다~."

"그래. 좋은 아침이야, 쿠제."

"좋은 아침~."

"좋은 아침이에요, 마사치카 씨."

"좋은 아침입니다, 마사치카 님."

각자 인사를 나누면서 오늘 일정에 대해 이야기를 나누고 있을 때, 약속 시간 10분 전에 마지막 두 사람이 모습을 보였다.

"기다리게 했네~."

"기다리게 해서 죄송해요."

부드러운 미소를 머금은 언니는 손을 흔들며 걸어왔고, 성실한 동생은 정중하게 인사를 하면서 걸어왔다. 참 대조적인 분위기를 지닌 쿠죠 자매가 도착하면서, 모든 멤버가 모였다.

(우와, 남녀의 외모 격차가 하늘과 땅 수준이네!)

이 자리에 있는 사복 차림의 여성들을 본 마사치카는 마음속으로 태클을 날렸다.

(다들 너무 멋 부린 거 아냐?!)

아리사, 유키, 아야노가 사복을 입었을 때 멋쟁이라는 건 알고 있었지만, 치사키와 마리야도 밀리지 않았다. 이 순간에도 주위로부터 어마어마하게 주목을 받고 있다는 것을 알 수 있었다. 귀를 기울여 보면, 「어, 촬영이라도 하나?」, 「연예인?」, 「아이돌 그룹 아냐?」 같은 목소리가 곳곳에서 들려왔다.

(평범한 학생회 임원이에요……. 하지만 이렇게 보니 연예인들의 일상 사진 같긴 한걸.)

화사한 그녀들 앞에서, 딱히 고급스럽지도 않은 셔츠와 바지 차림인 마사치카는 왠지 바늘방석에 앉은 기분을 맛봤다. 바로 그때, 아리사가 마사치카를 돌아보며 평소보다 조금 큰 목소리로 인사를 건넸다.

"마사치카도, 안녕."

"……그래. 안녕."

주위의 다른 학생회 멤버 전원이 있는 이 상황에서, 아리사는 일부러 마사치카를 이름으로 부르며 인사를 건넸다. 그 말에…… 역시 유키가 반응을 보였다.

"어머? 아랴 양…… 마사치카 씨를 부르는 호칭을 바꿨나요?"

"응."

음흉한 장난기를 정숙한 미소로 가린 유키가 그렇게 묻자, 아리사는 딱히 동요하지 않으며 대답했다.

"생각해 보니, 함께 회장 선거에 입후보한 사이인데 한쪽만 상대방을 이름으로 부르는 것도 좀 서먹한 느낌이잖아? 게다가 대립 후보인 유키 양도 이름으로 부르는데, 파트너인 내가 마사치카를 성으로 부르는 것도 좀 이상하다고 생각해. 그래서 얼마 전부터 나도 마사치카를 이름으로 부르기로 했어."

"그랬군요."

마치 해냈다는 듯한 분위기에 휩싸인 아리사가 입가에 약간 의기양양한 미소를 머금자, 유키는 의외로 순순히 수긍했다. 그리고 약간 기묘한 표정을 지으며 말을 이었다.

"확실히…… 대립 후보가 된 후에도 제가 마사치카 씨와 친하게 군 건, 무신경한 행동이었을지도 몰라요……."

"어?! 아, 아냐. 그런 건 신경 쓰지 마. 두, 두 사람은 소꿉친구 사이라며? 친하게 지내는 게 자연스럽다고 생각해."

"하지만 아랴 양의 마음을 생각하면, 제가 무신경한 짓을 했다는 건 엄연한 사실이니까요……."

"진짜로 신경 안 써도 돼!"

뜻밖에도 유키가 미안해하는 반응을 보이자, 아리사는 허둥지둥 그렇게 말했다. 그 모습을 보고 있던 마사치카는 은근슬쩍 불길한 예감에 휩싸였다.

"……정말, 신경 쓰이지 않는 건가요?"

"응. 저, 저기, 두 사람의 우정에 훼방을 놓을 생각은, 전혀 없으니까……."

"그런가요! 다행이에요!"

유키는 기쁘다는 투로 그렇게 말하며 환한 표정을 짓더니, 미소를 머금으며 아리사의 손을 잡았다.

"학교 안에서의 저희는, 차기 학생회장의 자리를 다투고 있는 라이벌이지만…… 이번 합숙 동안에는 그런 것을 잊고 지내도록 해요. 그래요, 정전 협정이라는 거예요."

"아, 응……. 그래. 그렇게 하자."

아리사가 약간 당황하면서도 고개를 끄덕이자, 유키는 깊은 미소를 머금었지만…… 마사치카는 저 숙녀다운 미소의 이면에 숨겨져 있는 「언질을 받아냈다고!」라는 음흉한 속내를 감지했다. 그리고 마음속으로 「항상 네가 먼저 싸움을 걸었잖아」 하고 생각했다. 찬물을 끼얹는 것도 좀 그러니, 말하지는 않았지만 말이다.

"좋아. 그럼 슬슬 출발하자."

바로 그때, 토우야가 그렇게 말하면서 역을 향해 걸음을 옮겼다. 그러자 유키가 기분 좋은 듯 빙글 돌아서더니…….

"그럼 마사치카 씨! 저희도 출발해요!"

마사치카를 향해 뛰어오더니, 그의 손을 잡으려…… 했지만, 그는 그 행동을 예상했는지 손을 들어 올려서 피했다. 하지만 유키는 개의치 않는다는 듯, 태클이라도 날리는 기세로 그의 팔을 끌어안으려 했고—.

"그럼 유키, 우리도 가자~."

"어, 마샤 선배?"

반대편에서 슬며시 다가온 마리야가, 그녀의 팔을 잡았다.
"어, 왜 이러는 거예요?"
"그야~, 아랴가 팔짱 끼는 걸 좋아하지 않거든~."
유키가 묻자, 마리야는 볼을 부풀리며 그렇게 답했다. 아니, 그렇다고 해서 왜 유키와 팔짱을 끼려고 하는 것일까. 마사치카만이 아니라 유키도 그렇게 생각하는 것 같지만, 마리야가 팔을 꼭 끌어안은 순간에 그녀의 머릿속에서 그 의문은 사라지고 말았다.
색골 아저씨 같은 눈빛을 머금은 유키가 자신의 팔에 닿은 마리야의 가슴을 뚫어지게 쳐다보는 모습을, 마사치카는 똑똑히 목격했다. 겸사겸사 「우와, 대박」이라는 마음의 목소리 또한, 마사치카는 또렷하게 들었다.
"후훗, 합숙이 참 기대돼~♪ 저기, 유키. 유키는 문어 먹물이 맛있다고 생각해?"
"어, 네? 무, 문어 먹물, 말인가요? 마샤 선배는 드셔본 적이 있으신가요?"
"없어~."
"어, 어?"
그리고 유키는 그대로 마리야에게 끌려가듯 역으로 걸어갔다. 그 뒷모습을 몇 초 동안 바라본 후, 마사치카는 이 자리에 있는 아리사와 아야노에게 말을 건넸다.
"……갈까?"

"네."

"그래."

그렇게, 세 사람은 뒤를 따랐다. 세 사람의 가슴속에 존재하는 생각은 단 하나, 「마샤는 천하무적」이었다.

◇

전철을 갈아타며 두 시간가량 이동한 후, 어느 지방의 전철에 탄 마사치카는 차 안의 광경에 약간 놀랐다.

"우와, 엄청난걸요. 옛날 전철 느낌이 확 나요. 자리도 박스석? 이란 표현이 맞는지는 모르겠지만, 마주 보고 설치되어 있고요."

"흠, 확실히 도회지에서는 일부 급행 전철에서만 볼 수 있지."

"아, 저기 봐! 문이 자동이 아니라 버튼식이야!"

"어머, 정말이네~. 달리는 도중에 누르면 어떻게 될까~?"

"열리지 않을 거라고 생각해. 그래도 절대 누르지 마, 마샤."

"아, 사진 찍을게요. 아야노, 아랴 양의 옆에 서."

"이러면 되겠습니까?"

일행은 고풍스러운 느낌이 감도는 구식 전철이 흥미롭다는 듯 내부를 둘러보았다. 학생회 홍보용 디지털카메라로 기념사진 촬영을 맡은 유키의 앞에서, 다들 제각각의 포즈를 취했다. 하지만 이 지역 사람으로 보이는 할머니가 훈훈하다는 듯 쳐다보고 있다는 것을 눈치챈 토우야는 가볍게 헛기침을 했다.

"음…… 그럼 사진도 얼추 찍었으니, 이번에는 평소 함께 행동하는 일이 없는 멤버끼리 흩어져서 앉아볼까. 임원 간의 교류도 겸해서 말이야."

"아, 좋은 생각이야! 그럼…… 1학년은 파트너가 흩어져서 앉게 하자."

학생회장과 부회장의 제안에 따라, 이 전철로 40분간 이동하는 동안에는 전후반으로 나눠서 임원 간의 교류를 하기로 했다. 통로를 사이에 둔 두 좌석에, 멤버가 흩어져서 앉았다.

"그럼, 잘 부탁해~."

"잘 부탁드려요."

"맞선 자리 아니거든?"

전반 20분 동안, 마사치카의 옆자리에 앉은 이는 유키였다. 맞은편에는 토우야와 치사키가 앉았다.

(평소 함께 행동하지 않는 멤버가 교류하는 자리니까, 회장과 부회장도 흩어져야 하지 않을까요? ……란 소리는 안 하는 편이 좋겠지.)

정면에 앉은 치사키에게서 느껴지는 「나와 토우야는 묶음이야」라는 분위기를 감지한 마사치카는 태클을 관뒀다.

일개 서무가 부회장의 권력(拳力)…… 아니, 권력(權力)에 맞설 수 있을 리가 없었다.

"……으음, 취미는 뭔가요?"

"아니, 그거야말로 맞선에서나 할 질문이잖아."

유키가 입을 다물고 있었기에, 마사치카가 먼저 입을 뗐지만…… 토우야가 쓴웃음을 지으며 그런 태클을 날리자, 그는 장난스레 목을 움츠렸다.

"그래요……. 그럼, 두 분은 어떻게 가까워지셨나요?"

"결혼 기자 회견이야?"

"어, 으음~? 그런 게 궁금해?"

"어? 치사키, 설마 말해주려는 거야?"

치사키가 두 손으로 볼을 감싸며 부끄러운 듯 웃자, 토우야는 멋쩍은 듯 웃으며 한쪽 눈을 살짝 치켜떴다. 하지만 치사키는 연인의 반응을 개의치 않으며, 기억을 거슬러 올라가는 듯한 눈빛을 머금으며 입을 열었다.

"그래~. 내가 토우야에게 흥미를 가진 건…… 으음~, 이걸 말하려면 어릴 적 이야기부터 해야겠네."

"좋죠. 사라시나 선배의 이야기를 듣고 싶어요."

마사치카가 흥미롭다는 듯 몸을 내밀자, 치사키는 싫지 않다는 듯 옅은 미소를 머금었다. 그리고 차창 밖을 쳐다보면서, 그리움이 묻어나는 어조로 이야기를 시작했다.

"그래……. 그건 내가 아직 벌레도 잡지 못할 만큼 심약

한 여자아이였던 시절…….”

“어, 환청인가?”

너무나도 뜻밖의 말이었기에, 마사치카는 무심코 진지한 표정을 지으며 태클을 날렸다. 하지만 치사키는 전혀 개의치 않으며 말을 이었다.

“자기 입으로 이런 말을 하는 건 좀 그렇지만, 당시의 나는 참 얌전하고 가련한 미소녀였어……. 조그마한 동물 타입이랄까?”

“아하. 맹수도 새끼일 때는 조그마한 동물이긴 하니까요.”

“항상 쭈뼛쭈뼛하는, 목소리도 작고 마음도 약한 여자애였어……. 당연히 학교에서는 장난꾸러기 애들한테 괴롭힘을 당하고, 거리에 나가면 수상한 아저씨들이 말을 걸거나 스토킹을 하거나 유괴하려고 했다니깐……. 한때는 남성 불신과 대인 공포증에 걸려서 등교 거부까지 할 정도였어.”

“……어? 정말이에요?”

농담으로 넘기는 게 주저될 만큼 심각한 내용이었기에, 마사치카도 진지한 태도를 보였다. 그리고 토우야를 쳐다보니, 그는 진지한 표정으로 어깨를 으쓱했다. 아무래도 이 자리에서 지어낸 이야기를 대충 늘어놓는 것 같지는 않았다.

“뭐, 엄마가 항상 지켜준 덕분에 결정적인 트라우마가 생기지는 않았지만…… 방에 틀어박히기엔 충분했어.”

"……"

"그러던 어느 날…… 저기, 『플레임 소드』란 애니를 알아?"

"어? 아, 네. 알아요. 명작 애니라고 해서, 컴퓨터로 본 적이 있어요."

플레임 소드는 몇 년 전에 했던 오리지널 애니메이션이다. 신의 아이라 불리며 세상의 운명을 거머쥐고 있는 히로인과, 어릴 적에 적국에 납치를 당한 그녀를 구하기 위해 모험을 떠난 주인공 소년. 동료와의 만남과 적과의 싸움을 치르며 여행을 이어간 주인공은 이윽고 히로인의 숨겨진 비밀과 세상의 진실에 다가서게 된다……란 스토리의 왕도 판타지물이다.

"나, 당시에 그걸 실시간으로 봤거든~. 정말 충격이었다니깐. 변경 요새에서의 싸움이 끝난 후, 최종 보스인 황제와 히로인이 이야기를 나누는 장면이 있잖아?"

"그 옥좌 장면 말이에요?"

"맞아, 그거야."

"아, 그건 명장면이었죠."

그것은 히로인이 그저 주인공의 도움을 기다릴 뿐인 무력한 소녀가 아니라, 확고한 의지와 정의감을 지닌 강한 여성이라는 인상이 처음으로 드러나는 장면이었다. 힘으로 세상을 지배하려 하는 황제에게 정면에서 반박한 히로인은, 목숨을 아랑곳하지 않으면서 자신의 이상을 이야기

한다. 최종 보스인 황제 또한 「약자의 풋내 나는 이상이다」 하며 코웃음을 치면서도, 히로인에 대한 평가를 바꾸게 된다……. 마사치카도 그 장면을 보면서, 무심코 「히로인, 멋져—!」 하고 환희했다.

오호라, 그 히로인을 보고 치사키는 변한 건가…… 하고 고개를 끄덕이는 마사치카의 앞에서, 치사키도 당시의 일을 떠올리며 감회에 젖은 듯 고개를 끄덕였다.

"그걸 보고 생각했어……. 아아, 그래. 결국, 힘이 전부구나."

"어?"

"힘이 없으니까 남자한테 얕보이고, 납치당하는 거야. 내 뜻을 관철하기 위해선, 우선 상대를 닥치게 만들 폭력이 필요하다는 걸…… 이해했어."

"우와아, 설마 히로인을 반면교사로 삼은 거냐~. 최종 보스에게 영향을 받은 거냐~."

"그 후로 나는 길게 길렀던 머리카락을 싹둑 잘라버린 후, 남자한테 얕보이지 않으려고 마음과 몸을 단련했어……. 친척이 운영하는 무술 도장에서 1년간 열심히 수련했다니깐. 그 결과……."

"자기 몸을 완전히 개조해 버린 거네요."

옆에서 「최종 보스……. 맞아. 이해해」 하고 말하는 듯한 표정으로 고개를 끄덕이는 여동생을 도끼눈으로 쳐다본 후, 마사치카는 솔직한 감상을 입에 담았다. 치사키는 그 너무하다 싶은 평가를 듣고 쓴웃음을 머금었다.

"말이 너무 심하잖아. 그냥 성장했다고 말하란 말이야……. 아무튼, 그 덕분에 연약한 미소녀 분위기를 감출 수 있을 정도의 패기를 지니게 됐어."

"정말 비극적 극한 개조 비포 애프터네요. 아니, 희극적이려나요?"

"그런 과거 덕분에…… 변하려고 노력하는 토우야의 모습을 보고, 왠지 남 일처럼 느껴지지 않은 거야."

"오오, 느닷없이 러브 스토리 쪽으로 이야기가 틀어졌네. 너무 급한 전개라 감정이 따라가지를 못하겠어."

갑자기 치사키가 부끄러운 듯 토우야를 힐끔힐끔 쳐다보자 마사치카는 어처구니없다는 표정을 지었고, 유키도 난처하다는 미소를 흘렸다. 하지만 그런 후배들의 반응을 개의치 않으며, 커플은 뜨거운 눈길로 서로를 응시하기 시작했다.

"그래도, 거의 초면이나 다름없던 시절에 느닷없이 고백을 받았을 때는 놀랐다니깐~."

"이봐, 그 이야기는 하지 마."

"에이…… 그 일 덕분에 토우야의 변화를 실감한 건 사실이잖아?"

"으음…… 뭐, 내가 생각해도 좀 오버했던 것 같긴 해."

"맞아~. 그래서 말도 엄청나게 더듬거렸잖아?"

"정말! 그 이야기는 하지 말라니까 그러네!"

치사키가 히죽거리면서 놀리자, 토우야는 부끄러워하며 그녀를 노려보았다. 하지만 날 선 느낌은 전혀 없었고…… 오히려 달콤한 분위기가 느껴지자, 마사치카와 유키는 공허한 눈길을 머금었다.

"(되게 불편한 자리네…….)"

"(어쩔래? 우리도 확 알콩달콩할까? 껌딱지처럼 확 들러붙을까?)"

"(됐다, 됐어.)"

남매는 앞쪽을 쳐다보며 작은 목소리로 그런 대화를 나눴지만, 눈앞의 커플은 전혀 눈치채지 못했다. 그러는 사이에 20분이 흘렀고, 멤버가 교대됐다. 마사치카의 옆에는 유키 대신 아야노가 앉았으며, 정면에는 마리야가 앉았다.

"잘 부탁해~?"

"잘 부탁드립니다."

"잘 부탁해요."

마리야는 평소와 마찬가지로 부드러운 미소를 머금고 있었다. 그리고 아야노 또한 평소와 마찬가지로 표정과 함께 존재감을 완전히 지웠다.

(아니, 이야기를 나누라고.)

마리야는 평소 남의 이야기를 들어주는 일이 많고, 아야노는 항상 공기처럼 존재감을 지우며 지낸다. 대화를 이어가기 힘든 이 조합을 본 마사치카가 마음속으로 태클을 날렸다. 그리고 교류를 나누는 자리에서 공기가 되려고 하는 아야노에게, 약간 꾸짖는 눈길을 보냈다.

"아야노, 이럴 때는 네가 이야깃거리를 꺼내는 게 어때?"

"아! 그렇군요. 실례했습니다."

마사치카의 지적이 올바르다고 느낀 건지, 아야노는 어깨를 부르르 떨며 고개를 숙였다. 그리고 고개를 들더니, 약간 시선을 이리저리 돌리면서 무표정한 얼굴로 이렇게 말했다.

"마리야 님은, 어떤 메이드복을 좋아하십니까?"

"초구부터 완전 폭투네."

"글쎄~. 굳이 따지자면 나는 클래식한 타입을 선호해~. 롱스커트 메이드복은 참 귀엽잖아~."

"그걸, 받아쳤어……?!"

"그러시군요."

"응. 하지만 미니스커트 쪽도 나름 귀엽다고 생각하긴 해~. 나, 애니송 같은 것도 좋아하거든."

"어이쿠? 제대로 받아쳤나 했더니, 살짝 빗맞고 엉뚱한 방향으로 날아가네?"

"그렇습니까? 애니송이라면 저도 다소 공부했습니다."

"공부? 아야노는 애니송 가수가 되고 싶은 거야?"

"아니, 그런 건 아닙니다."

"그래?"

"네."

"……."

"……."

"……아니, 공을 잡았으면 던져주라고."

"윽! 그, 그렇죠. 으음……."

아야노가 지나치게 심플한 대답을 해서 이야기를 끊어버리자, 마사치카는 도끼눈을 뜨며 태클을 날렸다. 그러자 아야노는 어깨를 부르르 떨면서 전철 안을 둘러보기 시작했다.

"후후, 그렇게 허둥댈 필요는 없어~."

"아니, 저기…… 으음."

이야깃거리를 찾는 눈치인 아야노를 본 마리야는 푸근한 미소를 머금으며 부드럽게 한 마디 건넸다. 하지만 아야노는 그런 선배의 배려에 송구하다는 듯 어깨를 움츠리더니, 몇 번이나 눈을 깜빡이며 이야깃거리를 궁리했다.

"으음, 전철은 좋아하십니까?"

"눈에 들어온 걸 그냥 이야깃거리 삼는 거냐."

"으음~, 나는 평소에 전철을 잘 타지 않거든~."

"그리고 바로 말을 맞춰주는 선배~. 완전 성모네."

"아야노는 어때?"

"저도 딱히……."

"대화를 좀 잘 이어가 보라고……."

아야노가 또 대화의 맥을 끊는 대답을 하자, 마사치카는 어이없음과 위로를 담은 손길로 아야노의 머리를 부드럽게 쓰다듬어줬다. 그리고 이런 대화에 익숙하지 않은 소꿉친구를 대신해, 자기가 나서기로 했다.

"으음, 평소에 전철을 타지 않는다고요? 그럼 자전거나 버스를 이용한다는 건가요?"

"아냐. 나는 걷는 걸 좋아해. 그래도~ 멀리 나갈 때는 자전거를 타."

"흐음, 좀 의외네요. 마샤 씨가 자전거를 타는 모습이 상상 안 돼요."

"어머, 그래~? 나, 의외로 발이 튼튼한 편이야. 전철 세 정거장 거리는 아무렇지 않게 걸어 다니고, 자전거를 타면 더 먼 곳에도 가~."

"그거 대단하네요. 하지만 전철을 이용하는 편이 더 빠르지 않을까 싶은데…… 혹시 전철을 싫어하세요?"

"아, 그런 건 아니지만…… 마을을 둘러보는 걸 좋아하거든. 평소에 지나다니지 않는 길에 들어서기만 해도, 마을의 새로운 표정을 볼 수 있잖아?"

"아하……."

마리야의 말을 이해한 마사치카는 고개를 끄덕였다. 일

전에 아리사와 했던 생일 데이트(?) 때, 괜찮은 가게를 찾으려고 마을 안을 돌아다닌 마사치카는 자신의 생활권 안에도 가본 적 없는 장소가 많다는 것을 깨닫고 놀랐었다.

마사치카가 그 말에 공감하고 있을 때, 마리야는 약간 흐려진 표정으로 말을 이었다.

"그리고…… 전철은, 위험한걸."

"네? 위험하다고요?"

"응. 손잡이를 잡고 있다가 손목을 다치는 사람도 있어."

"어? 손잡이를 잡고 있을 뿐, 인데요?"

그런 이야기를 들은 적이 없던 마사치카는 아야노에게 눈길을 보냈지만, 그녀 또한 처음 듣는다는 듯 고개를 좌우로 저었다. 생각해 보니 아야노는 평소에 차량을 주로 이용하는 만큼, 마리야와는 다른 이유로 전철에 타본 적이 없을 것이다.

"손잡이에 손목을 다친 건가요……? 전철이 흔들리면서 몸이 확 잡아당겨진 바람에, 다치는 걸까요……?"

"글쎄? 나는 다친 적이 없고, 치사키도 없는 것 같던데…… 혹시 남자만 다치는 걸까?"

"어? 사라시나 선배? ……어? 남자만?"

마리야가 입에 담은 단편적인 말이, 마사치카는 마음에 걸렸다. ……그리고 그 말에서 연상된 생각 탓에, 그의 볼에 경련이 일어났다.

"으음, 마샤 씨. 그 현상은…… 사라시나 선배와 함께 있을 때, 일어나지 않았나요?"

"어? 응, 맞아~. 치사키와 함께 외출했을 때, 서너 번 정도 일어났어."

"……혹시, 만원 전철이었나요?"

"으음~ 글쎄? 하지만, 꽤 붐비긴 했어~. 빈 손잡이가 없을 정도로 말이야."

"……혹시 다친 사람은 마샤 씨의 옆이나 뒤편에 서 있던 남자 아닌가요?"

"맞아! 어떻게 안 거야?!"

"아……."

눈을 동그랗게 뜬 마리야와 달리, 마사치카는 눈을 가늘게 떴다. 즉, 다친 사람들은 아마도…… 다시 생각해 보니, 마리야는 그런 인간들의 표적이 되기 딱 좋기는 했다. 아리사는 경계심이 강하고, 좋든 싫든 사람의 눈길을 끌기 때문에 노려지지 않을 것이다. 일전에 함께 전철을 탔을 때도, 차량 안의 승객 대부분이 아리사를 훔쳐봤다. 그렇게 주목을 받는 상황에서, 범죄를 저지르려 하는 남자는 없을 것이다.

하지만 마리야는 색채적으로는 아리사만큼 눈에 띄는 편이 아니며, 분위기를 보면 그런 괘씸한 인간들의 표적이 되기 쉬울 것 같았다.

(그리고 그녀한테 허튼짓을 하려다…… 손목이 부러진 거구나.)

자초지종을 눈치챈 마사치카는 전율에 찬 눈길로 통로 건너편에 있는 치사키를 힐끔힐끔 쳐다보며, 이어서 물었다.

"그때, 사라시나 선배는 어떤 반응을 보였나요?"

"뭐? 으음……. 그게 말이지~. 치사키는 정말 대단하다니깐. 항상 솔선하게 다친 남자를 부축해주면서, 직원실로 데려다줬어. 나도 도울까 했지만, 다친 사람에게 어떤 조치를 해야 하는지는 잘 모르거든. 그래서 치사키한테 맡길 수밖에 없었다니깐~."

"……그랬군요."

"어? 저기, 왜 그래? 쿠제, 뭔가 깨달은 거라도 있어?"

"아, 그런 건 아니에요. 그저…… 으음, 그래요. 앞으로도 붐비는 전철을 탈 일이 있으면, 사라시나 선배와 같이 타는 편이 좋을 것 같아요."

"아, 치사키도 그런 말을 했어. 뭐, 혼자서는 전철을 탈 일이 거의 없지만 말이야……."

그때, 문뜩 궁금한 점이 생각난 마사치카는 이야기를 돌릴 겸 마리야에게 물었다.

"그러고 보니 남친 분과 함께일 때는 어떤가요? 같이 외출한다거나……."

"뭐? 아…… 나는 지금 장거리 연애 중이잖아. 함께 외출

할 기회가 없어."

"아하~ 상대방은 러시아인이죠? 소문으로 들었어요."

"으응~?"

"어라? 아닌가요?"

"(……아, 이름…… 그래.)"

"응? 어, 왜 그래요?"

"아무것도 아냐. 그것보다, 두 사람은 어때?"

"네?"

"두 사람은…… 좋아하는 사람이 있어?"

가슴 앞으로 모은 두 손으로 깍지를 낀 마리야는 몸을 앞으로 살짝 내밀면서 즐거운 듯 물었다. 여자애들이 좋아하는 사랑 이야기를 마리야가 꺼냈지만, 아야노와 나는 고개를 갸웃거렸다.

"아, 저는…… 2차원에서 사는 남자라서요. 3차원은 딱히……."

마사치카가 농담 투로 그렇게 말하자, 그 말을 액면 그대로 받아들인 아야노는 의아하다는 듯 눈을 깜빡거렸다.

"그런가요? 하지만 초등학생 때 사귀던 분이 있었다고 말씀하셨던 걸로……."

"윽! 그건…… 어린 시절 이야기잖아. 애초에 그 시절의 나는 오타쿠가 아니었어."

떠올리기 싫은 과거를 아야노가 서슴없이 파헤치자, 마

사치카는 인상을 살짝 찡그렸다. 그리고 흥미롭게 쳐다보는 마리야의 시선을 눈치채지 못한 척하며, 마사치카는 아야노에게 말을 건넸다.

"아야노는 어때? 좋아하는 사람 없어?"

"저는 두 분……이 아시다시피, 유키 님이 최우선이니까요. 그런 것은 거절하고 있습니다."

"……어, 잠깐만 있어봐. 거절했다니…… 고백을 받은 적 있어?"

"네. 과거에 두 번 정도 받았습니다."

"……맙소사."

예상치 못한 충격적인 정보가 튀어나오자, 마사치카는 완전히 허를 찔렸다. 이 소꿉친구에게 고백한 남자가 있다는 정보가, 마사치카의 가슴을 술렁거리게 했다.

"신경 쓰이십니까?"

"아, 뭐, 그래."

"마사치카 님이 신경 쓰이신다면, 그 두 사람의 이름을 알려 드리겠습니다만……."

"제발 그러지는 마. 그냥 무덤까지 가져가."

마사치카는 잔혹한 짓을 저지르려 하는 아야노를 말린 후, 머리를 긁적였다.

"그래도 좀 신경이 쓰이긴 하네……. 옛날부터 알고 지낸 너한테 그런 일이 있었다는 말을 들으니…… 감회 같은 게 느껴져. 뭐, 괜히 우쭐대는 것 같지만 말이야.”

“딱히 누군가와 사귈 생각은 없습니다만…….”

“아, 응……. 그런 말은 자칫하면 자랑하는 것처럼 들릴 수 있으니까 조심해.”

그렇게 말하며 가볍게 한숨을 내쉰 마사치카는 마리야를 돌아보며 어깨를 으쓱했다.

“뭐, 들었다시피 저희한테는 그런 사람이 딱히 없네요.”

“흐음~. 그럼 두 사람은 사랑을 할 생각이 없어~?”

“저는 딱히…….”

“저도 없습니다.”

“그렇구나~. 유감이네~.”

그렇게 말하면서 좌석에 기대앉는 마리야를 보면서, 마사치카는 내심 안도했……지만, 안도하기에는 아직 일렀다.

“그럼 쿠제의 옛날 여친에 대해 자세하게 이야기해줄래~?”

“어, 아니, 봐주세요…….”

마사치카는 몸을 움츠리며 도움을 청하듯 아야노를 쳐다봤다. 그런 마사치카와 시선을 마주한 아야노는 고개를 끄덕이며 말했다.

“솔직히 말해, 저도 흥미가 있습니다.”

“뭐어어엇?!”

믿고 있던 소꿉친구에게 배신을 당한 마사치카는 당황한 목소리로 그렇게 외쳤다.

사랑 이야기에 관심이 생긴 여자애 두 명은 그 후 10분 동안, 마사치카에게 있어 지옥 같은 추궁을 이어갔다.

제 5 화 그건 씨름이 아니다

"우와……."

눈앞에 펼쳐진 모래사장과 바다를 본 마사치카는 탄성을 질렀다.

학교 인근의 역에서 전철로 약 3시간. 역을 나선 후에 점심 식사와 장보기를 마치고 버스로 30분. 버스 정류장에서 10분 정도 걸어간 끝에 도착한 켄자키 가문의 별장은 새하얀 벽이 눈부신 2층 별장이었다. 일곱 명이 아니라 스무 명이 묵어도 될 정도로 세련되고 널찍한 별장을 보고 놀랐지만, 그것보다 더 놀라운 것은 바로 프라이빗 비치였다.

1층 거실의 창문…… 아니, 유리로 된 미닫이문을 열고 테라스를 지나면 그대로 이어지는 해변이 바로 프라이빗 비치였는데, 꽤 본격적이었다. 그게 무슨 말이냐면, 우선 별장에서 모래사장과 이어진 방향 말고는 나무로 뒤덮여 있어서 시선이 차단됐다. 그리고 80미터 길이의 모래사장 양옆은 바위 밭이어서 외부인이 출입할 수 없었다. 즉, 길이 80미터, 폭 15미터의 모래사장이 숲과 언덕에 의해 외부와 완전히 격리된 것이다. 솔직히 말해 프라이빗이라고 해도 일반 관광객이 이용하는 해변과 이어져 있을 거라 예상했던 마사치카는 비경 느낌이 감도는 눈앞의 비치를 보며 경악을 금치 못했다.

"진짜로 해변을 전세 냈네요……. 아, 이 표현은 좀 이상할까요."

"하하. 뭐, 심정은 이해해."

마사치카의 옆에 선 토우야도 모래사장을 둘러보며 고개를 끄덕였다. 현재, 수영복 차림인 두 사람은 한발 먼저 모래사장에 와서 여자애들이 오기를 기다리고 있었다. 참고로 별장에는 2인실 두 개, 3인실 하나가 있는데, 상담 결과 남자 둘, 2학년 여자 둘, 1학년 여자 셋으로 나뉘어서 방을 이용하기로 했다. 마사치카는 아리사가 대립 후보인 유키, 아야노와 같은 방을 쓰는 것에 약간의 우려를 느꼈다. 하지만 다름 아닌 아리사가 유키, 아야노와 같은 방을 쓰기를 원했기에(아니, 마리야와 한방을 쓰는 것을 거부했다) 방 배정이 이렇게 됐다.

"그건 그렇고…… 이렇게 보니 회장님은 꽤 근육질이네요."

마사치카는 수영 팬츠 차림인 토우야를 쳐다보며 감탄 섞인 목소리로 그렇게 말했다. 전부터 덩치가 좋다고 생각했지만, 옷을 벗으니 상상했던 것보다 훨씬 우람했다. 가슴이 두껍고, 팔과 다리 또한 두툼했다. 180센티미터를 가볍게 넘어서는 키와, 애용하던 안경을 벗고 콘택트렌즈를

낀 덕분에 프로 레슬러 같은 박력이 느껴졌다.

후배가 감탄 섞인 시선으로 쳐다보자, 토우야는 멋쩍은 듯 웃었다.

"뭐, 겉보기만큼 우락부락한 근육남은 아니지만 말이야. 나는 원래 뼈가 굵은 편이거든. 옛날에는 동글동글 포동포동하단 소리를 들었지."

"뼈가 굵은 편…… 그렇군요?"

몸매가 좋은 드워프 같은 느낌일까, 라는 오타쿠다운 생각을 하며 마사치카는 납득했다. 어찌 보면 무례하다고도 할 수 있는 생각이지만, 토우야는 눈치 못 챘는지 감탄한 눈길로 마사치카를 응시했다.

"그러는 너도 몸이 꽤 좋잖아. 복근이 상당한걸."

"칭찬 고마워요……. 뭐, 매일 20분 정도 근육 트레이닝을 하고 있거든요. 복근을 쪼개는 건 그렇게 어려운 일도 아니고요."

마사치카는 선배에게 칭찬을 듣고도 별것 아니라는 투로 답했다. 사실, 의외로 체력이 필요할 때가 많은 학생회에 들어가면서 근력과 체력이 많이 떨어졌다는 것을 깨달은 마사치카는 한동안 하지 않았던 근력 트레이닝을 한 달 전부터 다시 시작했다. 마사치카는 자기 근육이 벼락치기로 만든 거라고 자각하고 있기에, 칭찬을 받아도 어떤 반응을 보이면 좋을지 몰라 난처했다.

"……아, 맞다. 미리 비치파라솔이나 비치베드를 설치해 두는 편이 좋겠지."

"어, 비치베드가 있나요? 하지만 테라스가 그늘을 만들어주니까, 파라솔은 필요 없지 않을까요?"

"뭐, 이런 건 기분 문제거든. 금방 찾아올 테니까 기다리고 있어."

"아, 네."

토우야는 그렇게 말하자마자 테라스로 올라가더니, 별장 안으로 들어갔다. 도울까 싶었지만, 남의 집을 멋대로 뒤지는 것도 좀 그렇다고 생각한 마사치카는 그냥 토우야를 기다리기로 했다. 하지만 1분도 채 안 되어서 거실의 미닫이문이 열렸다.

모습을 드러낸 이는 핑크색 체크무늬 비키니를 입은 유키였다. 모래사장에서 기다리고 있는 마사치카를 본 그녀는 주위에 아무도 없다는 것을 확인하자마자, 비치 샌들로 철퍽철퍽하는 소리를 내면서 마사치카를 향해 뛰어왔다.

"오라뻐님~, 오라뻐님, 오라뻐님~."

"왜 그래? 평소보다 말투가 더 이상하네."

여동생이 작은 목소리로 기묘한 호칭을 연이어 말하며 뛰어오자, 마사치카는 쓴웃음을 머금었다. 그러자 유키는 마사치카의 눈앞에서 멈춰 서더니, 무시무시한 것을 본 것처럼 떨리는 목소리로 말했다.

"괴물…… 괴물이 있어……."

"뭐? 괴물?"

"완전 놀랐어~. 순수 일본인은 아예 상대가 안 된다~."

유키가 이어서 한 말 덕분에 마사치카가 사태를 이해한 순간, 괴물이 거실 미닫이문을 통해 모습을 드러냈다.

한여름의 햇살을 받아 눈부시게 빛나고 있는 새하얀 피부. 바람에 흩날리는 은색 머리카락. 레이스가 달린 물빛 비키니에 감싸인 풍만한 가슴과, 예술적일 만큼 잘록한 허리. 허리에는 파레오를 둘렀지만, 저 얇은 천으로 요염한 엉덩이 라인을 감추는 것은 무리였다. 그리고 그 파레오의 트인 부분을 통해서는 육감적인 허벅지와 놀라울 정도로 긴 다리가 드러나고 있었다.

"쭉쭉빵빵~."

"참 고리타분한 표현이네."

"저, 저게 바로 리얼 모래시계 체형……!!"

"이번 건 너무 참신해서 확 와닿지 않아. 뭐, 하고 싶은 말이 뭔지는 알겠네."

"저 몸매는 진짜 무시무시 그 자체야……. 특히 허리에서 엉덩이로 이어지는 라인 좀 봐. 대체 뭘 먹으면서 어떤 운동을 해야 저렇게 되는 걸까?"

"……너와 동갑으로는 전혀 안 보이네."

"차원이 다른 건 저쪽이야. 최정상 아이돌도 울고 가는 초절정 몸매를 지닌 열다섯 살 여자애가 존재한다는 게 말이 돼?"

"아니, 너도 밀리지 않거든? 네 갈비뼈도 나름 괜찮은 편이야."

마사치카는 옆에서 전율하고 있는 유키를 내려다보며 놀렸다. 그러자 유키는 자조 섞인 미소를 머금었다.

"그렇게 생각하지? 하지만 말이지. 아랴 양은 저래 봬도 갈비뼈가 살짝 드러나더라니깐. 대단하지? 저렇게 가슴이 큰데도 말이야. 진짜로 지방이란 지방은 전부 특정 부위에만 붙어 있는 것 같지 뭐야."

"……저기, 진지 댓글 하나 달자면 말이야. 나는 딱히 갈비뼈에 흥미를 느끼진 않아."

남매끼리 이런 이야기를 나누고 있을 때, 그들을 본 아리사가 테라스 밖으로 나오려다…… 누군가에게 불린 것처럼 뒤를 돌아보았다. 바로 그때, 테라스로 이어지는 미닫이문을 통해 마리야와 치사키가 모습을 드러냈다.

"헉?!"

"이봐, 그만해."

마리야를 본 유키가 예의라고는 눈곱만큼도 없는 반응을 보이자, 마사치카는 도끼눈을 뜨며 태클을 날렸다. 그리고 선배 두 명을 다시 쳐다보면서, 마음속으로 「뭐, 심정은 이해해」 하고 생각했다.

새하얀 플레어 비키니를 입은 마리야는 어찌 보면 동생 이상으로 엄청난 몸매를 지녔다. 부드러운 미소를 머금고 있는 앳된 얼굴과 반비례하는, 흉악한 그라비어 아이돌 체형……. 청년 만화 잡지의 표지를 장식해도 위화감이 없을 정도로, 글래머러스한 몸매를 지녔다.

"쭉쭈욱~빵빠앙~~."

"인마, 효과음이 그게 뭐야."

"G…… 아냐, 혹시 H……?"

"그만 좀 해."

"아냐, 성급하게 판단을 내리면 안 돼. 상대 평가가 아니라 절대 평가를 내려야 하잖아. 그래…… 다른 사람과의 밸런스 탓에 마샤 선배가 커 보이지만, 키 차이를 고려하면 절대 평가에서는 아랴 양이 더—."

"그만 좀 하라고, 이 바보야."

"아얏."

유키가 진지한 표정으로 바보 같은 분석을 늘어놓자, 마사치카는 그녀의 뒤통수를 찰싹 소리가 나게 때렸다. 하지만 유키는 아직도 정신 못 차린 건지, 또 엉큼한 눈길로 쿠죠 자매를 쳐다봤다.

"으음. 자매를 나란히 두고 보니, 마샤 선배는 복부에 군살이 조금 있는 듯한데……."

"저 정도면 아주 날씬한 편이거든? 아랴가 엄청 살점이 없을 뿐이야."

"헤헷, 하지만 체형에 빈틈이 있는 점이 또 에로틱하다니깐."

"방금 그건 여자 고등학생이 늘어놓을 감상이 아니네."

유키는 음란한 눈길로 색골 영감 같은 감상을 늘어놓은 후, 치사키를 향해 시선을 돌렸다.

"다른 한 명은…… 쭉쭉쩍쩍~."

"마지막 부분은 갈라진 거 아냐? 너, 팔꿈치부터 복부, 허벅지 순서로 쳐다봤지?"

태클을 날리면서, 마리야의 옆에 서 있는 하이넥 타입 수영복을 입은 치사키를 쳐다본 마사치카는 표정이 딱딱하게 굳었다.

실로, 마리야와 정반대 의미에서 대단한 육체였다. 멀리서 봐도 알 수 있었다. 저것은 운동선수의 차원을 넘어섰다. 복부에는 마사치카보다 더 뚜렷한 식스 팩이 있었다. 전체적으로 여성스러운 부드러움보다는 늠름함이 느껴졌다. 맹수를 연상케 하는 육체였다.

"……여전사와 승려?"

"……뭐, 하고 싶은 말이 뭔지는 알겠어."

판타지의 전형적인 용사 파티를 떠올린 남매는 함께 고개를 끄덕였다. 그러고 있을 때, 파라솔과 비치베드를 안아든 토우야가 모습을 드러냈다.

"아, 방패 든 전사가 왔어."

"……그럼 역시 아랴는 용사인 거냐?"

"당연하잖아. 회장님은 누가 봐도 하렘물 용사 느낌이 아닌걸."

"사과해. 선배한테 사과하라고."

두 사람이 오타쿠 토크를 이어가는 사이, 네 사람도 대화를 나누기 시작했다. 하지만…….

"대단하네. 저 두 사람이 옆에 있는데도, 저 사람 눈에는 사라시나 선배밖에 안 보이나 보네."

남자라면 누구라도 눈길을 주고 말 만큼 섹시한 미소녀 자매가 좌우에 있는데도, 토우야의 시선은 치사키에게 고정되어 있었다. 완전히 「내 눈에는 너만 보여」 상태인 토우야에 대한 마사치카의 존경심은 더욱 깊어졌고, 유키 또한 감탄 섞인 신음을 흘렸다.

"사랑은 맹목적…… 아니, 그냥 절벽 가슴을 좋아하는 거 아냐?"

"무례한 소리 말라고."

유키의 머리를 손날로 때린 마사치카는 문뜩, 남은 한 명을 찾기 위해 주위를 둘러봤고…… 반대편 옆에 소리 없이 서 있는 아야노의 모습을 보고 화들짝 놀랐다.

"……아야노, 여기 있었구나."

"네."

대체 언제부터 여기 있었던 걸까. 긴 흑발을 경단 모양으로 묶은 아야노가 평소처럼 무표정한 얼굴로 자신을 올려다보고 있자, 마사치카는 약간 거북한 느낌을 받으며 말했다.

"으음…… 그 수영복, 잘 어울려."

"감사합니다."

다른 여성들과 달리, 아야노는 원피스 타입의 수영복을 입고 있었다. 피부의 노출은 적지만 아야노의 뛰어난 몸매를 돋보이게 하는 얌전한 수영복을 본 마사치카는 솔직하게 찬사를 보냈다. 그러자 반대편에 있는 유키가 아야노의 옆으로 이동하더니, 장난스러운 미소를 머금었다.

"이봐, 브라더. 이 수영복의 진가는 그런 게 아니라고……. 아야노, 뒤돌아서."

"네."

"이야~, 원더풀~."

아야노가 뒤돌아서자, 유키는 그녀의 섹시함에 찬사를 보내듯 그렇게 말했다. 확실히 아야노가 입은 수영복은 상당히 섹시했다.

그도 그럴 것이, 아야노의 수영복은 등이 드러나 있었으며, 교차된 끈으로 다소 감추기는 했지만 목덜미에서 엉덩이 윗부분까지 훤히 보였다. 다른 부분을 노출하지 않은 만큼, 훤히 드러난 등이 묘하게 고혹적인 분위기를 자아내고 있었다. 유키는 아야노의 아름다운 등을 손가락으로 가리키며 씨익 웃었다.

"어때?"

유키의 「섹시하지? 안 그래?」 하고 우쭐대는 얼굴을 본 마사치카는 아야노의 등 부분을 구두끈처럼 교차하고 있는 끈을 보더니…….

"왠지, 차슈 같—."

"이봐, 죽고 싶냐."

"아, 아냐. 왠지 할리우드 여배우가 입는 드레스 같네."

여동생이 진심 어린 살의가 담긴 눈길을 보내오자, 마사치카는 바로 말을 돌렸다. 그런데도 유키는 킬러 같은 눈길로 마사치카를 한동안 쳐다봤지만, 이야기를 마친 다른 네 사람이 다가오는 것을 깨닫고는 표정을 숙녀 모드로 되돌렸다.

"그럼 이제부터 나는 배를, 아야노는 등을 밀 거니까 잘 부탁해."

"뭘 잘 부탁한다는 건지 모르겠지만, 좋을 대로 하면 되는 거 아냐?"

그렇게 말한 마사치카는 토우야를 향해 뛰어가더니, 남자 둘이서 힘을 합쳐 모래사장에 파라솔을 설치했다. 그 사이에 여자애들은 비치베드를 설치하고, 비닐시트를 펼쳤다.

“자, 이쯤하면 됐겠지.”

“휴, 꽤 힘들었네요.”

둘이서 어찌어찌 파라솔을 고정하느라 땀범벅이 된 마사치카가 고개를 들었다. 그러자 할 말이 있는 표정으로 자신을 쳐다보고 있는 아리사와 시선이 마주쳤다. 그러자 아리사는 시선을 다른 곳으로 돌리더니, 머리카락을 만지작거렸다. 마치 「그냥 파라솔을 치는 모습을 쳐다봤을 뿐이거든?」 하고 말하는 듯한 표정이었지만, 아리사는 몸을 돌리지는 않았다.

참 알기 쉬운 태도였기에, 마사치카는 쓴웃음을 머금으며 말했다.

“아랴의 수영복, 참 귀엽네.”

“윽! 그래? 고마워.”

아리사는 마사치카를 쳐다보지도 않으며 퉁명한 어조로 그렇게 대답했다. 그런 그녀의 팔에 마리야가 매달렸다.

“후후후. 잘됐네~ 아랴.”

“정말, 덥단 말이야!”

“아앙~.”

찰싹 들러붙은 마리야의 팔을 성가시다는 듯 뿌리친 아리사는 언니와 거리를 벌렸다. 그 움직임에 따라 크게 출렁거린 마리야의 특정 부위에, 마사치카는 무심코 시선을 빼앗기고 말았다. 어쩔 수 없잖아. 수영복 한가운데가 끈으로 되어 있는 탓에, 가슴골이 훤히 보이는걸……. 그런 변명을 머릿속으로 늘어놨지만, 아리사의 고드름 같은 시선에 꿰뚫린 마사치카는 시선을 들어 올렸다.

"마샤 씨도, 잘 어울려요."

"후후, 고마워~."

마사치카의 방금 시선을 눈치챘는지는 모르겠지만, 마리야는 그 말을 듣고 순수하게 기뻐했다. 그런 순진무구한 미소를 접하자, 마사치카는 양심에 가책을 받았다.

"마사치카 씨, 마사치카 씨."

그런 마사치카의 허벅지를, 누군가가 손가락으로 톡톡 두드렸다. 마사치카가 아래편을 쳐다보니, 유키가 그를 향해 등을 보이며 비닐시트 위에 앉아있었다. 목 뒤편으로 손을 둘러서 머리카락을 들어 올리더니, 노출된 등을 보여주며 유혹하는 말투로 이렇게 말했다.

"자외선 차단제 좀 발라주겠어요?"

"그냥 확 까무잡잡하게 타버려."

"어머, 신랄해라."

마사치카의 매정한 반응을 본 유키는 어깨를 으쓱하며 몸을 일으켰다.

"농담이랍니다. 이미 자외선 차단제는 발랐어요."

"그럼 왜 그런 소리를 한 건데?"

"클리셰라고 생각하니까요."

"네가 그런 클리셰를 해봤자 동요 안 한다고."

"어머, 그럼 아랴 양이 상대였다면 동요하려나요?"

"어?"

느닷없이 언급된 아리사가 놀란 반응을 보였다. 마사치카도 무심코 그쪽을 쳐다보자, 두 사람의 눈이 마주쳤다. 그러자 무슨 생각을 한 건지 아리사의 시선이 날카로워지더니, 양손으로 몸을 감싸며 돌아섰다.

"아니, 발라줄 생각 없거든? 그것보다…… 아랴도 피부가 타긴 해? 왠지 러시아인은 피부가 빨갛게 달아오르기는 해도, 타지는 않을 것 같은 이미지가 있거든."

"나는 다소 타는 편이야. 안 타는 사람도 있지만…… 그리고 빨갛게 달아오르는 것도 햇볕에 피부가 타서 그렇게 되는 거야."

"뭐, 그건 그래……."

이야기를 돌리려 했지만 아리사가 여전히 경계심으로 가득 찬 눈길로 쳐다보자, 마사치카는 거북한 느낌을 받으며 토우야를 향해 고개를 돌렸다.

"으음, 그럼 슬슬 갈까요?"

"그래. ……하지만, 그 전에……."

마사치카와 시선을 마주한 토우야는 약간 멋쩍은 듯 고개를 돌리더니, 머뭇거리며 입을 열었다.

"기왕이면 말이야. 다 같이 바다를 향해, 『바다다—!!』 하며 뛰어가지 않겠어?"

"……네?"

토우야가 뜻밖의 제안을 하자, 마사치카는 미간을 살짝 찌푸렸다. 그러자 토우야는 풀이 죽은 반응을 보였고, 치사키가 허둥지둥 그런 그를 감쌌다.

"뭐, 뭐어, 그것도 클리셰잖아! 이 합숙은 학생회 멤버의 친목을 도모하기 위한 것이기도 하니까, 한번 해보는 거야! 호흡을 합쳐서, 어때?"

"휴……."

토우야의 반응을 보고, 그가 이런 것을 동경한다는 걸 눈치채고 시선을 교환한 일동은 상냥한 마음으로 그 제안을 받아들이기로 했다.

"아, 기왕이면 사진도 찍을까요? 타이머로요. 으음, 어디 카메라를 둘 곳…… 아, 테라스에 있는 저 테이블에 두면 되겠네요."

"어…… 사, 사진 찍을 거야?"

유키가 디지털카메라를 꺼내자, 아리사가 약간 내키지 않는다는 듯 두 팔로 몸을 가렸다. 그 모습을 본 유키는 안심시키려는 듯 상냥한 미소를 머금었다.

"기념이니까요. 걱정하지 마세요. 원하신다면 수영복 사진은 본인에게만 주도록 할게요."

"으, 응……. 그럼 좋아……."

아리사는 유키의 설명을 듣고 고개를 끄덕였다. 마사치카는 그 말이 마음에 걸렸지만, 괜히 추궁하지는 않았다. 그리고 카메라의 세팅이 끝나자, 샌들을 벗고 맨발이 된 그들은 해변을 향해 일렬로 섰다. 그리고, 토우야의 말에 맞춰 일제히—.

“““““““바다다아앗—!!”””””””

“바, 바다다~!”

“바다다~.”

일행 중 다섯 명은 장단을 맞춰 힘차게 고함을 질렀고, 한 명은 뒤늦게 고함을 질렀으며, 남은 한 명은 교과서 읽는 투로 외쳤다. 한여름의 해변에 말로 형용할 수 없는 분위기가 감돌더니, 그 안에서 찰칵하는 셔터음이 공허하게 울려 퍼졌다. 그 직후에 아리사가 거북한 듯 어깨를 움츠렸고, 아야노는 무표정한 얼굴로 고개를 갸웃거렸다.

“……응, 좋아. 그럼 갈까!”

“아니, 이 분위기 좀 어떻게—.”

“좋아~! 경주하자, 토우야! 저 바위까지 말이야!”

“아야노, 저희도 가죠.”

“알겠습니다, 유키 님.”

네 사람은 마사치카의 태클을 무시하며 「더는 이런 곳에 못 있겠어! 나는 바다로 갈래!」 하고 말하듯이 내달렸다. 남겨진 것은 미묘한 분위기, 그리고 마사치카와 쿠죠 자매

뿐이다.

“으음…… 우리도 갈까?”

“…….”

마사치카가 머뭇머뭇 아리사에게 말을 걸었지만, 그녀는 거북한 듯 고개를 숙이고만 있었다. 어쩔 수 없이 마리야 쪽을 쳐다보니, 그녀는 파라솔 아래로 되돌아갔다.

“마샤 씨? 안 갈 거예요?”

마사치카가 뒤를 돌아보며 그렇게 말하자, 마리야는 비닐시트에 앉으며 웃음을 흘렸다.

“신경 쓰지 마~. 이걸 부풀리고 나서 갈게~.”

마리야가 그렇게 말하며 짐 속에서 꺼낸 것은 작게 접힌 튜브였다. 그것을 펼친 그녀는 활기찬 미소를 지으며 놀라운 사실을 고백했다.

“나, 헤엄 못 쳐~.”

“……네?”

그 충격적인 사실을 접한 마사치카는 허를 찔린 표정을 지으며 아리사를 쳐다보았다.

“으, 음……? 아, 혹시 러시아에서는 수영이 일반적이지 않은 거야? 바다가 어니까?”

“그렇지 않아. 학교에서 수영을 가르치기도 하고, 내가 전에 살던 블라디보스토크에서는 여름에 해수욕을 할 수 있어.”

“……그런데 헤엄 못 치는 거야?”

무심코 「저렇게 잘 뜰 것 같은 체형인데?」라는 말을 덧붙일 뻔 했지만, 마사치카는 그 말을 겨우겨우 삼켰다. 하지만 마사치카가 무슨 말을 하려다 만 건지 눈치챈 아리사는 눈을 가늘게 뜨더니, 경멸에 찬 눈길을 그에게 보냈다.

"……우리는 사적으로 헤엄을 치러 가지는 않거든."

"아, 그렇구나. 뭐, 일본인 중에도 헤엄 못 치는 사람이 있는걸. 마샤 씨한테도 못 하는 일이 있는 거네요! 개성적이라 좋다고 생각해요!"

허둥지둥 그렇게 외친 마사치카는 웅얼거리듯 「그럼 먼저 실례……」 하고 작게 말하면서 바다로 향하려 했지만…… 누군가에게 손목을 잡히고 말았다.

"으음, 아랴 양……?"

불길한 예감이 든 마사치카가 머뭇머뭇 뒤편을 돌아보았다. 그런 마사치카를 똑바로 쳐다보면서…… 아리사는 말했다.

"우선, 준비 운동을 해."

"아, 넵."

◇

비교적 평온한 바닷속을, 마사치카는 자유롭게 헤엄쳤다.

바다는 마사치카가 생각한 것보다 훨씬 투명했으며, 3미터 떨어진 곳에 있는 해저가 고글을 쓴 상태에서도 또렷하게 보일 정도였다.

(오, 물고기가 꽤 있네. 이야, 그냥 보고 있기만 해도 질리지 않아.)

스노클을 가져오지 않은 것을 조금 후회하면서도, 마사치카는 천천히 헤엄을 치며 바닷속 경치를 즐겼다.

"푸핫."

약간 지친 마사치카는 일단 물 밖으로 나가기로 했다. 평영으로 해변을 향해 조금 헤엄쳤을 때…… 눈에 들어온 **그것**을 본 마사치카는 흠칫했다.

왜냐하면…… 거기에는 뒤통수와 등을 수면에 노출시킨 채 파도에 맞춰 흔들리고 있는, 겉보기엔 완전히 익사체 같은 아야노가 있었던 것이다.

"이봐, 아야노?!"

"어? 네?"

허둥지둥 자유형으로 헤엄쳐서 다가간 마사치카가 말을 걸자, 아야노는 아무 일도 없었다는 듯 고개를 들었다. 그리고, 얼굴에 붙어 있는 머리카락을 쓸어 넘기면서 물고 있던 스노클을 빼더니, 의아한 눈길로 마사치카를 응시했다.

"아…… 으음. 저기, 괜찮아?"

"네? 뭐가, 말입니까?"

"그게……."

그 반응을 보고 그녀가 물에 빠진 게 아니었단 사실을 눈치챈 마사치카는 어색한 미소를 지으며 물어보았다.

"……즐거워?"

"네, 매우 즐겁습니다."

"……그래. 그럼 됐어. 방해해서 미안해."

"방해라니, 당치도 않습니다."

"그럼 나는 일단 물 밖으로 나갈 테니까……."

"네, 알겠습니다."

그렇게 말한 아야노는 스노클을 입에 물더니, 다시 물에 둥둥 떴다. 헤엄을 치지는 않으면서, 그저 파도를 타고 이리저리~ 흔들리고 있었다.

독특하게 바다를 즐기는 아야노를 본 마사치카는 고개를 살짝 갸웃거리면서 얕은 곳으로 향했다. 그리고 물가에 벌러덩 드러눕더니, 밀려왔다 빠져나가는 파도와 모래의 감촉을 즐겼다.

"아아~ 기분 좋아~."

하늘에는 눈을 감아도 느껴질 만큼 강렬한 태양이 떠 있었다. 찬란히 빛나는 태양이 피부를 태우고 있지만, 한편으로 다리와 옆구리에 닿는 차가운 바닷물이 기분 좋았다. 파도가 밀려오면서 몸이 머리 쪽으로 밀려나는 느낌이 들더니, 첨벙~ 하면서 물보라가 볼에 닿았다. 그리고 파도가 빠져나갈 때는 거꾸로 몸이 바다 쪽으로 끌려가는 느낌이 들더니, 몸 아래편의 모래가 쏴아아아~ 하고 흘러나가면서 몸이 모래에 살짝 묻히는 감촉이 느껴졌다.

그 말로 형용할 수 없는 기분 좋은 감각에 한동안 젖어 있을 때, 갑자기 근처에서 물을 때리는 소리가 들려왔다. 그 직후, 누워있는 마사치카의 안면에 바닷물이 끼얹어졌다.

"푸핫! 쿨럭, 뭐야."

상체를 벌떡 일으킨 마사치카는 코로 거칠게 숨을 쉬면서 손으로 얼굴을 훑었다. 그렇게 해서 바닷물이 코 안으로 들어가는 것을 막은 후, 마사치카는 소리가 들려온 방향을 쳐다보았다.

"예이~. 즐거워? 마이 브라더."

"인마……."

그러자 예상대로, 히죽거리고 있는 여동생의 모습이 눈에 들어왔다.

"휴…… 그렇게 본성을 드러내도 괜찮은 거야?"

"당연히 괜찮지. 다른 사람은 전부~ 멀찍이 있는걸."

그렇게 말하며 바다를 둘러본 유키는 의아하다는 듯 고개를 갸웃거렸다.

"그런데…… 언제쯤 거대 문어가 출현할까? 아까부터 계속 기다리고 있는데 말이야."

"아무리 기다려도 안 올 테니, 안심하는 게 어때?"

"맙소사! 바다에 오면 거대 문어나 거대 해파리나 거대

말미잘 같은 게 출현해서, 꺄아~ 안 돼~ 싶은 촉수 플레이가 펼쳐지는 게 클리셰 아냐?!"

"판타지에서라면 말이지! 현실 세계에서 그런 게 출현하면 완전 난리가 날 거라고!"

"그럴, 수가……. 그럼 나는 대체 뭐 때문에 바다에……."

"해수욕하러 온 거 아냐?"

무너지듯 모래사장에 엎드린 여동생을 향해 도끼눈을 뜬 마사치카가 냉정한 태클을 날렸다. 그러자, 벌떡 일어난 유키가 한숨 섞인 목소리로 이렇게 말했다.

"어쩔 수 없네……. 에로 클리셰 이벤트가 일어나지 않는다면, 내가 일으킬 수 있는 이벤트나 소화해야 하나……. 자. 그거나 하자, 그거."

"그게 뭔데?"

"멍청아! 바다에서 할 거라면 당연히 물싸움이잖아!"

"그런 거 모르거든?! 뭐, 듣고 보니 당연하다 싶긴 하네!"

만화에 애니메이션에서 흔히 보는「에잇~!」,「꺄아, 차가워~! 이게 정말~, 에잇~!」같은 장면을 떠올린 마사치카는「확실히 정석 이벤트이긴 해」하고 생각했다.

그러자 유키는 재빨리 몸을 굽히면서 양손을 바다에 집어넣더니, 마사치카를 향해 힘차게 물을 뿌렸다.

"받아라!"

……그 목소리는, 바다의 클리셰 이벤트와는 좀 거리가

먼 것 같았다.

"우왓…… 읏."

마사치카는 자신의 안면을 향해 정확히 날아온 물줄기를 얼굴을 돌려서 피했고…… 볼에 물이 닿은 바람에 표정이 살짝 굳더니, 몸을 돌리면서 오른손으로 힘껏 물을 날렸다.

"우워~엇!"

물줄기가 포물선을 그리며 날아오자, 유키는 기묘한 목소리를 내면서 손으로 얼굴을 감쌌다. 그리고 곧 팔을 휘두르며 반격을 시작했다.

그대로 몇 번 응수가 이어지더니, 이윽고 차례 같은 건 무시하며 인정사정없이 물을 끼얹어대는 난타전으로 발전했다. 남매는 몸을 살짝 웅크린 채, 접근한 상태에서 서로에게 물을 끼얹었다.

"그렇게 조그마한 손으로 나한테 이길 수 있을 것 같아!"

"어푸, 우랴앗!"

"인마, 발은 쓰지 말라고!"

"아하하하."

"훗, 하하하하."

"아하, 아하하하…… 하아."

"벌써 질린 거냐……."

밝게 웃던 유키가 갑자기 한숨을 내쉬자, 마사치카는 손을 멈추면서 그녀를 흘겨보았다. 물싸움이 중단된 순간,

머리카락과 턱에서 방울져 떨어지는 물방울에 애수가 어리기 시작했다.

"아니…… 생각했던 것보다 재미가 없거든."

"네가 시작해놓고 먼저 질린 거냐. 그럼 나는 뭐가 되냐고."

"이런 짓을 아무리 해도 즐거운 건, 연애하느라 정신이 나가버린 커플뿐일 거야."

"이봐, 말 좀 신경 써."

"정신이, 나간 듯하군요."

"내가 신경 쓰라고 한 건 말투가 아니라고. 표현 자체를 좀—."

"시끄러워~!"

"어, 잠깐만—?!"

갑자기 접근한 유키가 힘껏 달려들자, 모래와 파도 탓에 발치가 불안정하던 마사치카는 그대로 벌러덩 쓰러졌다. 수면에 그대로 등을 찍자, 첨벙~ 하는 소리와 함께 물보라가 사방으로 성대하게 튀었다.

"어푸, 쿨럭!"

이곳은 물이 무릎까지만 잠길 정도의 수심이지만, 몸이 뒤집히면 매우 위험하다. 허둥지둥 손으로 바닥을 짚으며 상체를 일으킨 마사치카는 코로 거칠게 숨을 내쉬면서 자신의 목덜미를 끌어안은 유키를 노려보았다.

"갑자기 뭐하는—."

"우랏! 빠져, 빠지라고~!"

"뭐, 푸웁!"

유키가 마사치카를 안은 채로 그의 몸을 눌러대자, 몸을 지탱하지 못한 그는 그대로 다시 쓰러졌다. 또 등부터 물에 빠진 마사치카는 머리가 바닷속에 잠겼다.

"뭐하는 거야, 멍청아!"

이번에야말로 코에 물이 들어간 마사치카는 코 안이 얼얼해지는 느낌에 눈물을 글썽이면서 억지로 몸을 일으키더니, 그대로 온 힘을 다해 유키를 밀어냈다.

"으극……. 후, 후훗. 무르네. 그 어떤 싸움에서도, 위를 잡는 쪽이 유리한 법이야……!"

"그런, 것치고는 힘이 너무 약한걸? 크윽, 동생은 오빠를 이길 수 없다는 걸 가르쳐주겠어……!"

어른스럽지 못하게도 체격 차이와 근력 차이를 이용해, 마사치카는 여동생에게 반격하려 했다. 상체를 완전히 들어 올리더니, 그대로 유키를 밀어서 쓰러뜨리려 했다. 유키도 발에 힘을 주며 버티려 했지만, 이만큼 역전된 상황에서 반격하는 건 어려웠다.

승리를 확신한 마사치카가 히죽 웃은…… 바로 그 순간, 유키가 귓가에서 고함을 질렀다.

"아야노! 지금이야!"

"그런 수작에 당할 것—."

"마사치카 님, 실례하겠습니다!"

"네가 왜 여기 있는 거야아앗?!"

아까까지 익사체 놀이를 하던 아야노의 목소리가 등 뒤에서 들려온…… 직후, 마사치카는 등 뒤에 있는 인물에게 꼼짝달싹 못 하게 잡혔다.

그 사실보다도, 마사치카는 훤히 드러난 자신의 등에 얇은 천 하나에 감싸인 부드러운 물체가 밀착한 감촉 탓에 격렬하게 동요했다. 느닷없이 미소녀 샌드위치를 당한 것이다. 앞에 있는 여동생은 아무래도 상관없지만, 뒤편에 있는 소꿉친구를 상대로는 마사치카도 평정심을 유지할 수 없었다. 그 빈틈을 노린 유키가 마사치카의 몸을 옆으로 확 밀쳐서 쓰러뜨렸다. 그대로 어깨부터 물에 빠진 마사치카는 귀 안에 물이 들어오는 것을 느끼며 인상을 찡그렸다.

"크윽!"

"아야노! 오른팔~!"

"실례하겠습니다!"

"사과할—."

두 사람에게 손발을 잡힌 마사치카는 그대로 당겨진 바람에 다시 바닷물에 처박혔다.

수영복 차림의 미소녀 두 사람과 노닥거린다고 하는 남자에게 있어서는 꿈만 같은 상황이 펼쳐지고 있지만, 힘 조절

할 줄 모르는 꼬맹이들의 장난질에 당하고 있는 것이나 다름없는 탓에 도저히 즐길 수가 없었다. 마사치카는 물속에서 벗어나기 위해 나름 필사적으로 저항하고 있었다.

몇 분 후, 어찌어찌 두 사람에게 풀려난 마사치카는 해변으로 도망치더니, 모래사장에 엎드린 채 거친 숨을 내쉬었다.

"왜 바다에서…… 레슬링을, 해야 하는 건데……."

"괜찮으십니까? 죄송합니다. 좀 과했군요."

"아냐, 아야노는 괜찮아……. 나쁜 건 전부 유키거든. 이봐, 그만 좀 찔러."

옆에서 몸을 웅크리고 앉아서 등을 매만져주는 아야노를 향해 상냥한 어조로 그렇게 말한 후, 마사치카는 반대편에서 히죽거리며 자기 볼을 손가락으로 눌러대는 여동생을 노려봤다.

"레슬링이 아니라, 미소녀들과의 수영복 씨름이거든?"

"바다까지 와서 무슨 짓을 하는 거냐고."

머리카락이 바닷물에 젖은 오빠가 도끼눈으로 쳐다보자, 만족한 눈치인 유키는 전혀 미안해하지 않으며 한쪽 눈을 슬쩍 치켜떴다.

"말은 그렇게 해도, 실은 우리의 부드러운 피부 감촉을 마음껏 즐겼잖아~? 그 바람에 얼굴이 새빨개졌는걸~."

"아니, 산소 결핍 때문이거든?"

마사치카가 차갑게 태클을 날렸지만, 개의치 않으며 깔끔하게 무시한 유키가 몸을 일으켰다.

“자. 오빠와 실컷 놀았으니까, 슬슬 바다에 다시 들어가볼까요~. 참, 큼지막한 보트형 튜브가 있었지? 그거 부풀리자~.”

“그래. 아야노는 유키와 같이 가. 나는 여기서 한동안 쉴래.”

“……그러시겠습니까. 알았습니다.”

즐거운 듯 별장 쪽으로 뛰어가는 유키와 머뭇거리며 그 뒤를 쫓는 아야노를 쳐다본 후, 마사치카는 모래사장에 앉아서 바다를 쳐다봤다.

“어라? 회장과 사라시나 선배가 안 보이잖아……?”

언뜻 주위를 둘러보니 쿠죠 자매밖에 보이지 않았기에, 마사치카는 고개를 갸웃거렸다. 아까 두 사람이 향한 장소를 쳐다봤지만, 그들은 거기에도 없었다.

“……뭐, 그 두 사람을 찾아다니는 건 눈치 없는 짓이겠지.”

그 두 사람이라면 물에 빠지는 일도 없을 것이다. 어쩌면 좋은 시간을 보내고 있을지도 모른다. 그런 상상을 하는 것 자체가 눈치 없는 짓이리라.

그렇게 생각한 마사치카는 별생각 없이 왼편에서 헤엄을 치고 있는 아리사를 쳐다본 후, 이어서 반대편을 쳐다봤다. 그러자 튜브를 장착한 마리야가 바다에 둥둥 떠 있는…… 떠 있는…… 어? 떠내려가고 있는 거 아냐?

"으음, 괜찮은 걸까?"

헤엄을 못 친다는 마리야의 말을 떠올린 마사치카는 약간 초조해하면서 자유형으로 그녀에게 다가갔다.

"마샤 씨!"

"어머, 쿠제~. 헤엄이 참 빠르네. 나, 깜짝 놀랐어."

"아니, 문제는 그게 아니라…… 괜찮아요? 떠내려가는 거 아니에요?"

평소처럼 부드러운 미소로 맞이해주는 마리야를 보고 약간 맥이 빠진 마사치카는 그렇게 물었다. 그러자 마리야는 오른손을 볼에 대면서 약간 난처한 듯 고개를 갸웃거렸다.

"역시 그런 것 같지?"

"진짜로 떠내려가는 중인 거예요?!"

"아까부터 열심히 해변으로 돌아가려고 했는데…… 어찌 된 건지 점점 멀어지지 뭐야~."

"아니, 웃을 일이 아니잖아요."

"으음~ 그렇다고 울어도 소용없잖아~? 바닷물이 달콤해질 거야."

"네?"

"맞아. 그러면 바다표범 씨처럼 되어서 괜찮을지도 몰라."

"마샤 씨?"

"아랴는 깜짝 놀랄 게 분명해~."

"마샤 씨, 왜 갑자기 대화가 성립 안 되게 된 거냐고요!"

"어, 뭐가 말이야?"

마리야가 어리둥절한 표정을 지으며 고개를 갸웃거리자, 마사치카는 미간에 손을 댔다. 그리고 마리야의 뜬금없는 발언을 이해하는 것을 관두더니, 이야기를 본론으로 돌렸다.

"……아무튼, 마샤 씨는 헤엄을 못 치니까 여기서 튜브를 놓치기라도 했다간 죽을 거라고요."

"으음~, 누군가가 눈치채고 도와주러 오지 않을까~?"

마리야가 긴장감이 느껴지지 않는 표정으로 난처한 듯 웃음을 흘리자, 마사치카는 「이 사람, 진짜로 괜찮은 거 맞아?」 하며 약간 걱정했다.

"그냥 빨리 도움을 청하라고요……."

"미안해~. 하지만, 이렇게 쿠제가 구해주러 왔잖아?"

"……우연일 뿐이에요."

"후후훗, 그래도 고마워. 덕분에 살았네."

마리야가 신뢰에 찬 미소를 머금으며 감사를 표하자, 마사치카는 멋쩍은 기분이 들었다.

"하아…… 뭐, 됐어요."

마사치카가 고개를 돌리며 퉁명하게 답하자, 마리야는 더욱 깊은 미소를 머금었다. 마치 훈훈한 광경을 본 듯한 미소였기에, 마사치카는 마음을 읽힌 것 같은 기분이 들었다.

"그럼 해변으로 돌아갈 건데, 괜찮죠?"

"응, 부탁해~."

"으, 음……."

마리야를 해변까지 데려가기로 한 마사치카는…… 어디를 잡으면 좋을지 몰라 머뭇거렸다. 상대가 남자라면 주저 없이 튜브 안쪽에 한 손을 집어넣은 후에 끌고 가겠지만, 여성을 상대로 그런 행동을 하는 건 주저됐다. 튜브에 끈이 달려 있다면 좋겠지만, 유감스럽게도 그런 것은 보이지 않았다.

"그럼 에스코트 잘 부탁해~."

"아, 네……."

머뭇거리는 마사치카의 앞에서, 마리야가 오른손을 내밀었다. 마사치카는 그 손을 머뭇머뭇 움켜잡았다. 자기 손보다 작고, 부드러운 손이었다. 너무 가늘어서, 세게 움켜잡으면 부러질 것 같지만…… 그러면서도 남을 차분하게 만드는 감촉이 느껴졌다.

"후훗."

"왜, 왜 그래요?"

"으음, 아무것도 아냐~."

의미심장한 미소를 흘리는 마리야에게서 시선을 뗀 마사치카는 해변을 향해 헤엄치기 시작했다. 마리야를 걷어차지 않도록 발을 조금만 움직이기로 한 마사치카는 한 손으로 평영을 하면서 마리야를 끌고 갔다.

"와아, 빠르네~. 쿠제는 힘이 참 좋구나~."

마리야가 감탄과 환성이 반씩 섞인 목소리가 등 뒤에서 들려오자, 마사치카는 등이 달아오르는 느낌을 받았다. 마사치카도 남자애다. 귀여운 여자애에게 이런 식의 순신부구한 환성을 들으니, 「좋아! 힘 좀 더 내볼까!」 하는 느낌을 받았다.

바로 그때, 마리야가 걱정 섞인 목소리로 말했다.

"어머……? 쿠제, 어깨에 멍이……."

"어……? 아."

마사치카는 마리야의 지적을 듣고 「그런 것도 있었지」 하고 생각하며 힐끔 돌아보았다.

"옛날에 생긴 멍이에요. 딱히 아프진 않아요."

"그래……?"

마리야는 걱정스러운 표정을 지었지만, 실제로 아프지 않고 어깨 뒤편의 등 쪽에 있어서 그런 게 있다는 것도 깜빡했다.

"무슨 사고라도 당했어?"

"아, 그렇게 거창한 건 아니에요. 개한테 물린 바람에……."

앞을 보면서 그렇게 말한 순간, 마리야가 맞잡은 손에 힘이 들어간 것을 느낀 마사치카는 약간 초조해졌다.

"아니, 진짜로 별거 아니에요. 허세를 부리느라 제대로 치료를 받지 않은 바람에, 멍이 남은 것뿐이거든요……."

그것은, 마사치카가 그 아이와 함께 보낸 시절의 일이

다. 평소처럼 둘이서 공원에서 놀고 있을 때, 대형견이 갑자기 흥분하면서 갑자기 그 아이에게 달려들었던 것이다.

마사치카는 반사적으로 그녀를 감싸면서 그 개에게 태클을 날렸고, 어찌어찌 제압하려고 싸우는 사이에 오른쪽 어깨를 깨물리고 말았다. 다행히 그 직후에 달려온 그 개의 주인이 힘으로 개를 떼어낸 덕분에 상처는 그렇게 깊지 않았지만…… 당시의 마사치카는 그 애에게 걱정을 끼치기 싫다는 허세와 일이 커졌다간 어른들에게 혼날지도 모른다는 걱정 탓에, 최소한의 치료만 받고 말았다.

당시의 의사는 성장하면서 흉터도 점점 옅어질 거라고 말했지만, 결국 등 쪽에 옅은 보라색을 띤 멍이 남았다. 마사치카 본인은 딱히 신경 쓰지 않지만 말이다.

"여자애와 다르게, 남자는 멍 같은 게 있어도 괜찮거든요. 우리 할아버지는『남자의 훈장이구나!』하고 말하며 웃었다니까요. 아, 이건 친구를 감싸다 입은 상처거든요."

"……그렇구나."

평소와 다르게 톤이 낮은 마리야의 목소리를 듣고 약간 거북해진 마사치카는 앞을 향해 고개를 돌리더니, 팔이 지친 것을 티 내지 않으며 계속 헤엄쳤다. 그런 미묘한 분위기 속에서 해변까지의 거리 중 절반 정도를 이동해서, 슬슬 발이 닿으려나~ 싶던 때였다. 마사치카와 맞잡은 마리야의 손에 부르르 떨리며 힘이 들어갔다.

"어? 마샤 씨? 무슨 일 있어요?"

마사치카는 배영으로 자세를 바꾸면서 뒤편에 있는 마리야를 돌아보았다. 하지만 마리야는 마사치카의 질문에 답하지 못하며, 어깨 너머로 물속을 주시하고 있었다.

"마샤 씨—."

"히익—."

굳은 비명 소리가, 희미하게 들려왔다. 그 직후, 마사치카의 손을 놓은 마리야가 튜브에 양손을 얹더니 발을 버둥거리면서 튜브 밖으로 나오려고 몸을 뻗기 시작했다.

"잠깐만, 뭐 하는 거예요! 위험—."

마사치카가 흠칫하며 충고했지만, 늦었다. 앞쪽에 체중을 실린 튜브는 그대로 뒤편이 떠오르더니, 마리야는 그대로 텀블링을 하듯 앞쪽으로 몸이 뒤집히고 말았다.

사방으로 물이 크게 튀더니, 마리야가 뒤집힌 튜브 안에서 물 밖에 있는 발을 격렬하게 버둥거렸다. 그리고 그대로 물속으로 가라앉았다.

"어, 저기, 괜찮—."

당황한 마사치카의 목을, 물속에서 튀어나온 두 팔이 움켜잡았다. 「어?」 하고 생각했을 때, 이마와 볼에 머리카락이 붙은 마리야가 물속에서 튀어나오면서 그를 힘껏 끌어안았— 아니, 그에게 매달렸다.

"어, 어—?!"

볼에 닿은, 머리카락이 달라붙은 마리야의 볼, 목과 어깨에 닿은, 마리야의 말랑말랑한 팔. 그리고 무엇보다…… 가슴과 배에 완전히 밀착된 물체가 자아내고 있는, 부드러운 감촉.

"으~~~~~~~~~?!"

너무나도 자극적인 감촉을 느낀 마사치카는 몸속 깊은 곳이 뜨거워지는 느낌을 받았다. 하지만 그 직후, 입 근처까지 바닷물이 밀어닥친 탓에 허둥지둥 선헤엄을 쳤다.

"위험했—."

"해, 해파리, 해파리!!"

"어, 해, 해파리?!"

마리야가 귓가에서 비명 섞인 목소리로 그렇게 외치자, 마사치카는 바닷속을 쳐다봤다. 그러자 물 안에 있는 새하얀 반구형 형태의 무언가가 눈에 들어왔기에, 마사치카는 몸이 딱딱하게 굳어졌다……. 하지만, 유심히 보니 그것은 스스로 헤엄치는 것 같지 않았다. 그저 파도에 맞춰 흔들리고 있을 뿐인 듯한…….

"……어? 마샤 씨, 저건 해파리가 아니라 비닐봉지 같은……."

"뭐? 비, 비닐?"

"으음, 아마도……."

"아마도라도 싫어—!!"

말끝을 흐린 순간, 팔에서 힘을 뺐던 마리야가 다시 그를 꼭 끌어안았다.

"우아앗?! 그럼 틀림없어요! 틀림없다고요?!"

"Aaa! Помогиии! Она меня ужалила!"

"아! 당황하면 러시아어를 쓰는구나!"

완전히 패닉 상태가 된 마리야가 그렇게 외치자, 마사치카는 그렇게 감탄했다. 마사치카 또한 다른 이유로 패닉에 빠졌다. 하지만, 그것도 무리는 아니었다.

서늘한 바닷물 속에서, 마리야의 맨살은 기묘할 정도로 뜨겁게 느껴졌다. 부드럽다. 참 부드럽다. 특히 마사치카의 가슴에 닿은 모성 덩어리가 부드러웠다. 게다가 자외선 차단제 냄새가 섞인 마리야의 체취가 그의 코 속을 가득 채웠다.

(크, 큰일 났다. 진짜로 빠지겠어……!)

마리야의 모성……이 아니라, 당연히 바다에 말이다. 몸이 서서히 가라앉는 상황 속에서 위기감을 느낀 마사치카는 반사적으로 튜브를 찾았고, 몇 미터 떨어진 곳에 떠 있는 그것을 발견했다. 마리야가 격렬하게 날뛴 탓에, 저기까지 흘러간 것 같았다.

"지, 진정해요. 네?"

"Я боюсь медуз! Са-кун, помогиии!"

여전히 패닉 상태인 마리야를 진정시키려고 그녀의 등에 손을 댄 마사치카는 튜브를 향해 손을 뻗었다. 그리고 어찌어찌 튜브를 잡고 안도의 한숨을 내쉬었을 때…… 근처에서 어처구니없다는 듯한 목소리가 들려왔다.

“너희들, 뭐 하는 거야?”

그쪽을 쳐다보니, 치사키가 고글을 이마로 올리면서 어이없다는 표정을 짓고 있었다. 그 표정을 보고, 자신이 마리야를 끌어안고 있다는 것을 떠올린 마사치카는 당황하고 말았다.

“아, 저기, 그게…… 해파리가, 나왔어요.”

“해파리……? 아하.”

치사키는 미심쩍은 표정을 지으며 바닷속을 쳐다보더니, 천천히 손을 뻗어서 뭔가를 움켜잡았다.

“……이거 말이야?”

그렇게 말하며 치사키가 들어 보인 것은…… 바로, 해파리였다. 비닐봉지가 아니라, 틀림없는 해파리였다.

마사치카는 무심코 움찔했고, 그의 목을 감싸 안은 마리야의 팔에도 힘이 들어갔다. 하지만 그 모습을 본 치사키는 어이없다는 표정을 지으며 말했다.

“저기, 그렇게 경계할 필요 없어. 이미 죽었거든.”

“어, 주, 죽었다고요?”

듣고 보니, 해파리는 꼼짝도 하지 않으며…… 축 늘어져 있었다. 그냥 젤라틴 덩어리 같아 보였다.

“아까 헤엄치다가 몇 마리 발견해서 확 해치워버렸는

데…… 사체가 여기까지 흘러온 것 같네."

별일 아니라는 투로 그렇게 말한 치사키는 쓰레기라도 버리듯 해파리 사체를 집어 던졌다. 정말 압도적 강자 느낌이 마구 느껴졌다.

"그런데 마샤는 대체 언제까지 안고 있을 거야?"

"아, 그, 그게……."

치사키가 차가운 시선을 보내자, 마리야는 허둥대며 거북하다는 듯 웃었다.

"다리가, 풀려서……."

"쥐가 난 게 아니라?"

"물속에서도 다리가 풀리나 보네요."

치사키와 함께 뜨뜻미지근한 눈길로 마리야를 쳐다본 마사치카는 그녀에게 튜브를 건네줬다. 그리고 치사키와 협력해서 마리야를 해변으로 데려갔다. 발이 바닥에 닿는 지점까지 이동하자, 그제야 마리야는 비틀거리면서 해변으로 향하기 시작했다.

"미안해, 쿠제. 그리고 고마워."

"아뇨. 무사해서 다행이에요. 그럼 저는 수영 좀 더 하고 올게요."

마리야가 미안해하는 표정을 짓자, 마사치카는 괜찮다는 듯 손을 들어 보인 후에 다시 한번 바다로 향했다. ……지금, 그는 물 밖으로 나갈 수 없다. 그 이유는 짐작해줬으면 한다.

마사치카도 신체 건전한 남자애라 어쩔 수 없을 때가 있는 법이다.

제 6 화 나는 거북이가 되고 싶다

"어라? 아랴는 어디 갔나요?"

마사치카가 바다에서 머리를 식힌 후에 해변으로 가보니, 그곳에는 2학년들만 있었다. 뒤를 돌아보니, 커다란 보트 모양 튜브를 안아 든 유키가 아야노와 함께 바다에서 나오고 있었다. 하지만 아리사의 모습은 보이지 않았다.

"동생 쿠죠라면, 아까 낚싯대를 빌려서 바위 쪽으로 갔지."

"낚싯대? 흐음…… 그것보다, 이 상황에 대해 한마디 하는 편이 좋으려나요?"

마사치카는 지면을 내려다보며 그렇게 대답했다. 마사치카의 의문에 답해준 토우야는 현재 치사키에게 묻히고 있었다. 치사키는 해변에 드러누운 토우야의 몸에 모래를 끼얹고 있었으며, 그 옆에서는 마리야가 나무 막대로 기묘한 문양을 그리고 있었다. ……무슨 의식이라도 치르나?

"……괜찮다면 그냥 못 본 척해줬으면 좋겠는걸."

"……알겠어요."

왠지 괜히 끼어들었다가 일이 성가셔질 것 같은 느낌을 받은 마사치카는 부탁하는 토우야를 향해 짤막하게 답하며 고개를 끄덕였다. 바로 그때, 유키가 이곳으로 왔다. 그리고 눈앞의 광경을 보고 멈춰서더니, 잠시 생각에 잠겼다. 그리고 화들짝 놀란 표정을 짓더니, 옆에 있는 마사치카에게만 들리는 작은 목소리로 말했다.

"(설마, 여기서 촉수가 튀어나오는 거야?)"

"(안 튀어나와~. 크툴루가 아니라고.)"

"(아하? 『안 나오면, 불러내자. 거대 문어』라는 거구나.)"

"(부르지 마.)"

"재미있어 보이는 일을 하고 계시네요. 저도 하고 싶은데, 괜찮을까요?"

"어머, 괜찮아~."

마사치카의 태클을 깔끔하게 무시한 유키는 희희낙락하면서 마리야의 그림 그리기(?)에 동참했다.

"아야노는⋯⋯ 아야노?"

그런 동생을 어처구니없어하며 종자를 돌아보니, 아야노는 그곳에 없었다. 주위를 둘러보니, 유키가 들고 있던 튜브를 별장으로 옮기는 아야노의 뒷모습이 눈에 들어왔다. 정말 똑 부러지는 종자이다.

"⋯⋯."

갑자기 할 일이 없어진 마사치카는 잠시 생각에 잠긴 후에 아리사가 향했다는 장소에 가보기로 했다. 도중에 파라솔 아래에서 비치 샌들을 신은 후, 모래사장 위를 걸었다.

그리고 바위 위에 발을 걸치며 올라서려던 순간, 발이 미끄러진 마사치카는 살짝 휘청거렸다.

"어이쿠, 여기서는 조심해야겠는걸."

바위 자체가 물러서 바스러지기 쉽고, 축축한 해초 같은 것이 표면에 붙어 있어서 매우 미끄러웠다. 게다가 지금은 미끄럼 방지가 거의 안 되는 비치 샌들을 신고 있었다. 발치를 살피며 신중하게 걷지 않았다간, 확 넘어질지도 모른다.

신중에 신중을 거듭하며 걸음을 옮기면서…… 바위 위의 평평한 부분에 올라선 마사치카는 아리사를 발견했다.

"아, 저기 있네……. 이봐~, 좀 낚았어~?"

그렇게 말하며 다가간 마사치카는…… 험악한 표정으로 수면을 노려보는 아리사의 얼굴을 보고, 그녀가 낚지 못했다는 것을 눈치챘다.

"……무슨 일이야?"

"아, 어쩌고 있나 보러 왔을 뿐인데……."

바다에서 눈을 떼지도 않을 정도로 집중하고 있는 아리사의 모습을 본 마사치카는 「방해하는 것도 좀 그런가」 하고 생각하며 머리를 긁적였다.

그리고, 일단 상황을 살펴보자…… 싶어서 아리사가 응시하고 있는 수면의 낚시찌를 함께 응시했다. 하지만 금방 질린 마사치카는 할 일 없이 주위를 둘러보다, 별생각 없이 아리사 쪽을 쳐다보았다.

(아, 정말이네. 갈비뼈가 어렴풋하게 보여.)

비키니 아래로 희미하게 드러난 갈비뼈의 라인을 본 마사치카는 동생이 아까 했던 말을 떠올렸다. 그대로 시선을 움직여 보니, 양손으로 감싸 쥘 수 있지 않을까 싶을 만큼 잘록한 허리가 눈에 들어왔다.

"어디를 쳐다보는 거야."

차가운 목소리를 듣고 시선을 들어 보니, 아리사가 얼음장 같은 눈으로 이쪽을 쳐다보고 있었다. 흑심 없이 순수한 감탄에 사로잡혀서 쳐다봤을 뿐이지만, 이렇게 비난을 받으면 죄책감을 느끼는 것이 남자 마음이리라.

"아, 허리가 참 가늘다 싶어서 말이야."

"흐음, 그래?"

하다못해 솔직하게 칭찬을 건네서 「흑심은 없어~. 내가 쳐다본 건 엉덩이가 아니라 허리야~」 하고 어필해봤지만, 아리사의 반응은 차가웠다.

"그 정도는 작년에 같이 춤췄을 때, 눈치채지 않았어?"

"작년……? 아, 문화제 때 말이구나."

후야제의 포크 댄스(?) 때, 아리사의 허리에 손을 둘렀던 것을 떠올린 마사치카는 부끄러운 느낌이 들었다. 당시에는 어두웠고 아리사의 댄스를 따라 하느라 급급해서 거의 의식하지 않았지만, **저** 허리를 손으로 안아봤다고 생각하니 왠지 대담한 짓을 한 것 같은 느낌이 들었다.

"뭐, 아니, 그게…… 이렇게 보니, 실감이 난다고나 할까……."

마사치카가 시선을 돌리면서 우물쭈물 그렇게 말하자, 아리사도 약간 동요한 것처럼 뒷걸음질을 쳤다.

"저기…… 이상한 반응 보이지 마. 평범한 춤을 같이 췄을 뿐이잖아?"

"그야, 뭐…… 으음, 평범한 춤이라고 하기에는 꽤 참신했거든? 누구 씨가 폭주한 바람에 말이지?"

"그건…… 네가, 도발해서 그렇게 된 거야……."

약간 거북한 표정을 짓고 있던 아리사는 곧 뭔가 생각난 것처럼 날카로운 시선을 머금더니, 볼을 살짝 붉히며 마사치카를 노려보았다.

"미리 말해두겠는데, 그때는 댄스라서 특별히 만지는 걸 허락했던 거야. 지금 또 만지려고 하면 절대 용서 안 해."

"안 만져. 만지면 성희롱인걸."

마사치카는 두 손을 들어 보이면서 그런 눈길로 쳐다본 게 아니라는 어필을 했지만, 아리사는 미심쩍다는 듯 코웃음을 치면서 시선을 앞쪽으로 돌리더니, 퉁명한 태도로 말했다.

"믿어지지 않네……. 아까도 마샤의 가슴에서 눈을 못 떼는 것 같았거든?"

"아, 그게…… 뭐, 그건 남자의 본능이랄까……."

"회장은 쳐다보지 않았어."

"나도 그 점에는 놀랐어. 그 사람은 진정한 신사야."

진지한 표정으로 그렇게 말한 마사치카는 허둥지둥 변명을 늘어놨다.

"아니, 물론 회장은 신사지만, 사라시나 선배라는 여친이 있으니까…… 다른 여자에게 눈길을 주지 않았을 뿐이거든? 그런 사람과 비교하는 건 좀 너무하다고나 할까……."

말을 하면 할수록 처지가 난처해지는 느낌이 든 마사치카는 몸을 웅크리며 고개를 숙였다. 그러자, 아리사가 러시아어로 작게 한 말이 들려왔다.

【그러는 우리도 파트너 관계잖아.】

파트너의 의미가 다르다. 연인과 파트너를 똑같이 여기지 말아줬으면 한다.

【나만, 바라봐.】

(……봐도 되는 거야?)

저 어엿한 가슴을……? 하고 무심코 마음속으로 대꾸한 마사치카는 곧 자기가 한 말을 부정했다. 아리사의 러시아어를 일일이 진지하게 받아들여선 안 된다. 방금 차가운 눈길을 머금은 아리사한테서 「어디를 쳐다보는 거야」라는 말을 들었다. 아리사의 러시아어는, 절반…… 아니, 3분의 1 정도만 진담이라고 여겨야 할 것이다.

이건…… 그렇다. 언니를 엉큼한 눈길로 쳐다볼 바에야

차라리 자기를 쳐다보란 의미일 것이다. 맹한 구석이 있는 언니를 지키려 하는 숭고한 자매애가 틀림없다.

(뭐, 아까 그 언니가 수영복 차림으로 나를 와락 끌어안았지만 말이지요.)

연쇄적으로 아까 전의 해프닝이랄까, 이벤트를 떠올린 마사치카는 고개를 세차게 저었다. 그리고, 수면을 쳐다보며 화제를 다른 곳으로 돌렸다.

"으음…… 바다에 오니, 즐거워?"

그 말을 하자마자, 「대체 무슨 소리를 하는 거야?」 하고 마사치카는 생각했다. 문뜩 떠오른 질문을 입에 담았을 뿐이지만, 아리사는 딱히 개의치 않으며 고개를 끄덕였다.

"으음…… 이런 식으로 친구와 여행을 하는 건 처음이지만, 즐거운 것 같아."

"그렇구나……. 그 친구에는 유키와 아야노도 포함되지?"

"응? 그래."

아리사가 약간 의아해하면서도 당연하다는 듯 고개를 끄덕이자, 마사치카는 소소한 감동에 사로잡혔다. 학교에서 『고고한 공주님』이라 불리는 이 동급생이, 그 특색 넘치는 두 사람을 주저 없이 『친구』라 부르고 있다. 아리사에게도, 주저 없이 친구라 부를 수 있는 상대가 생긴 것이다.

(딱히…… 타인을 혐오하는 건 아니었잖아. 자기가 상처 입지 않으려고, 주위 사람과 거리를 뒀을 뿐이야……. 실

은 상냥하고 정이 많은 녀석이지.)

그 상냥함이 자신 이외의 인간에게도 향했다는 사실이, 마사치카는 기뻤다. 무심코 그 사실을 곱씹듯 몇 번이나 고개를 끄덕였다.

"그래……. 응, 그렇구나."

"왜 그래?"

"그게……."

아리사가 의문에 찬 눈길로 쳐다보자, 마사치카는 말끝을 흐리더니…… 가볍게 헛기침을 한 후에 입을 열었다.

"좀 진지한 이야기를 해도 돼?"

"……좋아."

"응. 학생회장 선거에 관한 건데 말이야. 나는 타이밍을 봐서 네 사교성을 늘려야 한다고 생각했어……. 지지자에게도 계속 매몰찬 태도를 취해선, 당선이 어렵거든."

"……."

마사치카가 넌지시 「너는 사교성이 부족해」 하고 말하자, 아리사는 입을 다물었다. 자각하고 있었을지라도, 이렇게 지적을 당하면 가슴이 뜨끔하는 것이리라.

"하지만, 그럴 필요가 없겠단 생각이 들었어."

하지만, 마사치카는 입을 다문 아리사에게 밝은 어조로 그렇게 말했다. 아리사가 또 의문에 찬 눈길로 쳐다보자, 마사치카는 그녀를 똑바로 바라보며 말을 이었다.

"내 도움이 없어도…… 너는, 스스로 교우관계를 넓혀갈 수 있어. 그렇게 생각하니, 왠지 마음이 놓인다고나 할까…… 왠지, 기쁘네."

마사치카가 그렇게 말하며 멋쩍은 듯 웃자, 아리사는 시선을 정면으로 돌렸다. 그리고 짤막하게 한 마디했다.

"……유키 양과 키미시마 양은, 상냥해서 그래."

"응, 너도 그래."

마사치카가 주저 없이 그렇게 말하자, 아리사는 말문이 막혔다. 그런 그녀의 입이 살짝 벌어지더니, 반쯤 반사적으로 부정의 말을 입에 담으려 했다. 그보다 먼저, 마사치카가 덧붙여 말했다.

"학생회 멤버들은 이미 눈치챘어. ……그리고, 타니야마와 미야마에도 그래."

"……."

"미리 말해두겠는데, 내가 방학식 때 한 말은 진심이야. 네가 어떤 애인지 알게 되면, 분명 많은 사람이 너를 응원해줄 거야. 그러니까…… 네 쪽에서 사람들에게 더 다가서도 되지 않겠어? 너는 네가 생각하는 것보다 더, 남들에게 사랑받는 인간이거든."

"……그래."

아리사가 마사치카의 말을 듣고 고개를 끄덕인 후, 두 사람 사이에서는 잠시 침묵이 흘렀다. 두 사람 모두 바다를 쳐다보며 아무 말도 하지 않자, 파도 소리만이 주위에 울려 퍼졌다.

【너, 도…….】

"응?"

"……아무것도 아냐."

마사치카가 러시아어를 듣고 아리사를 쳐다보자, 그녀는 고개를 저으며 다시 입을 다물었다. 가라앉은 분위기가 감돌기 시작하자, 「여행 와서 할 이야기는 아니었나」 하고 생각하며 머리를 긁적인 마사치카는 목소리 톤을 살짝 높이며 말했다.

"으음~~ 그건 그렇고, 진짜 안 잡히네~. 으음, 지금 무슨 낚시를 하는 거야?"

마사치카가 일부러 과장되게 기지개를 켜면서 수면에 떠 있는 낚시찌를 쳐다보자, 아리사는 살며시 눈썹을 찌푸리며 그를 돌아보았다.

"……무슨 낚시라니?"

"응? 어떤 미끼로 뭘 잡으려고 하는 건지 물은 거야."

"……미끼는 안 달았어."

"어, 설마 루어 낚시야?! 그건 초보자에게 어려울 텐데……너, 초보자 맞지?"

"……그래."

아리사가 불만 섞인 목소리로 그렇게 말하자, 낚시 초보인 마사치카는 만화를 보고 얻은 지식으로 조언을 해줬다.

"으음, 루어 낚시는 그냥 기다리기만 해선 못 낚아. 루어가 살아 있는 물고기처럼 보이도록, 위아래로 움직여줘야 하는데……."

"……이렇게 말이야?"

"아니, 좀 더 움직여주는 편이 좋을 것 같은데……."

"그런 소리 할 거면, 네가 해봐."

아리사가 살짝 울컥한 표정으로 낚싯대를 내밀자, 마사치카는 「나도 초보자인데……」 하고 중얼거리면서 넘겨받았다.

그리고 텔레비전 방송에서 연예인이 하던 낚시를 떠올리면서, 그럴듯하게 낚싯대를 흔들었다. 그러자, 십여 초 후…….

"아, 뭔가 걸린 것 같아."

"어?!"

손에 희미한 진동이 전해지자, 마사치카는 낚싯대를 잡아당겼다. 그러자 희미한 반응은 명확한 저항으로 바뀌었고, 마사치카는 즉시 릴을 돌렸다. 그러자 잠시 후, 수면을 가르며 조그마한 전갱이가 튀어나왔다.

"아!"

"오, 낚았네~. 훗, 나는 재능이 넘친다니깐……."

눈을 치켜뜬 아리사가 보는 앞에서, 마사치카는 자아도취에 빠진 듯한 미소를 지었다. 하지만 전갱이가 포물선을 그리며 물 밖으로 나오자…… 그 미소는 갑자기 굳어버렸다.

"……그런데, 이제 어떻게 하지?"

"어, 어떻게 하냐니…… 놔주면 되지 않아?"

"어떻게 말이야?"

"그야…… 바늘을 빼면 되지 않을까?"

"아니, 그걸 대체 어떻게 하는데?!"

공중에서 격렬하게 몸을 꿈틀거리는 전갱이를 본 마사치카는 표정을 굳히며 몸을 뒤편으로 젖혔다. 일단 한 손으로는 무리일 것 같아서 낚싯대와 함께 지면에 내려놨지만…… 그러자 바위에서 팔딱거렸다. 그걸 본 두 사람은 뒷걸음질을 쳤다. 두 사람 다 살아있는 물고기를 만지지 못하는 타입이었다.

"빠, 빨리 놔줘."

"어, 무, 물리는 거 아냐?"

"안 물려!"

"정말? 어, 그런데, 어디를 잡으면 될까?"

"몰라."

낚은 물고기 앞에서, 두 사람 모두 당황했다. 하지만 그러는 사이에도 물고기 씨의 임종이 시시각각 다가오고 있었다. 결국 마사치카는 마음속으로 사과하면서 전갱이의 몸통을 발로 밟아서 고정하더니, 낚싯바늘을 돌려서 뺀 후에 바다로 돌려보냈다.

"……왠지 미안하네."

"……."

바다에 떨어진 전갱이를 쳐다보는 마사치카의 입에서, 자연스럽게 사과의 말이 흘러나왔다. 왠지, 정말 미안한 짓을 한 느낌이 들었다. 아리사도 마찬가지인지, 미묘한 표정으로 바다를 응시하고 있었다.

"……돌아갈까?"

"……그러자."

아리사는 아직 한 마리도 낚지 못했지만, 더는 낚시를 할 기분이 아닌 것 같았다. 마사치카가 낚싯대를 드는 모습을 본 그녀는 해변으로 향했다.

마사치카도 그 뒤를 따르면서 내리막길에 접어들었을 때, 앞장을 서고 있는 아리사에게 주의를 줬다.

"거기는 미끄러우니까, 내려갈 때는 조심—."

마사치카가 혹시나 하는 마음에 말을 건넨 바로 그 순간이었다.

"아!"

"어어—?!"

경사면을 내려가던 아리사의 샌들이 미끄러지더니, 아리사의 몸이 휘청거렸다.

(큰일 났네. 저런 옷차림으로 바위에서 굴렀다간 심하게 다칠 수도 있어—!!)

무릎이나 손이 살짝 까지는 정도라면 그나마 났다. 바다에 못 들어갈 뿐이니 말이다. 하지만 방어력 제로인 복장으로 굴렀다간, 뾰족한 바위에 피부가 찢어질지도 모른다.

"큭!!"

위기감을 느낀 마사치카는 비어 있던 왼손을 뻗어서 아리사의 복부에 두르고, 그녀를 등 뒤에서 끌어안으려 했다. 아까 만지지 말라는 말을 들었지만, 그런 말을 신경 쓸 때가 아니었다.

하지만, 여기서 오산 몇 가지가 발생했다. 첫 번째는 서로가 수영복 차림인 탓에 아리사의 옆구리에 두른 왼손으로 움켜잡고 버틸 만한 것이 없었다. 두 번째는 바닷물이 마르면서 생긴 염분과 모래가 부착된 맨살은 상상했던 것보다 더 미끄러웠다. 그리고 세 번째…… 미끄러지는 과정에서 아리사의 발치에 있던 바위가 바스러진 것이다. 바위의 표면만 바스러졌지만, 그 위에 서 있던 아리사는 완전히 균형을 잃고 말았다.

"어어—."

아리사의 몸이 아래편으로 그대로 미끄러지며 떨어졌다. 하지만 잡을 곳이 없고, 소금과 모래 탓에 마찰계수가 낮아진 아리사의 복부는 그대로 마사치카의 품속에서 쑥 빠져나갔다.

"—읏?!"

엄청난 위기감에 사로잡힌 마사치카는 오른손에 쥔 낚싯대를 내던지더니, 오른팔로 아리사의 복부에 둘렀다. 그리고 체중을 뒤쪽으로 실으면서 왼손으로 잡을 만한 것을 찾았다.

(—아! 겨드랑이!)

순간적으로 그렇게 판단한 마사치카는 왼손을 들어서 아리사의 오른쪽 겨드랑이에 집어넣으려 했다. 동시에 뒤쪽을 돌아보면서 지면을 확인했다.

(바위도, 뾰족한 물체도 없구나……. 됐어!)

……확실히 아리사의 몸을 들어 올리는 것만이 목적이라면, 겨드랑이에 손을 집어넣는 것이 최선일지도 모른다. 하지만 마사치카는 깜빡하고 말았다. 여성에게 그런 행동을 취할 경우, 겨드랑이에 손이 도달하기 전에 거대한……그렇다. 거대한 장애물에 닿고 만다는 사실을 말이다.

(어?)

왼손을 들어 올린 순간, 엄지가 부드러운 무언가에 파고들더니, 손가락 끝에 무언가가 걸리는 감촉이 느껴졌다. 그 **무언가**는 마사치카의 손과 아리사의 몸의 움직임에 맞춰, 허무할 만큼 간단히 훌렁 벗겨졌다. 그 직후, 마사치카의 왼손이 부드러운 살점에 묻히면서 그의 손가락에는 끈으로 된 무언가가 걸렸다.

(어어?!)

참고로 마사치카는 이 시점에도 사태를 정확하게 파악하지 못했다. 마사치카의 머릿속은 예상 밖의 감촉에서 비롯된 당혹감과, 아리사의 겨드랑이에 손이 닿지 않은 것에서 비롯된 초조함으로 가득 차 있었다. 왼손이 무언가에 걸려서 움직이지 않는다는 사실에 동요하면서도, 뒤편의 안전 확인을 한 마사치카는 일단 아리사의 안전을 확보하기 위해 왼손에 걸린 **그것**을 꼭 움켜잡았다.

"아얏!"

그와 동시에 아리사가 희미한 비명을 질렀지만, 개의치 않으며 이를 악문 마사치카는 그녀의 몸을 뒤편으로 힘껏 잡아당겼다.

"크윽!"

뒷일을 생각하지 않으며 모든 체중을 실으며 뒤편으로 쓰러진 결과, 마사치카는 세게 엉덩방아를 찧었다. 각오하기는 했지만 얇은 수영복에는 완충 효과가 전혀 없어서, 엉덩이부터 정수리까지 치밀어오르는 고통 때문에 시야가 한순간 새하얗게 변했다. 게다가 이어서 허벅지 위에 사람 한 명의 체중이 가해진 탓에, 다리가 으스러지는 것 같았다.

"윽! 크으으…… 아랴, 괜찮, 아……?"

다리와 엉덩이에서 느껴지는 극심한 통증 탓에 신음을 흘리면서도, 마사치카는 품속에 있는 아리사를 내려다봤고…… 그제야 상황을 정확하게 인식했다. 아리사의 복부를 꼭 잡은 오른팔. 이건 괜찮다. 자신의 허벅지 위에 위치한 아리사의 엉덩이와 허벅지. 이것도 괜찮다. 말랑말랑한 감촉이 피부에서 느껴졌지만, 그나마 나은 상황이다. 문제는…….

"우왓?!"

"어, 어—?!"

아리사의 오른쪽 가슴을, 꽉 움켜쥐고 있는 왼손이었다. 손바닥에 빨려드는 듯한 피부, 손가락이 파고든 탓에 모습이 변한 부드러운 살점의 감촉, 그리고 손목에서 느껴지는 도톨도톨한 감촉…….

"미, 미안해—!!"

"앗—!"

상황을 인식한 마사치카는 재빨리 왼손을 뗐다. 엄지와 검지에 걸린 수영복을 털어내면서, 튕기듯 손을 뺐다. 그 결과…….

"윽?!"

"으~~~~!!"

전부, 보고 말았다. 뭐, 당연했다. 수영복 대신, 마사치카의 손으로 감추고 있는 것이나 다름없는 상황이었으니 말이다. 소리 없는 비명을 지른 아리사는 양손으로 가슴을 가리더니, 마사치카의 다리 위에서 버둥거리며 몸을 일으켰다.

"죽어! 죽어버려!"

그리고 분노와 수치심으로 얼굴이 새빨개진 아리사는 쓰러진 마사치카의 다리를 걷어찼다.

"아얏! 미안, 잘못했다고!"

아무리 아리사가 부드러운 비치 샌들을 신고 있다 해도, 맨살을 걷어차이니 아팠다. 하지만 이번에는 자기가 전면적으로 잘못했기에 사과 말고는 할 수 있는 게 없었다. 옷 위로 가볍게 만진 거라면 몰라도, 고의는 아닐지라도 수영복 안에 손을 집어넣어서 힘껏 움켜쥔 것이다. 아무리 생각해도 경찰을 불러야 할 사태였다. 경찰 아저씨, 이 녀석이 범인이에요~ 상황이다.

"바보! 변태! 아프다고 했잖아! 그, 그런데, 있는 힘껏……!"

"미안해, 아얏! 정강이는 아프니까 차지 마!"

자기 입으로 말하면서 더욱 수치심을 느낀 건지, 아리사는 눈가에 눈물이 맺힌 상태에서 마사치카의 발을 걷어차며 자근자근 밟아댔다.

(꿀꾸우우울—! 우리 업계에 이건 포상입니다~!!)

인정사정없는 폭력을 당한 마사치카는 머릿속으로 멍청한 소리를 하며 마조히스트가 되려 했지만, 유감스럽게도 그는 이런 상황에서 기쁨을 느낄 정도로 해탈하지는 못했다.

사실 마사치카로서는 아리사가 자기를 걷어차면서 분노를 발산하는 것보다, 우선 수영복을 제대로 입어줬으면 했다. 아리사가 손으로 가슴을 가리고 있었기에, 눈 둘 곳이 없었다. 아래편에서 보면 말이지? 안 가린 거나 다름없다고~.

"하아, 흐윽, 으으으……."

"아니, 저기, 미안해. 진짜로 미안하다고."

이를 악문 채 으르렁거림인지 흐느낌인지 알 수 없는 소리를 내는 아리사가 울먹거리며 자신을 내려다보자, 마사치카는 사과하고 또 사과했다. 그러자 아리사는 몸을 돌리며 몇 걸음 물러나더니, 마사치카에게 등을 보이며 몸을 웅크렸다.

"저기, 일부러 그런 건…… 아, 아냐. 잘못했어. 미안해……."

무심코 변명할 뻔한 마사치카는 그래봤자 꼴사나울 뿐이라 여기며 다시 사과했다. 하지만 더는 무슨 말을 하면 좋을지 몰랐기에, 그는 시선을 사방팔방으로 돌리며 허둥댔다.

"……마사치카."

"아, 넵!"

"수영복, 고쳐 입을 거니까…… 고개 돌려."

"아, 네……."

몇 초 동안 거북한 침묵이 흐른 후, 아리사가 억눌린 목소리로 그렇게 말했다. 그 말을 듣고 엄청난 죄책감을 느낀 마사치카는 아무 말 없이 아리사에게 등을 보이며 돌아서더니, 무릎을 꿇었다. 죄책감을 느낀 이유는 아리사의

……를 만졌기 때문이지만, 그 사실을 실감한 이 순간에 미안함보다 흥분을 느끼고 있는 자기 자신 때문이기도 했다. 무심코 아까 느낀 감촉을 떠올리려고 하는, 이 지조 없는 뇌가 정말 문제다.

(이봐, 진짜로 관둬. 수영복 입은 상태에서 그런 생각을 했다간, 돌이킬 수 없는 사태가 벌어질 거야.)

마사치카는 아까 감촉이 남아 있는 (듯한 느낌이 드는) 왼손으로 이마를 때리면서, 필사적으로 번뇌를 쫓아내려 했다. 「아까 느낀 도톨도톨한 감촉은 설마……」 같은 괘씸한 생각을 고통으로 억누르고, 겸사겸사 머릿속에서 「주물렀네~ 주물렀어~! 환상의 E컵을 마구 주물럭댔구나~!」 하고 외치는 소악마 모습의 유키를 으스러뜨렸다. 바로 그때…….

【책임…….】

무시무시한 단어가 들려왔다. 남자가 여자한테 듣고 가슴이 두근거리는(의미심장) 단어 제1위가 들렸다. 그것도 러시아어로, 툭하고 말한 것이다. 마사치카 또한 그 말을 듣고 가슴이 두근거렸다. 나쁜 의미에서 말이다.

(책임…… 맨가슴을 만졌을 때는 어떻게 책임을 져야 할까? 사귀면 됨까? 고백하면 됨까?!)

마사치카가 머릿속으로 될 대로 되라는 듯 그렇게 외치고 있을 때, 또다시 출현한 소악마 유키가 「안아줘~, 안아줘~」 하고 외쳐댔다. 짜증 나니 일단 작살을 내버리기로 했다.

(으으~. 일단 진정 좀 하자~. 괜찮을 거야. 아랴도 진심으로 하는 말은 아닐 거야. 내가 내뱉는 오타쿠 발언이 전부 진담인 건 아니잖아? 불쑥 머릿속에 생각난 걸 농담 삼아 뱉을 뿐이잖아? 그것과 마찬가지로…… 아랴도, 불쑥 생각난 말을 러시아어로 말하는 것뿐—.)

【책임져……. 결혼…….】

(그러니까 진정하라고—!)

등 뒤에서 들려오는 엄청난 파괴력의 말을 듣고, 마사치카는 이마 때리기가 아니라 관자놀이 후벼 파기를 시행했다.

(으으~. 나란 놈아, 진정 좀 해. 의도한 건 아니지만, 아까 내가 한 추측이 증명됐잖아. 아랴가 진심으로『결혼』이라는 말을 할 것 같아? 그래. 이거야말로 아랴가 러시아어로 농담을 했다는 증거…….)

【아무한테도…… 만지게 한 적, 없는데…….】

「아무한테도」, 「만지게 한 적」, 「없는데」. 필살의 3연속 콤보가 마사치카의 심장을 사정없이 꿰뚫었다. 결정타 삼아서 정수리에 「책임!」이라고 적힌 거대한 바위가 정통으로 내리꽂히자, 마사치카는 그대로 격침됐다.

머리 주위에서 병아리가 날아다니고 있는 마사치카의 머릿속에서, 소악마 유키가 「퍼스트 찌찌 터치, 퍼스트 찌찌 터치~」 하고 외치며 놀리듯이 다리를 흔들어댔다. 이 녀

석, 진짜 짜증나네. 혹시 무한 부활 사양인 건가?

【아무한테도……! 보여준 적, 없는데……!!】

우와, 더 두들겨 패네. 그로기 상태에 이어서 즉사 콤보다. 떨리는 목소리로 쥐어짜 내듯 뱉은 그 러시아어를 듣자, 마사치카는 머리를 감싸 쥐며 몸을 웅크릴 수밖에 없었다. 머릿속에서 소악마 유키가 배를 감싸 쥔 채 폭소를 터뜨리고 있지만, 더는 신경 쓸 여유조차 없었다. 나는 거북이. 실수로 육지에 올라온, 일개 바다거북. 이제 바다로 돌아가려던 참이야.

"하아…… 마사치, 마사치카?!"

겨우 몸을 일으키며 마사치카를 돌아본 아리사는 몸을 웅크린 채 슬금슬금 바위 밭 가장자리로 향하는 마사치카를 보고 눈을 치켜떴다.

"뭐, 뭐 하는 거야?"

"그게…… 내 몸과 마음을 정화해야 할 것 같거든."

"저, 정화라니…… 하아, 정말. 꼴사나우니까 빨리 일어나!"

골로 가기 직전인 상태에서 꼴사납다는 말까지 들은 마사치카는 휘청거리며 몸을 일으켰다. 풀이 죽은 마사치카의 모습을 본 아리사는 분노와 당혹을 동시에 느끼면서 미간을 찌푸리더니, 몇 초 동안 허둥댄 후에 망설임을 떨쳐 내듯 이렇게 말했다.

"하아, 정말! 우리 사이가 거북해지는 게 싫어서 말해두는 건데…… 우선, 구해줘서 고마워. ……마사치카는, 다친 데 없어?"

"아, 응. ……일단은, 멀쩡해."

"……그래. 다행이야. 그리고 다리를 걷어차서…… 미안해. 하지만 일부러 그런 건 아니더라도 내 가…… 가슴, 을, 만졌으니까, 그 정도 벌은 받아야 하지 않겠어?"

"아, 네. 그야 뭐…… 정말 죄송합니다……."

"좋아……. 그럼, 왼손을 내밀어봐."

"어? 네."

얼굴을 붉힌 채 노려보는 아리사의 말에 따라, 마사치카는 순순히 왼손을 내밀었다. 그러자 아리사는 그 손을 왼손으로 잡더니, 오른손으로 그의 손등을 힘껏 꼬집었다.

"윽! 아야야야야얏?!"

"이건! 내 ……를, 만진 벌이야!"

힘찬 목소리로 그렇게 말한 아리사는 마지막으로 더욱 세게 꼬집어준 후, 마사치카의 손을 놨다.

"자! 이걸로 끝! 이제 우리 둘 다 아까 일은 신경 쓰지 말자! 알았지?!"

"아, 네……."

"좋아……. 그럼, 이만 돌아가자."

작은 목소리로 그렇게 말한 아리사는 고개를 돌리며 걸음을 옮겼다. 그리고 아리사가 신중하게 바위 밭을 내려가면서 모래사장으로 향하자, 낚싯대를 챙긴 마사치카는 기운 없이 고개를 푹 숙이며 그 뒤를 따랐다.

그렇게 모래사장으로 돌아가서 한동안 걸어간 후, 아리사는 뒤편에 있는 마사치카를 힐끔 돌아보았다. 그리고 여전히 먹구름이 드리워진 것처럼 풀이 죽어 있는 마사치카를 보더니, 약간 삐친 것처럼 입술을 살짝 내밀었다.

【그렇게…… 풀이 죽을 것까지는 없잖아.】

갑자기 러시아어가 들려오자, 마사치카는 흠칫 놀라며 고개를 살짝 들었다. 그러자 자기 가슴에 손을 댄 아리사가 불만 섞인 표정으로 자신을 힐끔힐끔 쳐다보고 있다는 것을 알 수 있었다.

【뭐야…… 내 가슴, 그렇게 이상한 거야……?】

하나도 이상하지 않사옵니다. 정말 멋지고 귀중한 체험을 시켜주셔서 황송합니다. 아랴 양의 가슴은 환상이 아니라 실존하는 것이었군요. 정말 대단해요.

(우와~, 죽고 싶어~.)

이 상황에서 자기 뇌가 쓰레기 같은 생각을 하자, 마사치카는 맹렬하게 죽고 싶어졌다. 어릴 적에 스오우 가문이 심어 놓은 마사치카의 신사적인 일면이, 온 힘을 다해 그를 죽이려 들고 있었다.

"으으~! 정말!"

여전히 고개를 들지 못하는 마사치카를 본 아리사는 짜증

섞인 태도로 돌아서더니, 팔짱을 끼며 그를 노려보았다.

"아까 일은 이제 신경 쓰지 말라고 내가 말했지?! 그런데도 이렇게 축 처져 있는 건 나한테 실례 아냐?!"

"어, 아, 네."

아리사가 입에 담은 「나한테 실례」라는 말을 듣고, 마사치카는 졸음에서 깨어난 것처럼 고개를 퍼뜩 치켜들었다.

"자! 똑바로 서!"

"넵!"

아리사가 날카로운 어조로 그렇게 말하자, 마사치카는 등을 꼿꼿이 폈다. 그 모습을 본 아리사는 날카로운 눈빛을 머금으며 고개를 끄덕이더니, 마사치카의 옆에 나란히 서서 그의 등을 때렸다.

"자…… 가자."

"아얏…… 알았어."

그런 남자다운 아리사의 태도를 본 마사치카는 무심코 웃음을 흘렸다. 그 바람에 아리사가 날카롭게 노려보자, 마사치카는 허둥지둥 변명했다.

"아, 그게…… 아랴는 마음이 참 넓다 싶어서……."

"……흥."

마사치카가 쓴웃음을 머금으며 그렇게 말하자, 아리사는 고개를 휙 돌렸다. 그리고, 머리카락 끝을 만지작거리면서 툭하고 말했다.

【그래도 책임은…… 져줘야겠어.】

(으음…… 저건, 어떤 의미지?)

남성스러운 태도에서 이어진 갑작스러운 여성적인 발언 탓에, 마사치카는 공허한 눈빛으로 여름 하늘을 올려다보며 그런 생각에 잠겼다.

제 7 화 둥둥 떠 있었다고 합니다

"하아~, 개운해!"

바닷물과 자외선 차단제를 씻어낸 치사키는 상쾌함으로 가득 찬 목소리로 그렇게 말했다. 그리고 바로 욕조로 향하더니, 물에 발을 담그면서 기분 좋은 듯 눈을 가늘게 떴다.

"따뜻해~. 바다에서 나오자마자 목욕을 할 수 있다니, 최고야~."

"맞아~. 왠지 고급 리조트 호텔에 온 것 같네~."

여섯 명이 동시에 들어갈 수 있을 정도의 욕조에 들어간 치사키는 온수에 몸을 담기며 행복한 표정을 지었다. 그 말을 들은 마리야도 몸을 씻으면서 동의했다. 이곳은 켄자키 가문의 별장 안에 있는 욕실이며, 평범한 욕실과 다르게 실내와 이어진 문 말고도 실외와 이어진 문이 있어서 해변에서 바로 욕실 안에 들어올 수 있다. 그 덕분에 바다에서 나온 후에 바로 몸을 씻을 수 있어, 소금이 몸에 붙어서 간지럽다거나 찝찝할 일이 없다.

"싸움을 치른 후의 목욕은, 최고의 포상이야~. 하아~, 피로가 싹 가시네~."

"어머, 싸움? 해파리와 말이야?"
"아니, 상어 두 마리와 싸웠어."
"어머나, 와일드하네~."

그래도 샤워기는 세 개밖에 없기에, 다섯 명이 동시에 씻을 수는 없어서 차례를 기다려야 하기는 했다. 실은 두 선배가 후배들에게 양보하려고 했지만, 유키가 「저희는 머리가 길어서 시간이 걸리니까요」 하고 말하며 사양했다. 그래서 치사키와 마리야도 「선배가 기다린다고 생각하면 마음 편히 씻을 수 없으려나」 하고 생각하며 자기들이 먼저 씻기로 했다. 참고로 남자 둘은 그보다 먼저 샤워만 대충 하고 자리를 비워줬다. 신사로서 여성들을 배려한 것이다.

"선배, 들어가도 될까요?"
"아, 들어와~."

실외와 이어진 문 너머에서 유키의 목소리가 들려오자, 마침 몸을 다 씻은 마리야가 대답을 하며 자리를 비워줬다.

"실례할게요."

마리야가 물에 몸을 담갔을 때, 1학년 세 사람이 욕실 안으로 들어왔다. 그리고 그 자리에서 수영복을 벗더니, 벗은 수영복을 비누가 놓인 선반 위에 뒀다.

"……."

샴푸와 보디 샴푸 병 옆에는 방금 벗은 형형색색의 수영복이 놓여 있었다. 유키는 그것들을 뚫어지게 쳐다보며 생각했다.

(뭐랄까…… 에로틱하네.)

숙녀의 가면을 쓴, 밝히는 아저씨가 이 자리에 있었다. 그 아저씨는 세 개의 샤워기 중 한가운데에 있는 것을 고르더니, 샤워를 하면서 아리사의 나신을 뚫어지게 쳐다봤다.

(우와~.)

엄청났다. 안 벗었을 때도 엄청났지만, 벗으니 더 엄청났다. 같은 여자도 무심코 마른침을 삼키고 말 정도로 아름다운 나신을 보자, 유키가 쓴 숙녀의 가면이 벗겨질 것만 같았다.

(어이쿠, 이러면 안 되지. 너무 뚫어지게 쳐다봤다간, 뒤편에 있는 마샤 선배와 사라시나 선배에게 들킬지도 몰라.)

그렇게 생각한 유키는 다시 앞을 바라봤다. 그리고 거울 너머로 등 뒤에 있는 두 선배를 살폈고…….

(이야, 저쪽도 엄청나긴 하네.)

유키의 시선은 거울에 비친 두 선배의 나신에 못 박히고 말았다. 뭐랄까…… 근육량과 지방량을 더해서 둘로 나누면 딱 적당해 보이는 두 사람이었다. 두 사람 다 정반대 방향으로 비인간적인 육체를 지녔다.

(러브 코미디 세계의 주민과, 판타지 세계의 주민이야…….)

마리야의 육감적인 몸과 치사키의 탄탄한 몸을 거울 너머로 보면서, 유키는 오타쿠스러운 평가를 내렸다. 그러면서 감은 머리카락을 수건으로 정리하고 있을 때, 집게 핀으로 머리카락을 정리한 아야노가 유키에게 말을 건넸다.

"유키 님, 등을 씻겨드릴까요?"

"응? 괜찮아, 아야노……."

"……? 유키 님?"

별생각 없이 고개를 돌리면서 아야노의 몸을 쳐다본 유키는…….

(아, 왠지 마음이 편해져.)

마음속으로 그렇게 생각했다.

◇

"아."

"어?"

마사치카가 화장실에 가려고 거실에서 복도로 나갔을 때, 마침 탈의실에서 나온 유키 & 아야노와 시선이 마주쳤다. 그러자 유키는 주위를 둘러보더니, 손에 쥔 비닐봉지를 아야노에게 넘기며 작은 목소리로 지시를 내렸다. 유키의 말을 들은 아야노가 소리 없이 거실 문 옆으로 이동해서 안쪽을 살피더니, 이어서 2층으로 이동해서 그쪽을 살핀 후에 손가락으로 동그라미 사인을 보냈다. 그것을 확인한 유키는 원래 본성을 드러내며 히죽 웃었다.

"오라비, 오라비, 오라비."

"뭐야. 왜 그래?"

유키가 작은 목소리로 자기를 부르며 쪼르르 달려오자, 마사치카는 약간 불길한 예감을 받으면서도 쓴웃음을 머금으며 귀를 기울였다. 그러자 유키가 발돋움을 하면서 마사치카에게 귓속말을 했다.

"(완전 대박~. 찌찌가 둥둥 떠 있었어.)"

"그런 소리 할 줄 알았다고!!"

예상대로 어처구니없는 보고를 받은 마사치카가 유키의 머리에 양손을 댔다. 그리고 그대로 관자놀이에 꿀밤을…… 먹이나 했더니, 그는 진지한 표정으로 유키의 얼굴을 내려다봤다.

"참고로, 누가 그랬는데?"

"아랴 양과 마샤 선배야. 게다가 형태도 끝내주더라니깐. 완전 동~그란 반구 형태애앳?!"

"거기까지 말하라곤 안 했거든?"

"아야얏?! 너무해! 다 들어놓고 이러기야?!"

손바닥의 아랫부분으로 관자놀이를 바이스로 으스러뜨리듯 압박하자, 유키는 비명을 질렀다.

"너란 애는 정말……."

5초 동안 여동생의 머리를 압박한 마사치카는 어이없다는 표정을 지으며 손을 뗐다. 그러자, 유키는 관자놀이를 문지르면서 원망 섞인 어조로 말했다.

"아야야……. 하지만 압권이라고 해도 과언이 아닌 광경이어서, 그 감동을 공유하고 싶었단 말이야."

"압권이라니…… 이런 말은 좀 그렇지만, 수학여행 가서도 비슷한 광경을 볼 기회가 있지 않아?"

"뭐, 그건 그렇지만…… 역시, 뭐랄까…… 순수 일본인과는 볼륨감의 차원이 달라. 말로 표현하기 어렵지만, 아무튼 다르더라니깐."

"그냥 너희가 너무 마른 거 아냐? 뭐, 잘은 모르겠지만 말이야."

"마른 건 그 두 사람도 마찬가지인데…… 그 두 사람은 허리가 잘록한데도 엉덩이는 큼지막해. 게다가 전혀 처지지 않았어……. 역시 일본인과는 골반이 다른 걸까?"

"그걸 내가 어떻게 알아."

마사치카가 흥이 가신 듯한 눈길로 내려다보자, 유키는 그윽한 눈길을 머금으며 허공을 쳐다봤다.

"할아버지가 말했어……. 물에 찌찌가 둥둥 떠야, 진정한 글래머라고 할 수 있대."

"손녀한테 그런 소리를 한 거냐."

"그리고 가마가 안 보이는 머리카락과, 잘 때도 형태가 무너지지 않는 찌찌는 가짜라고 했어."

"모르는 편이 훨씬 나을 것 같은 지식이네……."

"낄낄낄. 나리, 안심하십쇼. 그 두 사람은 천연물이 틀림없어요. 제가 보증합지요."

"아니, 그런 건 딱히 신경 안 쓰거든~?"

"정말이야~? 뭐, 의심될 정도로 형태가 예쁘긴 했는데…… 그 흔들림과 질감을 볼 때, 진짜가 틀림없어. 진짜 부드러워 보였답니다~."

"너, 전생에 중년 아저씨였던 거 아냐?"

유키가 쓸데없이 야무진 표정을 지으며 힘차게 엄지를 치켜들자, 도끼눈을 뜬 마사치카는 태클을 날리면서 「그건 그래……」 하고 마음속으로 동의했다. 마사치카는 실제로 그 부드러운 감촉을 느껴봤다.

(어이쿠, 위험해.)

무심코 그때 일을 떠올릴 뻔한 마사치카는 그 생각에 뚜껑을 덮었다. 하지만 이미 늦었다. 감이 좋은 여동생이 「흐음~?」 하며 미심쩍은 눈길로 그를 쳐다보고 있었다.

"……그런데 오라비. 아랴 양과 무슨 일 있었어?"

"……무슨 일 말이야?"

유키가 핵심을 찌르는 질문을 던지자, 마사치카는 필사적으로 태연한 척하며 고개를 갸웃거렸다. 그러자 유키는 팔짱을 끼며 다 안다는 듯한 표정으로 고개를 끄덕였다.

"수영복 차림의 남녀. 해변 옆의 으슥한 바위 그늘. 아무 일도 없을 리가 없잖아?"

“네가 상상하는 것 같은 일은 없었거든~? 애초에 바위 밭은 있었어도 바위 그늘은 없었다고.”

“호오? 그럼 다른 어떤 일이—.”

“없었어. 없었다고.”

오빠가 말을 끊으며 부정하자, 구경꾼 근성으로 가득 찬 눈길로 쳐다보던 유키는 「그래」 하고 중얼거리며 순순히 물러났다.

“그건 그렇고, 오라비에게 알려줄 좋은 소식이 있어.”

“아앙?”

“지금 욕실에는 아랴 양만 혼자 남아 있어.”

“훔쳐볼 생각 없거든~?”

“권할 생각도 없거든~?”

오빠가 다짜고짜 훔쳐보는 것을 거부하자, 유키는 뜻밖이라는 표정을 지으며 허리에 손을 댔다.

“정말, 나를 뭐로 보는 거야?”

“사랑하는 여동생으로 봐.”

“꺄아, 나도 사랑해♡”

“2컷 만에 함락되는 거냐.”

갑자기 달콤한 목소리를 내며 안겨드는 여동생을 떼어낸 마사치카는 피곤한 목소리로 말했다.

“그럼 뭔데?”

“으음…… 뭐, 간단한 이야기지.”

유키는 안 그래도 작은 목소리를 더욱 낮추더니, 오른손을 입가에 대며 마사치카에게 속삭였다.

"(목욕 직후의 아랴 양을 보고 싶지 않나?)"

"윽!"

"(희미하게 상기된 피부, 물기를 촉촉이 머금은 머리카락. 보고 싶지 않나?)"

악마처럼 그렇게 속삭인 유키는 대답을 듣지 않으며 마사치카에게서 떨어지더니, 그의 옆을 지나치며 어깨를 두드려줬다.

"뭐, 알아서 하게. 내가 회장을 상대할 테고, 아야노는 마샤 선배와 사라시나 선배를 상대하라고 지시해두지. 한동안 아무도 이곳에 오지 않을 걸세. 어떻게 할지는…… 오라버니의 자유라네."

그런 말을 남긴 유키는 그대로 거실에 들어갔다. 2층을 쳐다보니, 아야노가 마리야와 치사키가 묵는 방에 들어가고 있었다.

"……."

그 모습을 본 마사치카는 몇 초 동안 그 자리에 멍하니 서 있다가, 우선 예정대로 화장실에 향했다.

(휴, 유키의 오타쿠 뇌 때문에 정말 곤란하다니깐…….)

화장실에서 볼일을 보면서, 이런 상황에서도 이벤트 회수를 시키려 하는 오타쿠 여동생 때문에 마음속으로 한숨을 내쉬었다.

(이렇게 판을 깔아준다고 『그럼 사양 안 하겠어』 하며 응할 리가 없잖아? 사춘기 남자애는 섬세하거든? 그렇게 노골적으로 권하면 『따, 딱히 흥미 없거든~?!』 하며 허세를 부리는 법이라고.)

마사치카는 손을 씻은 후, 2층으로 올라가면서 고개를 좌우로 저었다.

(하지만…….)

그리고 계단을 다 올라갔을 때 걸음을 멈추더니, 진지한 표정을 지으며 뒤를 돌아보았다.

(오타쿠로서, 주어진 이벤트는 다 회수해야 하겠지!)

계단 위에 몸을 숨긴 마사치카는 아리사가 2층으로 올라온 타이밍에 「어, 마침 잘됐네」를 노리기로 했다. 어쩔 수 없다. 마사치카는 사춘기 남자애이기 전에 오타쿠 남자애이기에, 어쩔 수 없단 말이다!

◇

"왜…… 어, 왜……?"

한편, 욕실에서 나온 아리사는 탈의실에서 당혹감과 초조함에 사로잡혀 있었다.

탈의실이 그렇게 넓지 않고 드라이어가 하나밖에 없기에,

여성은 욕실에서 나올 때도 두 명씩 나가기로 했다. 그러니 원래부터 목욕을 오래 하는 편인 아리사는 유키와 아야노를 먼저 내보내고 자기가 마지막까지 남기로 했는데…… 욕실을 나가서 몸을 닦은 후에 옷을 입으려던 순간, 그녀는 아연실색했다.

바다에 가기 전에 갈아입을 옷을 비닐봉지에 넣어서 탈의실에 뒀는데, 그 안에서 속옷만 없었다. 셔츠와 반바지는 있는데 말이다.

"어? 분명 챙겼는데? 분명 여기 넣어뒀지?"

몇 번이나 기억을 떠올려봐도, 자신은 속옷을 비닐봉지에 집어넣었다. 하지만, 현재 이 비닐봉지 안에는 속옷이 없었다. 있어서는 안 되는 사태가 벌어지자, 아리사는 어디 떨어뜨린 걸지도 모른다는 생각에 실낱같은 희망을 걸며 탈의실 안을 찾아봤지만, 아무리 찾아봐도 속옷은 보이지 않았다.

"거짓말……. 실수로 두고 온 거야? 아니면…… 여기에 오는 도중에 떨어뜨린 걸까? 말도 안 돼……."

자신이 실수를 저질렀다고 판단한 아리사는 목욕수건을 몸에 두른 채 생각에 잠겼다. ……누군가가 장난삼아 가져갔다는 의심을 하지 못하는 점에서, 아리사의 사람 됨됨이가 드러났다. 누구누구 씨의 본성을 알지 못하는 만큼, 그런 발상이 머릿속에 떠오르더라도 스스로 부정하겠지만 말이다.

"……어쩌지?"

팬티는 괜찮다. 다소 기분이 나쁠 뿐이다. 하지만…… 브래지어는, 문제다. 그것을 하지 않으면, 옷 위로 드러날 게 틀림없다. 10초면 방에 도착하겠지만, 중간에 누군가가 눈치챈다면…… 특히 남자 두 명에게 들킨다면 죽을 수밖에 없다.

(……마사치카는, 아까 봤지, 만……! 윽!!)

연쇄적으로 아까 있었던 해프닝을 떠올리자, 아리사의 볼이 화끈 달아올랐다.

"으으으~~~~."

머리를 감싸 쥐고 있던 두 손으로 얼굴을 덮더니, 손가락에 닿은 앞 머리카락을 꼭 움켜쥐었다. 마사치카 본인에게는 신경 쓰지 않는다고 말했고, 아리사 본인도 의식하지 않으려고 노력했지만…… 이렇게 떠올리자 전부 물거품으로 돌아갔다.

아리사는 가드가 철저한 편이다. 세간의 기준에서 본다면, 결벽증이라는 말을 들어도 이상하지 않을 정도다. 타인에게 의지하지 않으며 자기 발로 서는 것을 긍지로 여기는 아리사에게 있어서, 타인에게 몸을 맡기는 것은 패배나 다름없다. 연인을 만드는 것조차도 있을 수 없는 일이다. 자신이 남에게 어리광을 부르고, 애교를 떨며, 사랑을 구걸하는 모습을 상상하기만 해도 소름이 돋았다.

요즘 들어 다소 완화되기는 했지만, 1년 전까지만 해도 진심으로 그렇게 생각했다. 그래서 누구에게도 빈틈을 보이지 않았고, 난잡한 속셈으로 다가오는 남자를 단호하게 거절했다. ……그런 자세를 고수해왔기에, 이성(마사치카)에게 러시아어로 빈틈을 보이는 것에서 이제까지 경험하지 못한 스릴을 느꼈다. 그 바람에 어느새 버릇이 되고 말았지만, 그 일과 이 일은 명백하게 경우가 다르다.

아무튼, 그런 경박한 녀석들에게는 머리카락 한 올 만지지 못하게 했고, 함부로 만지려 한다면 사정없이 그 손을 쳐냈으며, 끈질기게 군다면 따귀도 날렸다. 그야말로 진짜 공주님처럼 철저하게 스스로를 지켜왔다. 그런데…….

"으으으으~~~~ 이이이익~~~~."

남자가 만졌다. 아니, 움켜잡았다. 자신의 가슴, 그것도 맨가슴을 말이다. 게다가 전부 봤다. 지금 차분하게 생각해 보니 맨살이 훤히 드러난 배를 끌어안았을 뿐만 아니라, 자신은 남자의 다리 위에 앉기까지 했다. 이렇게 되면 결혼할 수밖에 없다. 평생을 바쳐 책임을 지게 할 수밖에 없다.

"하아, 하아. 그건 사고. 그건 사고……."

한사코 결혼을 주장하는 자신의 정조 관념에 뚜껑을 덮은 후, 주문을 외우듯 스스로를 향해 몇 번이나 그렇게 말했다. 하지만 아무리 사고일지라도 용서할 수 없는 행위인 것은 명확했다. 만약 본 적도 없는 남자에게 그런 짓을 당했다면, 상대방이 그 기억을 잊을 때까지 두들겨 팬 후에 자신도 그 기억을 잊을 때까지 지면에 박치기를 했을 것이다.

용서할 수 없다. 용서할 수, 없는데……. 하지만 아리사는 그 순간, 마사치카의 팔에 자기 몸을 맡겼다. 자신의 복부를 감싼 그 힘찬 팔을, 등을 통해 느껴지는 그 탄탄하고 커다란 몸을 느끼면서 심장이 미친 듯이 뛰더니…… 제대로, 숨을 쉴 수가 없었다. 그 탓에 쓰러진 후에 바로 움직이지 못했다. 등 뒤에 있는 그에게 안기자, 왠지 안도감이—.

"—아냐!"

자기 자신의 생각을, 말로 부정했다. 자신한테 그런 짓을 한 상대에게, 몸을 맡길 뻔했다는 건 말도 안 된다. 도움을 좀 받았다고 해서, 심장이 뛴다는 건 말도 안 된다. 마리야가 좋아하는 순정만화 주인공도 아니고 말이다. 자신은 남자애에게 도움 좀 받았다고 가슴이 콩닥대는, 공주님 근성이 뼛속까지 밴 연약한 여자애가 아니다.

그저 뜻밖의 해프닝이 벌어진 바람에 혼란스러운 것뿐이다. 혼란 탓에 몸이 굳으면서 마음이 오작동을 일으켰을 뿐이다. 틀림없다.

"……역시, 용서하면 안 되는 걸까."

그런 생각을 하는 사이, 왠지 여성으로서의 존엄과 자존심이 격렬하게 상처 입은 듯한 느낌에 사로잡힌 아리사는 마사치카에게 기억 처리(물리)를 시행할지 진지하게 검토하기 시작했다.

하지만 그것보다도 지금은 이 궁지에서 벗어나는 게 중요하다. 그렇다. 상황은 달라지지 않았다. 속옷이 없다고 하는, 이 위기 상황은 말이다.

"……."

위기감으로 머릿속을 리셋시킨 아리사는 다시 어떻게 할지 생각하기 시작했다.

가장 안전한 방법은 이 앞을 지나가는 여성 중 누군가에게 말을 걸어서, 속옷을 가져다 달라고 부탁하는 것이다. 그러면 남에게 노브라 차림의 모습을 보여줄 위험성이 사라지지만, 그것도 꽤 부끄러운 짓이다. 자기가 바보 멍청이라고 인증하는 짓이자, 흑역사 확정이다. 게다가 그런 부탁을 받은 쪽도 난처할 것이다.

그렇다면…… 위험을 감수하며, 방까지 뛰어가야 할까.

(지금 시간이면, 유키 양과 키미시마 양은 방에 있겠지? 없다면 그 자리에서 입으면 되고, 있다면…… 속옷만 챙겨서 화장실에서 입을까? 꽤 부끄럽지만…… 그래도, 해볼 수밖에 없어.)

어느 쪽을 선택하든 이제 시간이 없다. 너무 오랫동안 이곳에 머무르다간, 누군가가 살펴보러 올지도 모른다. 그러니…….

"……좋아!"

아리사는 각오를 다지고, 맨살 위에 셔츠와 반바지를 입었다. 그리고 머리카락을 서둘러 말리더니, 목욕수건과 수영복을 비닐봉지 안에 넣었다.

"……이걸로 가슴을 가리면 되지 않을까?"

문뜩 그렇게 생각한 아리사는 비닐봉지를 양손으로 안아 들었다. 하지만, 누가 봐도 부자연스러웠다. 그렇다면 목욕수건만 꺼내서…… 같은 생각도 해봤지만, 그러면 비닐봉지에 들어있는 수영복이 보일 것 같아서 부끄러웠다. 애초에 젖은 목욕수건을 안아 드는 것은 좀 싫었다. 그렇다. 그래서다. 결코, 노출 취향에 눈뜬 게 아니다. 결단코 아니다.

"……괜찮아. 누가 보기 전에 방으로 돌아가면 되잖아."

그렇게 중얼거린 아리사는 비닐봉지를 오른손에 들더니, 미닫이문을 열고 밖을 살폈다. 복도 좌우를 쳐다봐서 아무도 없다는 것을 확인했다. 그리고, 거실에서 토우야와 유키의 목소리가 들려오자, 아리사는 마음속으로 주먹을 말아 쥐었다.

(좋아! 유키 양이 거실에 있는 걸 보면, 키미시마 양도 분명 거기 있을 거야! 게다가 회장님이 저기 있다면 마사치카도…… 좋아, 할 수 있어!)

크나큰 걱정거리가 사라져서 기쁨에 사로잡힌 아리사는

서둘러 탈의실을 뛰쳐나왔다. 거실에서 아무도 나오지 않기를 빌면서, 2층으로 이어지는 계단에 발을 올려놓은 순간—.

"어, 아랴. 잠시 나 좀 봐."

위쪽에서 목소리가 들려오자, 아리사는 머릿속이 새하얗게 변했다.

◇

"어? 아랴? 왜 그래?"

"아, 무것도 아냐."

은근슬쩍 「이곳을 지나가던 참이었어」 느낌을 연출한 마사치카는 계단에 발을 얹은…… 아리사의 안절부절못하는 태도를 보고, 위화감을 느꼈다. 내리깔고 있는 시선을 쉴 새 없이 돌리면서, 목욕수건이 들어있는 비닐봉지를 불안한 듯 만지작거리고 있었다.

그런 아리사는 무지 셔츠에 심플한 반바지라고 하는, 입는 이에 따라서는 촌스러워 보일 수도 있는 복장을 하고 있었지만, 그녀가 입으니 불가사의하게 세련되어 보였다. 꾸밈없는 매력이 드러난다고나 할까?

(미인은, 득을 보는 게 많네…….)

그런 생각을 한 마사치카는 뭔가 근심거리가 있는 듯한

아리사의 태도를 의아하게 생각하며 계단을 내려왔고—.

(어?)

아리사가 만지작거리는 비닐봉지에서 별생각 없이 시선을 뗀 순간, 그는 걸음을 멈췄다. 미간을 찌푸리며 다시 쳐다봤고, 또다시 쳐다본 순간…… 그대로 시선을 천장 쪽으로 돌렸다. 그리고, 머릿속으로 절규하듯 이렇게 외쳤다.

(이 녀석은 왜 속옷을 안 입은 거야아아아앗—?!)

그 순간, 마사치카의 머릿속에 혀를 빼꼼 내민 여동생의 얼굴이 떠올랐다. 근거는 없지만, 마사치카는 유키가 범인일 거라고 확신했다.

(동생아아아아아—!!)

그리고, 아까 유키가 했던 「압권이라고 해도 과언이 아닌 광경이어서, 그 감동을 공유하고 싶었단 말이야」란 말이 머릿속에 되살아났다.

(공유 방식이 문제잖아!!)

마사치카는 시선을 들어 올린 채, 이를 악물며 머릿속으로 분노에 찬 고함을 질렀다. 그런 마사치카를 본 아리사 또한, 그가 비밀을 눈치챘다는 사실을 눈치챈 것 같았다.

"저기."

"어? 우왓?!"

갑자기 손을 잡혔다 싶더니 그대로 2층으로 끌려간 마사치카는 발을 헛디디며 아리사의 뒤를 따랐다. 그런 그가 끌려간 곳은 1학년 여자애가 쓰기로 한 방이었다.

"저기 누워."

"뭐?"

"빨리!"

"넵!"

이 방 안에서 감도는 금남(禁男)의 분위기 탓에 안절부절못하던 마사치카는 아리사가 날카로운 어조로 그렇게 말하며 침대를 가리키자, 흠칫하며 어깨를 부르르 떤 후에 머뭇머뭇 침대에 올라갔다. 그리고 마사치카가 머뭇거리면서 침대에 누운 순간, 철컥하고 문을 잠그는 소리가 들렸다.

"아, 아랴 양?"

"……."

마사치카가 머리만 들어서 문 쪽에 선 아리사에게 말을 걸어봤지만, 대답 없이 뒤돌아본 그녀는 오른손으로 가슴을 가리며 천천히 그에게 다가왔다. 그리고 아무 말 없이 침대 위로 올라오더니, 마사치카의 복부에 걸터앉았다.

"어, 어어?"

"……."

문이 잠긴 방. 침대 위에 있는 두 남녀. 이렇게 들으면 섹시한 상황 같지만, 고개를 숙인 아리사에게 감도는 불온한 공기를 느낀 마사치카는 심장이 오그라드는 느낌을 받았다.

"마사치카……."

"네, 넵?"

그제야 입을 연 아리사가 숙이고 있던 얼굴을 천천히 들더니…… 위험한 분위기가 감도는 미소를 머금었다. 얼굴 전체가 붉게 물들었고, 가라앉은 두 눈으로 마사치카를 내려다보고 있으며, 입가에만 굳은 미소가 어려 있었다.

(어, 왠지 데자뷔가 느껴져.)

현실도피를 하듯「아까도 이런 일이 있었지~」하고 생각한 마사치카에게, 아리사는 불규칙하게 숨을 내쉬며 말했다.

"미리 사과해둘게. 미안해."

"뭐, 뭐가—."

"알아. 알거든? 너는 잘못이 없어……. 응, 알아. 하지만…… 부탁할게. 나의 이 억누를 수 없는 감정의, 분출구가 되어주지 않겠어?"

그 말대로 넘쳐흐르는 감정을 억누르지 못하는 것처럼 아리사의 목소리가 떨리자, 마사치카는 한순간 하늘을 우러러보며…… 각오를 다졌다.

"그래, 맡겨줘. ……나는 네 파트너잖아(게다가, 이건 내 바보 동생이 벌인 짓이기도 하거든)."

마사치카가 마음속으로 그렇게 덧붙여 말하면서 엄지를 치켜들자, 아리사는 작은 목소리로「고마워」하고 말한 후…….

"우읍."

"이익!!"

갑자기 베개로 얼굴이 가려졌다……고 생각한 직후, 억눌린 외침과 함께 베개에 충격이 가해졌다.

"하, 앗!"

그 후에도 연이어서 충격이 계속 가해졌다. 아무래도, 베개를 손바닥으로 때리는 것 같았다. 하지만…….

(……그다지 아프진 않네.)

들려오는 목소리와 다르게, 손에는 힘이 거의 들어가 있지 않았다. 아마 남의 집 베개라서 힘 조절을 하는 것 같았다. 게다가 마사치카의 안면이 위치하지 않은 곳을 때리고 있었다. 절묘하게 조준이 좌우로 빗나가고 있었기에, 충격은 느껴져도 딱히 아프지는 않았다.

"에, 잇!"

"……."

그리고 이 상황에 익숙해지자…… 마사치카의 의식은, 자신의 배에 닿은 아리사의 엉덩이 감촉에 향하고 있었다.

(이, 이건…… 무슨 플레이지?)

아리사가 손을 휘두를 때마다, 배 위에서 말랑말랑한 물체가 전후좌우로 흔들리면서 마사치카가 이상한 기분이 들게 했다. 시각이 차단되면 다른 감각이 예민해진다고 흔히 말하는데, 아무래도 그것은 사실 같았다. 마사치카는 자신의 배 위에서 춤추고 있는 아리사의 엉덩이에서 느껴지는 감촉, 그리고 왠지 의미심장하게 들리는 침대 삐걱거리는 소리 탓에 베개 아래에서 이를 악물었다.

(끄오오오오—!! 빨리 좀 끝나라고—!!)

고통과는 다른 이유에서, 마사치카는 이 고문에서 빨리 해방되기를 간절히 빌었다. 그 기도가 이루어진 것일까. 몇 초 후, 베개에 가해지던 충격에 잦아들더니 아리사의 거친 숨소리만이 실내에서 울려 퍼졌다.

잠시 침묵이 흘렀다. 마사치카가 마음을 비우고 있는 사이, 감정의 컨트롤에 성공한 듯한 아리사가 삐걱거리는 소리를 내며 몸을 일으키더니 침대에서 내려가는 기척이 느껴졌다. 하지만 꼼짝도 하지 않는 마사치카가 걱정되는 건지, 침대 옆에서 머뭇머뭇 그에게 말을 건넸다.

"저기…… 마사치카? 괜찮아?"

"……아, 완전 괜찮습다."

아리사의 상상과는 다른 의미에서 괜찮지 않던 마사치카는 많은 것을 억누르는 목소리로 그렇게 답했다. 그러자 자기가 지나쳤다고 생각한 듯한 아리사가 거북해하며 몸을 돌리는 기척이 느껴졌다. 그리고…….

(어?)

베개 위로 자신의 코 근처에 가벼운 압박이 가해지자, 처음 느끼는 감촉에 마사치카는 마음속으로 고개를 갸웃거렸다.

【미안해.】

하지만, 곧 그 손(?)은 사라지고, 러시아어로 속삭이는 목소리가 들려오면서 베개가 치워졌다. 눈을 찌르는 빛에 얼굴을 돌린 마사치카는 천천히 몸을 일으켰다. 그리고 눈을 깜빡이며 아리사를 쳐다보니, 그녀는 거북한 표정을 지으며 베개를 가슴으로 끌어안고 있었다.

"저기, 미안해……. 이제, 괜찮아."

"으, 응……. 뭐, 마음이 풀린 것 같아 다행이야. 아니, 저기, 뭐냐. 전혀 아프지 않았으니까 개의치 마."

"그, 그래……."

"아…… 저기, 나는 이제 나가볼 테니까……. 나도 신경 안 쓸 테니까, 아랴도 너무 신경 쓰지는 마."

"……응."

거북한 듯 몸을 돌리고 있는 아리사를 생각해서, 마사치카는 빨리 이 방에서 나가기로 했다. 문을 연 후, 뒤를 돌아보지 않으며 복도로 나갔다.

"휴……."

등 뒤로 손을 돌려 문을 닫은 마사치카가 「왠지 피곤해……」 하고 말하며 숨을 내쉬었을 때…… 시선을 느낀 그는 반사적으로 옆을 돌아보았다.

"아……."

"어? 사라시나 선배? 무슨 일이에요?"

옆방에서 얼굴을 슬며시 내밀어서 쳐다보고 있는 치사키와 시선이 마주친 마사치카는 고개를 갸웃거렸다. 그러자, 치사키는 시선을 허둥지둥 돌리면서 난처한 듯 헛웃음을 흘리며 말했다.

"아니, 그게…… 소리가 좀, 들렸거든."

"소리……?"

치사키의 말을 듣고 눈썹을 찌푸린 마사치카는…… 다음 순간, 숨을 삼켰다.

침대가 삐걱거리는 소리. 아리사의 억눌린 목소리. 그리고…… 그런 소리가 잦아든 후, 잠겨 있던 문을 열고 방에서 나온 남자(마사치카).

"그런 거 아니거든요?!"

무슨 오해를 하는 건지 눈치챈 마사치카는 비명에 가까운 목소리로 부정했다. 하지만 침대 위에서 자기 몸 위에 올라탄 아리사가 베개를 댄 자신의 얼굴을 두들겨 팼다고 하는, 이상한 진상을 설명할 수도 없었기에…… 마사치카는 치사키의 오해를 풀기 위해, 지친 머리를 굴려야 했다.

◇

"아랴~? 들어갈게~."

마사치카가 치사키를 상대로 필사적으로 변명을 하는 사

이, 슬그머니 방에서 나온 마리야는 옆에 있는 1학년 여학생 방에 들어갔다.

대답을 기다리지 않고 문을 열어 보니, 베개를 꼭 끌어안은 아리사가 몸을 동그랗게 만 채 침대 위를 굴러다니고 있었다.

"어머어머, 왜 그러니~? ……무슨 일 있었어?"

마리야가 그렇게 물으며 침대에 걸터앉았지만, 아리사는 베개에 얼굴을 묻은 채 대답하지 않았다. 그러자 마리야는 「으음~」 하고 신음을 흘린 후에 다시 질문을 했다.

"쿠제와, 무슨 일 있었어?"

"……."

이번에도, 아리사는 대답하지 않았다. 하지만 그녀는 말하기 싫다는 듯 고개를 살짝 돌렸다.

그 모습을 본 마리야는 표정을 살짝 굳히더니, 양손을 꼭 말아 쥐었다.

"혹시 이상한 짓을 당했으면 말해. 내가 쿠제한테 설교를 해줄게."

"……아냐."

이대로는 마사치카가 불합리한 질책을 당할 거라고 생각한 건지, 아리사가 그제야 입을 열었다.

"마사치카는, 아무 잘못 없어. ……그냥……."

"그냥, 뭐야?"

"……."

"응?"

상냥하게 묻는 언니의 얼굴을 힐끔 올려다본 아리사는 눈을 돌린 채, 낮은 목소리로 대답했다.

"그냥…… 사고가 일어나서, 부끄러운 모습을 보여줬을 뿐이야."

그 대답은 너무나도 추상적이었지만, 마리야는 그 『부끄러운 모습』이라는 것이 실수를 가리키는 게 아니라 **여성으로서** 부끄러운 모습이라는 의미라는 것을 눈치챘다. 눈치를 챘으면서, 마리야는 일부러 밝은 목소리로 이렇게 말했다.

"그래. 사고로…… 그럼 잘된 거잖니! 상대가 쿠제라서 말이야!"

"어……?"

"생각해봐. 그 사고라는 건 다른 사람과 일어났을 수도 있잖아? 어쩌면 회장을 상대로 그런 사고가 벌어졌을 수도 있지 않을까?"

마리야가 그렇게 말한 순간, 아리사의 얼굴이 노골적인 혐오감에 휩싸였다. 여동생의 알기 쉬운 반응을 본 마리야는 마음속으로 웃음을 흘리며 말을 이었다.

"어쩌면 전혀 모르는 사람과 그런 일이 벌어질 가능성도 있었어……. 그러니 가장 사이가 좋은 남자애와 그런 일이 벌어진 건, 불행 중 다행 아닐까?"

"가장 사이가 좋다니…… 딱히 그런 건……."

"어? 사이가 좋긴 하잖아?"

"그건…… 마사치카 말고는, 딱히 친한 남자애가 없으니까……."

아리사가 베개에 입을 댄 채 우물거리듯 그렇게 말하자, 마리야는 상냥한 어조로 말했다.

"그래도, 가장 신용하는 남자애인 건 사실이잖아?"

"……."

"그럼 됐잖아. 그리고 쿠제는 아랴가 진짜로 싫어할 행동은 안 하는 배려심 넘치는 남자애라고, 이 언니는 생각해~."

"……그 정도는 나도 알아."

마리야가 뭐든 다 안다는 투로 그렇게 말하자, 아리사는 살짝 울컥한 반응을 보이며 몸을 일으켰다. 그리고 마리야를 날카로운 눈길로 쳐다보며 말했다.

"혹시나 해서 말해두겠는데, 이상한 상상하지 마. 나는 마사치카를 신용할 수 있는 친구라고 생각하지만, 그 이상의 감정은 없어."

"어머, 그래~?"

"응. 그러니까, 이상한 상상하지 마. 안 그래도 엄마가 귀찮게 굴어서 성가신데……."

"맞아. 면담 때, 쿠제와 만났다며? 아랴한테 이성 친구가 생겼다며 참 기뻐하더라니깐~."

"정말, 여름 방학 동안에도 내가 쿠제의 집에 갈 때마다 싱글벙글 웃는다니깐……. 그냥 숙제하러 가는 건데 말이야."

"으음~. 하지만 남자애 집에서 단둘이서 공부를 하는 거지? 그런 건 정말 친한 사이가 아니면 안 할 것 같은데……."

"그건……! 저기……, 나는 이제까지 남자애와 친하게 지낸 적이 없잖아? 그래서 어느 정도 거리를 유지해야 할지, 몰라서……."

아리사가 말끝을 흐리며 시선을 돌리자, 마리야는 방긋 미소 지었다.

"아랴는 참 귀엽네."

"가, 갑자기 무슨 소리야?"

"아랴는 지금 이대로의 아랴로 있어줘~. 쿠제한테도 넘겨주지 않을 거야!"

"잠깐만, 귀찮게 굴지 좀 마!"

마리야가 양손을 펼치며 자신을 끌어안으려 하자, 아리사는 베개를 방패 삼으며 그녀를 밀쳐냈다. 그 바람에 침대에서 미끄러져 떨어진 마리야는 토라진 듯 볼을 부풀렸다.

"정말~. 아랴는 언니와 스킨십을 좀 나눠도 된다고 생각해."

"애도 아니고, 싫어."

"애가 아니더라도, 스킨십은 중요하거든?"

"인사할 때, 볼 키스를 하잖아? 그 정도로 충분해."

"부우우~~!"

마리야는 불만 섞인 눈길로 동생을 노려봤지만, 아리사는 매몰찬 태도를 보이며 고개를 돌릴 뿐이었다. 몇 초 후, 마리야는 방문을 향해 걸어갔다.

"흥, 됐어~. 쿠제한테 위로받아야지~."

"……좋을 대로 하지 그래?"

"네~, 좋을 대로 할게요~."

마리야가 들으란 듯 그렇게 말하자, 눈썹이 희미하게 꿈틀거린 아리사가 그런 매몰찬 말을 했다. 그 말에 어린애처럼 대꾸한 마리야는 그대로 방을 나섰다.

그리고 아무도 없는 복도에서, 문 너머의 동생을 향해 중얼거렸다.

"……진짜로, 위로받을 거야."

그렇게 말하며 등 뒤를 돌아보는 마리야의 표정은 방금까지와 다르게 어른스러웠으며, 약간 우수에 젖어 있었다. 하지만 가볍게 한숨을 내쉰 후, 밝은 미소를 머금은 마리야는 자기 방의 문을 열더니…….

"따, 딱히 문제 될 건 없거든? 그러니까 그렇게 잡아뗄 것까지는……."

"아니, 그러니까 잡아떼는 게 아니라—."

"치사키~? 언제까지 이상한 오해를 하고 있을 거야~? 아랴도 아무 일 없었다고 했거든? 치사키는 정말 밝힌다니깐~."

"뭐, 뭐어?! 왜 내가 밝힌다는 거야?!"

평소와 다름없는 미소를 머금으면서, 후배에게 도움의 손길을 내밀었다.

제 8 화 어찌 보면 아침 기상 몰카?

"쿠제, 잠깐 나 좀 봐."

마사치카가 양치질을 마치고 방으로 향하던 도중, 마리야가 그를 불렀다. 마사치카가 고개를 돌리자, 마리야와 치사키가 묵기로 한 2인실에서 마리야가 얼굴을 살짝 내밀면서 손짓을 하고 있었다.

"어? 무슨 일인가요?"

"으음…… 저기, 우리 방에 좀 들어올래?"

"어, 하지만……."

여성의 방에 들어가는 건 좀…… 하고 말을 이으려던 순간, 문이 활짝 열렸다. 눈에 들어온 실내는 마사치카와 토우야의 방과 크게 다르지 않았다. 좌우에 커다란 침대가 있으며, 정면에 창문이 있다. 그 창문 앞에는 조그마한 테이블 하나와 의자 두 개가 놓여 있었다.

"자, 들어와."

"아, 네……."

이 방에 있어야 할 치사키의 모습이 보이지 않는다는 사실에 고개를 갸웃거린 마사치카는 그 손짓에 따라 실내로

발을 들였다.

"읏?!"

실내에 널어 둔 수영복 두 벌이 눈에 들어오자, 마사치카는 허둥지둥 시선을 돌렸다. 그리고 고개를 돌린 방향에 있는 마리야의 모습을 보자마자, 몸을 뒤편으로 젖혔다.

(완전 잠옷 차림이잖아!!)

게다가 여름용 얇은 잠옷이다. 얄팍한 벚꽃색 잠옷 위로는 마리야의 글래머러스한 몸매가 확연히 드러나고 있었다. 노출 자체는 없지만, 저 무방비하고 편안한 복장은 낮에 봤던 수영복 차림과는 다른 의미에서 섹시했다.

(아니, 이런 모습 가족이나 연인 이외에는 보여주면 안 되지 않아?)

무심코 갑갑해 보이는 가슴 쪽을 쳐다보며 그런 생각을 하고 있을 때, 마리야가 양손을 가슴 위에 얹으면서 몸을 흔들었다.

"너, 너무 쳐다보지 마~."

"죄, 죄송합니다."

거의 무의식적이었다고는 해도, 여성에게 너무 실례되는 행동을 했다. 마사치카가 수치심을 느끼며 허둥지둥 시선을 천장 쪽으로 들자, 마리야는 부끄러워하듯 배시시 웃으며 말했다.

"펴, 평소에는 수면용 브래지어를 입어. 그런데, 오늘은 챙기는 걸 깜빡해서…….”

“…….”

그런 건 묻지 않았다. 신경 쓰지도 않았다. 아니, 노브라라는 것을 빙빙 돌려서 말하지 말아줬으면 한다. 그쪽에서 말 안 했으면 눈치 못 챘을 거라고요! 여동생과 다르게 그런 쪽으로 너무 오픈된 거 아니에요?!

(뭐랄까, 역시, 좀…… 덜렁대는 구석이 있는 것 같아.)

마사치카는 천장 쪽으로 시선을 돌린 채, 구구절절하게 생각했다. 그리고 마리야의 정수리 쪽이 아슬아슬하게 시야에 들어오도록 시선을 조절하며 물었다.

“그런데, 무슨 일인가요?”

“으음…… 치사키와 회장에게 둘만의 시간을 만들어주고 싶어.”

“네? 아하~.”

마사치카는 그 말을 듣고 눈치챘다. 지금, 마사치카와 토우야가 묵기로 한 방에…… 치사키가 있는 것이다.

“오호라~, 그렇게 된 건가요…….”

확실히 모처럼 별장에 여행을 왔으니, 연인이 둘만의 시간을 가지고 싶어 하는 것이 자연스러우리라. 그렇다면 마사치카도 눈치 없게 방해할 생각은 없다.

“알겠어요. 그럼 저는 아래층의 소파에서 잘 테니까…….”

치사키가 토우야의 방에 묵을지 이 방으로 돌아올지는

알지 못하고, 추궁할 생각도 없다. 그것이야말로 눈치 없는 짓이다.

그러니 아래층의 거실 소파에 누워서 「한밤중에 두 사람이 이야기를 나눈 건 알지만, 그 후의 일은 전혀 몰라요」라는 태도를 관철해야 신사이자 배려심 넘치는 후배일 것이다. 마사치카는 그렇게 생각했지만…….

"왜? 여기서 자면 되잖아."

"되긴 뭐가 되냐고요."

선배가 태연하게 그런 당치도 않은 제안을 하자, 마사치카는 무심코 정색하며 태클을 날렸다.

"연인 사이도 아닌 남녀가 한방에서 잔다는 건, 완전 아웃이잖아요. 마샤 씨의 명예에 흠집이 생길 거예요."

"나는 그런 거 신경 안 써~."

"제가 신경 써요."

마사치카가 농담기를 싹 지우며 진지한 어조로 그렇게 말하자, 마리야는 눈을 몇 번 깜빡인 후에 부드러운 미소를 머금었다.

"후후후, 쿠제는 그런 걸 신경 쓰는 사람이니까 괜찮은 거야~. 나도 신용 못 하는 남자에겐 이런 제안을 안 하니까, 안심해."

마리야가 순진무구한 미소를 머금으며 그런 순수한 신뢰를 보내오자, 마사치카는 한순간 말문이 막혔다. 바로 그때, 약간 진지한 표정을 지은 마리야가 검지를 꼿꼿이 세우며 말을 이었다.

“게 · 다 · 가…… 만약 쿠제가 거실에서 자는 걸 다른 애들이 알면, 치사키가 밀회를 가진 걸 들키잖아~? 그렇게 되면 치사키도 부끄러울 거야. 후배 전원에게 괜히 마음을 쓰게 한다면 거북하지 않겠어?”

“으음…….”

“설령 들키지 않더라도, 그 바람에 쿠제가 감기에 걸리거나 수면 부족으로 내일 즐겁게 놀지 못한다면 두 사람 다 『자기들 탓이야~』 하며 신경 쓰지 않을까~? 그러니까, 나는 신경 쓰지 말고 이 방의 침대에서 자.”

“…….”

평소의 치유계 푸근 선배답지 않은 그 달변과 빈틈없는 회유에, 마사치카는 할 말을 잃었다. 그런데도 마사치카가 윤리관 때문에 고개를 끄덕이지 못하며 머뭇거리자, 앞쪽으로 몸을 숙인 마리야가 그를 올려다보았다.

“쿠제.”

“어? 네.”

마리야는 어리둥절한 표정을 지은 마사치카의 가슴에 손가락을 대더니, 괜한 소리 하게 하지 말라는 투로 말했다.

“저기 말이야. 쿠제가 이미 이 방에서 잠들었다는 구실만 있다면, 치사키는 회장과 같은 방에 당당히 묵을 수 있거든? 알겠어?"

"아!"

마사치카는 마리야의 말을 듣고 깜짝 놀라며 눈을 치켜떴다. 진심으로 연인들을 배려할 것이라면, 그들의 퇴로를 끊는 식으로 어시스트를 해줘라. 마리야는 그렇게 말하는 것이다. 전혀 생각하지 못한 발상이기에, 마사치카는 무심코 납득할 뻔했지만…….

"……아니, 잠깐만요."

곧 중대한 사실이 생각난 마사치카는 세로로 끄덕이려던 머리를 좌우로 격렬하게 흔들었다.

"그건 그렇지만! ……마샤 씨는 남친이 있잖아요? 남친이 있는 여성에게, 바람피운다는 의심을 받을 수 있는 행동을 하게 할 수는 없다고요."

마리야의 연인이라는 존재를 이유로 삼아, 마사치카는 그 제안을 거부하려 했다. 그러자 마리야는 천천히 몸을 일으키더니, 마사치카에게 「잠시만 기다려」 하고 말한 후에 입구 오른편 침대로 걸어갔다. 그리고 베개 위에 놓여 있던 스마트폰을 쥐고 잠시 조작하더니, 마사치카에게 다가와서 그것을 내밀었다.

"자, 봐."

"……어?"

마리야가 내민 스마트폰 화면에는 거대한 곰 인형을 꼭

안고 있는 마리야의 사진이 실려 있었다.

"어? 커다란 봉제 인형이네요."

이게 어쨌냐는 듯 마사치카가 고개를 갸웃거리자, 마리야는 화면 안의 봉제 인형을 손가락으로 가리키며 말했다.

"소개할게요. 제 남친인 사무일 3세예요!"

"……네?"

마리야가 뜻밖의 발언을 하자, 마사치카는 얼이 나간 듯한 반응을 보였다. 그리고 몇 초 동안 사태를 인식한 후, 무심코 이마에 손을 댔다.

"어어? 어어어? 그렇다면…… 남친이 있다는 건 거짓말, 인 건가요……?"

"으음~. 뭐, 그렇다고 봐야 하려나? 그러니까, 쿠제는 괜한 걱정을 할 필요 없어~."

"……하아."

느닷없이 접한 정보가 너무 충격적이라서, 사고회로가 잘 돌아가지 않았다. 마사치카가 혼란에 빠진 채 멍하니 서 있자, 미소를 머금은 마리야가 창가의 의자에 앉으면서 그를 향해 이쪽으로 오라는 손짓을 했다.

"으음…… 실례할게요?"

"응, 어서 와~."

머릿속에서 소용돌이치는 의문을 해결하기 위해, 마사치카는 마리야가 시키는 대로 의자에 앉았다. 그리고 잠시 생각을 정리한 후, 솔직하게 물었다.

"으음, 그럼…… 몰려드는 남자들을 거부할 구실 삼아, 남친이 있는 척을 했다……는 건가요?"

마사치카가 추측을 말하자…… 마리야는 대답 대신 창밖을 쳐다봤다.

"별이 참 아름답네~."

"어, 으음…… 그러네요."

"공기가 맑아서 그럴까. 별이 잔뜩 보여~."

"아, 네……."

마리야의 말을 듣고, 마사치카도 창밖의 별하늘을 올려다보았다. 그렇게 한동안 침묵이 이어진 후, 마리야가 불쑥 입을 열었다.

"나는 운명의 상대가 있다고 생각해."

마사치카가 그 말을 듣고 돌아봤지만, 마리야는 여전히 창밖을 쳐다보고 있었다. 마사치카를 쳐다보지도 않으며, 말을 이어갔다.

"진심으로 좋아하게 되어서…… 자신의 모든 것을 바치고 싶어지는, 평생 함께하고 싶단 생각이 드는 상대. 서로를 그렇게 생각하는 상대가, 분명 어딘가에 있을 거라고 봐."

"……학교에서 다가오는 남자들은, 그런 운명의 상대가 아니란 건가요?"

"응…… 뭐, 그래."

"어째서죠?"

"그야…… 운명의 상대라면, 보자마자 알 수 있을 거잖아."

마음속으로 「엄청난 소리를 하잖아?」 하고 생각하는 마사치카의 앞에서, 마리야는 눈을 감으며 자신의 가슴에 손을 댔다.

"운명이니까…… 분명, 만날 수 있을 거라고 믿어."

그것은 마치 기도 같았기에, 마사치카는 머릿속의 냉정한 부분으로 「머릿속에 꽃밭이…… 아니, 뇌가 참 청순하네」 하고 생각하면서 쓴웃음을 머금었다. 하지만…… 마리야의 경건한 성녀 같은 표정을 보자, 말도 안 된다고 여길 수 없었다.

"그런, 가요……. 꼭 만나기를 빌게요."

마사치카가 결과적으로 그런 무난한 말을 하자, 마리야는 투명한 미소를 머금었다. 그 어른스러운 미소와 상냥한 눈동자를 본 마사치카는 숨을 삼켰다. 그리고 마리야가 부드러운 표정을 머금더니, 고개를 갸웃거리며 말했다.

"쿠제는 어때?"

"네?"

"전철 안에서 쿠제가 말했지? 초등학생 시절에 좋아했던 애가 있지만, 지금은 사랑을 할 마음이 없다고 말이야."

"아…… 으음, 뭐……."

"그 이유는 뭐야?"

마음속 깊은 곳에 발을 들이는 듯한 질문이었기에, 마사치카는 입가에 쓴웃음을 머금었다. 그러면서 평소처럼 대충 둘러대려다…… 마리야의, 모든 것을 용서하는 듯한…… 감싸주는 듯한 눈동자를 보고, 얼굴에서 그 표정을 지웠다.

"……부모님이, 이혼했어요."

정신 차리고 보니, 어느새 말하고 있었다. 이제까지…… 누구에게도 말한 적 없는, 마음의 상처를…….

"좋아하고…… 사랑에 빠져서, 아이까지 만들었지만…… 끝에는 혐오와 기피에 빠져 헤어졌죠. ……분명, 한때는 서로를 사랑했을 텐데 말이에요."

어머니가 아버지를 탓하는 목소리가, 뇌리에 떠올랐다. 뇌를 헤집는 듯한 불쾌한 환청이 들리자, 마사치카는 반사적으로 인상을 찡그렸다.

"대체, 뭐가 그렇게 마음에 들지 않았던 걸까요? 아버지는 일 때문에 집을 비울 때가 많았지만…… 항상 상냥했고, 자기 꿈을 포기하면서까지 어머니에게 헌신했는데…… 어머니는, 항상 아버지에게 화를 냈어요."

아이들에게 보여주지 않으려고 조심하기는 했다고 생각한다. 하지만 어릴 적부터 총명했던 마사치카는, 부모님의 불화를 눈치채고 말았다.

왜 어머니는 아버지를 못 잡아먹어서 안달이었던 걸까.

아버지가 무슨 잘못이라도 한 것일까. 그런 의문을 품고 있었지만, 자기 앞에서는 온화한 어머니에게 물어볼 수는 없었다. ……하지만, 그날. 어머니에게 그 외침을 들었던 순간. 깨닫고 말았다. 어머니는…… 자신을 향한 애정에 불합리한 증오로 답하는, 그런 인간이라는 것을 말이다.

"하찮아……."

자기도 모르게 욕설을 뱉는 듯한 어조로 그렇게 말한 마사치카는 허둥지둥 입을 다물었다. 하지만 마리야는 놀라거나 눈썹을 찌푸리지 않고, 감싸 안아주는 듯한 눈빛을 머금은 채 고개를 갸웃거렸다.

"하찮아? 뭐가 말이야?"

"……사랑, 말이에요."

그 눈빛에 촉발된 것일까, 아니면 짜증 탓일까. 빈정거리듯 입가를 일그러뜨린 마사치카는 더는 못 참겠다는 듯, 속에 담아두고 있던 말을 토해냈다.

"어차피, 인간 한 명을 계속 좋아하는 건 무리예요. 아무리 노력해도, 아무리 헌신해도, 마음이 식으면 그걸로 끝이잖아요? 마음이 한번 식어버리면, 무슨 수를 써도 원래대로 되돌릴 수 없죠. 그런 것에 진심을 담는 건 하찮은 짓이라고요."

입에서 나오는 대로 그렇게 말한 마사치카는 문뜩, 방금 한 말은 마리야가 아까 들려준 연애관을 부정한다는 점을 깨달았다. 말실수했다고 생각한 마사치카가 바닥을 내려다보며 꼼짝도 하지 않자, 의자에서 일어난 마리야가…… 그의 어깨에 두 손을 살며시 얹었다.

볼에 닿은 마리야의 부드러운 머리카락, 그리고 상냥히 머리를 쓰다듬어주는 감촉이 느껴지자…… 마사치카는 눈을 치켜떴다.

"괜찮아…… 괜찮아."

"……."

갑작스러운 포옹에 놀라서 굳어버린 마사치카에게, 마리야는 온화한 어조로 말했다.

"어머니를…… 참 좋아했었구나."

"읏!"

"지금도…… 아버지를 좋아하는구나."

"……."

그 상냥한 목소리 앞에서…… 감정에 사로잡힌 반론을 할 수 있을 리 없었다. 결국 마사치카는 아무 말 없이 마리야의 품에 안겨 있었다.

"괜찮아……. 증오가 깊다는 건, 애정이 깊다는 증거이기도 해. 그러니까, 괜찮아."

"……."

"쿠제는, 남을 사랑할 수 있는 사람이야."

마리야가 상냥한 목소리로 건넨 그 말은, 놀라울 만큼

자연스럽게 마사치카의 마음속으로 스며들었다. 머리를 쓰다듬는 그 손길이, 가슴속에 봉인해둔…… 어린 스오우 마사치카를 쓰다듬어주는 느낌이 들었다.

"어, 째서……."

어째서, 이렇게 핵심을 찌르는 말을 입에 담는 것일까. 왜, 이 사람의 손은…… 이렇게나, 마음을 약하게 만드는 것일까.

생각해 보니, 그때도 그랬다. 그때…… 석양이 진 복도에서, 머리를 쓰다듬어주며, 참 노력하고 있네, 참 대단해, 하며, 인정해줬다. 그것은, 어릴 적에…… 어머니가 해줬으면 했던 말이었다. 해줬으면 했던 행동이었다.

그것을, 말한 기억은 없다. 아니, 이제까지 자각도 하지 못했다. 하지만, 이 사람은…… 마사치카 자신이 눈치채지 못한 마음의 외침에, 당연한 듯 답해줬다.

"어째서, 이렇게까지…… 저에 대해, 아는 거죠?"

"응~? 후훗. 글쎄, 어째서일까?"

마사치카가 솔직하게 던진 질문을, 마리야는 간단히 피했다. 그리고 마사치카의 어깨를 안은 채, 갓난아기를 어르듯 등을 두드려주기 시작했다.

"저, 저기……."

"쿠제는 어리광을 더 부려도 돼~. 남에게 어리광을 부려도 괜찮아~."

"……."

"전에 말했지? 쿠제는 자기 자신을 위해서 자기 일면을 숨긴다고 말이야."

"어, 아…… 네."

"그럼, 그런 자신을 좀 아껴주는 건 어떨까? 자기 자신을 상냥하게 대해줘도…… 어리광을 받아줘도 돼. 내가 허락해줄게."

그 말을 들은 순간, 어찌된 건지…… 마사치카의 눈에서 의도치 않은 눈물이 흘러나왔다.

(어, 앗?! 우왓, 왜 이러는 거야?!)

혼란에 빠진 마음속과 달리, 눈물은 쉴 새 없이 흘러내렸다.

(어째서— 꼴사납네. 대체 왜 이러는 거냐고.)

선배 품속에서 한심하게 눈물을 흘리는 자기 자신을 향해 마음속으로 그렇게 투덜거렸지만, 눈물은 멎을 줄을 몰랐다.

(왜 이러는 거야…… 너무 꼴사납잖아……!)

이를 악물면서 눈물을 참으려 하는 마사치카의 머리를, 마리야는 양손으로 꼭 끌어안았다. 아무 말 없이 마사치카의 얼굴을 자신의 어깨에 대더니, 잠옷이 젖는 것도 개의치 않으며 그가 울음을 그칠 때까지 기다렸다.

(아아…… 이 느낌은, 뭘까…….)

눈물 탓에 약간 멍해진 머리로, 마사치카는 오랫동안 느끼지 못했던 평온함에 사로잡혔다. 피부를 통해 느껴지는 마리야의 체온에, 가슴속이 훈훈해졌다. 그 온기가 온몸으로 퍼져나가는 기분 좋은 느낌이 들자, 마사치카는 눈을 감으며 거기에 몸을 맡기려 했다……. 하지만 이미 눈물이 멎었다는 것을 눈치채고 정신이 퍼뜩 든 마사치카는 허둥지둥 마리야에게서 떨어졌다.

"—아, 저기, 으음. 뭐랄까, 죄송해요?"

마사치카가 눈가를 훔치며 사과하자, 마리야는 온화한 미소를 머금은 채 몸을 일으켰다.

"신경 쓰지 마~. 쿠제는 스킨십이 부족했던 것 같네~."

"으음…… 스킨십, 인가요?"

마사치카가 어색한 눈길로 힐끔 쳐다보자, 마리야는 자신만만하게 가슴을 펴면서 말했다.

"스킨십은 중요하거든~? 마음이 맞닿아 있더라도 몸이 닿지 않는다면, 자기도 모르는 사이에 쓸쓸함이 마음속에 쌓이는 법이야."

"그런가요……."

"말과 태도로 애정을 전하는 것도 물론 중요해. 하지만 그것만이 아니라…… 신체 접촉을 통해 상대방에게 자신의 존재를 전하는 것 또한, 그에 버금갈 만큼 중요한 거야."

마리야가 자기 가슴에 손을 대며 그렇게 말하자, 마사치카는 곰곰이 생각해봤다.

(그러고 보니…… 방금처럼 누군가와 몸을 맞댄 건, 대체 얼마 만이지?)

가장 먼저 생각난 이는 여동생인 유키다. 동생은 요즘에도 툭하면 마사치카를 끌어안거나, 그의 몸 위에 올라탄다. 하지만 마사치카 쪽에서 부끄러워하며 밀쳐내기에, 아까처럼 아무 말 없이 몸을 맞대고 있는 일은 없다. 그리고, 유키 말고는…… 기억에 없었다.

(아, 그러고 보니…….)

그 애가, 있었다. 국가적 특색인지, 그 애는 스킨십을 좋아했던 것으로 기억한다. 언제나 스스럼없이 몸을 맞댔고, 그녀의 순수한 미소를 본 어릴 적의 마사치카 또한 멋쩍어하면서도 그런 행동을 받아들였다.

(그래, 그 후로, 처음이구나…….)

생각해 보니, 어쩌면 진짜로 스킨십에 굶주렸던 걸지도 모른다는 생각이 들었다. 왠지 또 맹렬하게 부끄러워진 마사치카가 고개를 숙이……려던 순간, 마리야가 얼굴을 쑥 내밀었다.

"그러니까! 쿠제!"

"우왓, 네?"

"아랴는, 나와 스킨십을 좀 더 나눠도 된다고 생각해!"

"……그럴까요?"

뜬금없이 시스콤 발언이 나오자, 마사치카는 입가를 약간 씰룩거리며 고개를 갸웃거렸다. 그러자 마리야는 아까까지의 자애에 찬 태도는 어디에 가버린 건지, 양손을 허리에 대며 한숨을 푹 내쉬었다.

"볼 키스도 싫어하는 것 같고, 허그를 해도 거부한다니깐……. 나, 아랴와 더 러브러브 스킨십이 하고 싶단 말이야~!"

"그렇, 군요……. 힘내세요."

"정말~. 이렇게 됐으니 쿠제에게 위로받을래!"

"왜 그렇게 되는 건데요?!"

마리야가 갑자기 안겨들자, 마사치카는 눈을 치켜떴다. 하지만 마리야는 곧 몸을 떼더니, 마사치카를 향해 빙그레 웃었다. 그 미소의 이유도 잘 모르겠지만…… 그녀의 순수한 얼굴을 응시하다 보니, 사소한 일은 신경 쓸 필요 없다고 생각하게 된 마사치카는 자연스레 미소를 머금었다.

"하하, 정말……. 마샤 씨는 정말 알다가도 모를 사람이네요."

"뭐어~? 그게 무슨 소리야?"

"아니, 그렇잖아요. 대뜸 핵심을 찌르는 발언을 하는가 했더니, 때때로 대화 자체가 성립 안 될 때도 있는걸요……."

"너무해~! 마치 내가 바보라는 소리잖아~."

"아니, 그런 건 아닌데…… 하하."

선배가 삐친 어린애 같은 모습을 보이자, 마사치카는 허탈한 듯 웃었다. 그런 마사치카를 본 마리야도 표정을 풀었다.

"슬슬 잘까?"

"네……. 저기, 고마워요."

"괜찮아, 괜찮아~."

마사치카가 고개를 숙이자, 마리야는 별것 아니라는 듯 손을 내저었다. 그리고 천천히, 자기 짐이 발치에 놓여 있는 침대를 손가락으로 가리키며 말했다.

"쿠제는 저기서 자."

"어, 하지만 저기는 마샤 씨가 쓰기로 한 침대 아닌가요……?"

"그러니 저기서 자라는 거야. 나는 신경 안 쓰지만, 치사키는 남자애가 자기 침대에서 자는 걸 신경 쓸지도 모르잖아~?"

"아, 그것도 그러네요……. 그럼, 실례할게요……."

마리야의 말을 듣고 납득한 마사치카는 천천히 그 침대로 향했다. 그러자, 마리야도 창문에 커튼을 친 후에 다른 침대에 누웠다.

"그럼, 잘 자~."

"네, 안녕히 주무세요."

어둠 속에서 마리야의 목소리를 듣고, 이성과 한방에서

자게 됐다는 사실을 의식하게 된 마사치카는 마음을 진정시킬 수가 없었다.

(이래서 잠을 잘 수나 있을까……?)

마사치카는 그런 걱정을 하면서 얇은 이불을 덮었지만, 역시 장시간 이동과 해수욕 때문에 지쳤던 걸까. 혹은 울다 지친 걸까. 겨우 몇 분 만에 마사치카의 의식은 깊은 잠 속으로 빠져들었다.

◇

……한편, 옆에 있는 여자 방에서는 유키의 주최로 1학년 여자애 세 사람의 잠옷 파티가 열렸다.

"참, 아랴 양. 왜 마샤 선배와 같은 방을 쓰는 걸 그렇게 거부한 건가요?"

수다 도중에 유키가 그런 질문을 던지자, 아리사는 인상을 쓰며 대답했다.

"……다키마쿠라가 되거든."

"네?"

뜻밖의 대답이었기에, 유키와 아야노는 눈을 끔뻑거렸다.

"……마샤는 항상 커다란 다키마쿠라…… 아니, 인형?을 안고 자. 하지만 여행지에서 그게 없을 때는 근처에 있는 적당한 물건을 다키마쿠라 대신 끌어안는 잠버릇이 있어……. 가족 여행을 갈 때마다, 특히 여관 같은 곳에 묵을 때면 내 이부자리 안으로 숨어들어왔다니깐……."

"어머…… 그럼, 지금쯤 사라시나 선배를 다키마쿠라로 삼고 있을지도 모르겠군요."

유키가 그런 추측을 하자, 아리사가 훗 하고 작게 웃었다.

"그럴지도 몰라. 하지만 사라시나 선배라면 힘으로 쫓아낼 수 있을 거야."

"후후후, 그래요. 어쩌면 침대 밖으로 걷어차 버릴지도 몰라요."

"잘됐네. 따끔한 맛을 보면 남을 다키마쿠라로 삼지 않게 될지도 몰라."

한밤의 실내에서, 소녀들의 낮은 웃음소리가 울려 퍼졌다. 그리고 한 시간 후, 잠옷 파티를 마친 그녀들이 조용히 잠자리에 들었을 때…… 옆방에서는 그녀들이 세운 플래그가 회수되려 하고 있었다.

◇

(으응……?)

몸 곳곳을 더듬는 감촉을 느낀 마사치카는 어렴풋이 잠에서 깨어났다.

(뭐야……?)

잠을 방해받아서 살짝 짜증이 난 마사치카는 눈을 감은 채 몸을 통해 느껴지는 감촉에 집중했다.

가슴 위와 목 아랫부분에서 꿈틀거리고 있는 가늘고 긴…… 팔? 그리고 다리를 휘감고 있는 건…… 다리, 인가?

그 순간, 마사치카는 자신의 오른편에 있는 누군가가 장난을 치고 있다는 걸 눈치챘다. 그리고 마사치카의 반각성 상태의 오타쿠 뇌는 상황을 바로 이해했다.

(뭐야…… 유키구나.)

여행지에서, 여자애가 자신의 침대 안으로 숨어들어온다. 2차원에서는 흔히 일어나는 정석 이벤트 중 하나다. 합숙에서는 잠이 덜 깬 여자애가 방을 잘못 찾으면서, 그리고 수학여행에서는 여자애 방에 모여 있는데 순찰하는 선생님이 찾아온 바람에 허둥지둥 한 이불 아래에 숨는다는 전개가 왕도다.

아무튼 이런 이벤트를 현실에서 일으킬 사람은 오타쿠 뇌를 지닌 여동생뿐이다. 눈을 뜨면, 여동생이 평소처럼 히죽거리며「와버렸어♡」하고 말할 것이다.

"으으…… 이익……."

마사치카는 눈을 감은 채, 짜증을 드러내듯 몸을 흔들었다. 평소 같으면 여동생의 장난을 받아줬을 것이다. 하지만 지금은 여행과 해수욕 때문에 지쳤다. 체력적으로 여동생의 장난에 어울려줄 여유는 없고, 그럴 기분도 아니었다.

"유키이…… 그만 좀 해……."

혀 짧은 목소리로 그렇게 말한 마사치카는 오른편에 있는 인물을 떼어내려고 오른팔을 꼼지락거렸다. 팔에 닿은 무언가를 밀어내기 위해 팔꿈치로 밀었지만, 어찌 된 건지 팔꿈치가 부드러운 무언가에 파묻히는 감촉만 느껴지고 전혀 밀려나지 않았다. 이윽고, 팔을 움직이는 것조차 귀찮아진 마사치카는 저항을 관뒀다.

그리고, 내버려 두면 나가겠지……라는 판단을 내렸는지도 확실하지 않은 채, 마사치카는 다시 잠에 빠져들었다…….

◇

다음 날 아침. 마사치카는 익숙하지 않은 감촉, 그리고 몸 오른쪽 절반에 가해진 묵직함과 더위 탓에 잠에서 깨어났다.

"으, 응……."

눈을 떠 보니, 낯선 천장이 보였다. 곧 합숙을 왔다는 것을 떠올리며 몸을 돌리려……던 순간, 자신의 몸 위에 놓인 무언가 탓에 움직일 수가 없었다. 기온이 서서히 상승하는 이른 아침에, 그 무언가가 닿아 있는 몸 오른쪽 절반에서만 땀이 배어 나오고 있었다.

"어어?"

고개를 들어서 그 **무언가**를 쳐다본 순간…… 마사치카는 얼어붙었다.

눈앞에는 폭신하고 부드러워 보이는 갈색 머리카락이 있었다. 그리고 연상으로 보이지 않을 만큼 앳되고, 아름답다기보다 귀여운 얼굴이 눈에 들어왔다. 또한 그 앳된 얼굴과 반비례하듯 흉악한 존재감을 과시하고 있는 언덕이 눈에 들어왔다.

"하아……."

거기까지 확인한 마사치카는 머리를 베개에 다시 올려두며 기나긴 한숨을 내쉬었다. 상황은 이해했다. 어째서 이렇게 된 건지는 모르겠지만, 현재 상황은 완전히 이해했다.

오른쪽 어깨에는 마리야의 얼굴, 가슴 위에는 마리야의 오른손, 오른쪽 팔꿈치 근처에는 마리야의 풍만한 가슴이 놓여 있었다. 다리 또한 마리야의 다리에 휘감겨 있었다. 하지만 가슴 아래편은 이불에 가려서 보이지 않기에, 다리 쪽은 어디까지나 추측이다. 어디까지나 추측, 이지만…… 마리야의 다리 위치로 볼 때, 꽉 잡혀 있는 마사치카의 오른손은 그녀의 허벅지 깊숙한 곳의 위험한 부위에 닿아 있는 것 같은데……. 이건 아웃 아닐까? 아니, 장시간에 걸쳐 압박을 당한 탓에 감각이 없지만 말이다.

"즉…… 승리자의 아침인가."

절세의 미녀와 한 침대에 누워서 아침을 맞이한다는 지

금 상황을 냉정하게 파악한 마사치카는 그런 결론을 내렸다. 머릿속 이미지로는, 실오라기 하나 걸치지 않은 금발 미녀를 팔로 안은 채 누워있는 가슴털 풍성한 섹시 마초맨이다. 실제로 옆에 누워 있는 이는 잠옷을 입은 갈색 머리의 미녀이며, 두 사람은 연인 사이가 아니라 선후배 사이지만 말이다.

(아니, 왜 평범한 선후배가 한 침대에서 같이 자는 건데?!)

이제 와서 그런 태클을 머릿속으로 날린 마사치카는 현실도피를 관뒀다. 현실도피는 관뒀지만, 어째서 이렇게 된 건지는 짐작조차 되지 않았다.

(아아……. 그건가? 사라시나 선배를 배려해서, 내가 마샤 씨의 침대에서 잔 탓에 이렇게 된 걸까? 한밤중에 화장실에 다녀온 마샤 씨가 잠결에 원래 자기가 쓸 침대에 들어온 건가?)

억지로 그런 추측을 할 수는 있지만, 이유를 추측해봤자 의미는 없다. 애초에, 이유를 알고 싶다면 본인을 깨워서 물어보면 될 테지만…….

"……."

마사치카는 고개를 돌려서 창밖을 쳐다봤다. 창문의 커튼 사이로 희미하게 빛이 스며들고 있는 것을 보면, 아직 해가 뜬 지 얼마 안 된 것 같았다. 기분 좋게 잠을 자는 선배를 깨우기에는 좀 주저되는 시간대였다. 게다가…… 아무리 마리야라도 이 상황에서는 부끄러워하지 않을까?

(……어쩔 수 없지. 어떻게든 탈출해볼까.)

10초 정도 생각해본 후, 마리야가 깨지 않도록 조심해서 빠져나가자는 결론에 도달한 마사치카는 탈출 방법을 검토했다. 일단 가장 먼저 대처해야만 하는 것은 어깨에 놓인 마리야의 머리다. 어떤 식으로 움직이든 간에, 머리는 흔들리면 안 된다. 우선 머리에 눌린 어깨부터 신중하게 빼야…….

"(……실례할게요.)"

낮은 목소리로 그렇게 말한 마사치카는 자신의 왼손을 마리야의 머리 아래편에 슬며시 집어넣었다. 손바닥에 부드럽고 감촉 좋은 갈색 머리카락이 닿자, 왠지 죄책감을 느끼면서 천천히 마리야의 머리를 들어올—.

"으응~."

"윽!!"

……린, 순간. 마리야가 싫다는 듯 고개를 저으면서 마사치카의 손에서 빠져나갔다. 높이는 2센티미터 정도밖에 안 되지만, 어깨에 머리를 부딪친 충격 탓에 마리야의 몸이 움찔했다. 그리고 그녀는 머리를 느릿느릿 들더니, 졸린 듯한 눈길로 마사치카의 얼굴을 쳐다봤다.

"……조, 좋은 아침이에요."

"……꾸제~."

마사치카가 어색한 미소를 지으며 인사를 건네자, 표정이 멍한 마리야는 잘 돌아가지 않는 혀로 그의 이름을 불렀다. 그리고 무슨 생각인지 헤벌쭉~ 웃으면서 마사치카의 어깨에 머리를 올려놨다.

"흠냐…… 머야~? 애, 꾸제가 여기 이는 꼬야……?"

"아니, 그건 제가 묻고 싶은 건데요……."

마사치카의 냉철한 태클을 듣지 못한 건지, 마리야는 여전히 미소를 머금은 채 머리를 계속 움직였다.

"우후후, 애~♪ 애~♪ 애일까……."

노래하듯 그렇게 중얼거리던 마리야는 적당한 위치를 발견한 건지, 움직임을 멈췄고…… 그대로 곤히 잠들어버렸다.

"(다시 잠든 거냐?!)"

마사치카는 작은 목소리로 태클을 날렸지만, 마리야는 이미 꿈속에 있었다.

"……맙소사."

탈출을 도모했을 때보다 더 접근한 선배의 머리를 본 마사치카는 자신의 노력이 물거품으로 돌아갔단 사실에 몸에서 힘이 쫙 빠졌다.

결국 그 후로 마리야는 마사치카의 몸 위에서 우아하게 잠에서 깨어났다 잠들기를 세 번이나 반복했다. 그리고 그 다음에 깨어났을 때는 눈의 초점이 또렷해지더니…….

"……어?"

"……좋은 아침이에요."

"……어, 아…… 아아앗—?!"

자다 일어나서 흐트러진 머리카락을 흔들며 주위를 둘러본 마리야는 상황을 파악하자마자 몸을 벌떡 일으키더니, 이불로 몸을 감싸며 마사치카에게서 떨어졌다.

"……아, 이불로 몸을 가리지 마세요. 마치 술기운에 부하와 불장난을 한 여자 상사 같으니까요."

마사치카는 무심코 오타쿠다운 태클을 날렸지만, 그 말이 들리지 않는 듯한 마리야는 얼굴을 붉혔다. 그리고 눈을 치켜뜨며 망연자실한 목소리로 말했다.

"조, 좋은 아침이야."

"네, 좋은 아침이에요."

이제 와서 인사를 하는 선배에게 인사를 한 마사치카는 쓴웃음을 머금더니, 안절부절못하며 허둥대는 선배에게 말을 건넸다.

"제가, 마샤 씨의 침대에서 잔 탓일까요? 잠결에 자기 침대에 누운 거 아닌가요?"

"어, 아, 그, 그래……."

"뭐, 이 집에서 어제 처음 잔 거니까요. 그럴 수도 있어요."

"그럴, 까?"

후배가 위로 삼아 그렇게 말하자, 마리야는 마사치카 쪽을 쳐다봤고…… 그의 잠옷에 젖어서 변색이 된 부분을 보자, 그대로 굳어버렸다.

"아, 아아…… 으음, 이건……."

그 시선을 눈치챈 마사치카가 말끝을 흐린 가운데, 잠시 굳어 있던 마리야는 자신의 입가로 손을 가져갔다.

예상대로, 마사치카의 잠옷에 생긴 얼룩은 마리야가 세 번째 잠들었을 때 흘린 침 때문에 생긴 것이다. 입가에서 그 흔적을 발견한 마리야는 안 그래도 빨갛던 얼굴을 새빨갛게 붉혔다. 그리고 마사치카에게 다가가더니, 금방이라도 울음을 터뜨릴 것 같은 표정으로 잠옷의 얼룩을 양손으로 눌렀다.

"아냐! 아니란 말이야! 나, 평소에는 이런 짓 안 해!"

"아, 네."

"정말 아냐! 나, 원래 자면서 침 흘리지 않아! 부탁이야! 믿어줘!"

"믿어요, 믿는다고요. 믿으니까, 목소리 좀……."

품속에 매달려서 울먹거리며 올려다보는 선배를 본 마사치카는 고개를 끄덕였다. 고개를 끄덕이면서, 목소리 좀 낮춰달라고 부탁했다. 작은 소리도 옆방에서 들린다는 것은 어제 이미 증명됐으며, 자기가 이 방에 있다는 건 옆방 사람들에게 비밀이었다. 시간으로 보면 아직 자고 있어도 이상하지 않지만, 마리야의 목소리를 듣고 잠에서 깬 1학년 여자애들이 이 방에 찾아왔다간 난리가 날 것이다.

"으으…… 정말이야?"

"정말이에요. 이런 건 오히려 포상이니까 신경 쓰지 마세요."

마사치카는 초조한 나머지 오타쿠 발언을 하고 말았다. 그러자 마리야는 한동안 눈을 깜빡거리더니, 뭔가가 생각난 것처럼 미간을 모으면서 마사치카한테서 떨어졌다.

"……쿠제는 색골이구나."

"아, 네. 그걸로 됐어요."

어째서 그런 결론에 도달한 건지는 모르겠지만, 일단 마리야가 진정한 것 같으니 다행이라고 생각했다. 그리고 몸에서 힘이 쭉 빠졌을 때…… 두려워하던 사태가 벌어졌다.

『마샤 선배? 좋은 아침이에요. 무슨 일 있으신가요?』

가벼운 노크 소리에 이어, 유키의 목소리가 문 너머에서 들려왔다. 마사치카와 마리야는 문 쪽을 돌아보더니, 어떻게 할지 필사적으로 생각했다.

(일단 숨어야— 옷장!)

주위를 둘러본 마사치카가 침대 발치 방향에 있는 옷장을 보고, 재빨리 다리를 접으면서 몸을 일으키려 한 것과…….

"(숨어—!)"

작은 목소리로 그렇게 외치며 몸을 일으킨 마리야가, 양손으로 쥔 이불을 마사치카에게 씌우려 한 것은…… 거의 동시에 일어난 일이었다.

서로가 침대 위에서 앞쪽으로 몸을 쭉 뻗었을 때…… 두 사람의 시선이 한순간 부딪쳤다. 서로가 상대방의 움직임에 당황해서, 「어……」 하고 신음을 흘린 바로 그 순간이었다.

움직이려던 순간에 방해를 받고 균형을 잃은 마사치카는 앞으로 꼬꾸라졌다. 그리고 충돌을 피하려던 마리야가 몸을 뒤편으로 크게 젖혔다. 그 결과…….

"우왓—?!"

"꺄앗—."

마사치카는 마리야의 어깨 쪽으로 머리를 쑥 내밀며, 그대로 쓰러졌다. 반사적으로 양손을 뻗어 침대를 짚었지만, 그런 마사치카의 코앞에서는 눈을 치켜뜬 채 당황한 마리야의 얼굴이 있었다. 그런 마리야는 두 손으로 이불을 움켜쥐고 있었다. 그 결과, 『자고 있던 마리야를 덮치는 마사치카』라는 구도가 완벽하게 완성됐다.

『헉! 러브 코미디 파동?!』

그 순간, 뭔가를 감지한 유키가 힘차게 문을 열어젖혔다.

그리고 침대 위에 있는 두 사람을 보고 움직임을 멈췄다. 표정을 지우며 천천히 문손잡이에서 손을 떼더니, 문을 발로 밀면서 스마트폰을 꺼냈다. 그것을 얼굴 앞으로 들더니, 셔터 버튼을 눌렀다. 찰칵 소리와 함께 찍힌 사진을 확인한 후에 두 사람을 향해 엄지를 치켜든 유키는 힘차게 고개를 끄덕이더니…… 그대로 방에서 나갔다.

"""……."""

그 일련의 움직임이 너무 자연스러웠기에, 두 사람은 몇 초 동안 꼼짝도 하지 못했다. 망연자실한 채, 유키가 나간 문을 쳐다본 후…… 마사치카는, 마리야에게서 슬며시 떨어졌다.

"죄송해요, 마샤 씨. 괜찮아요?"

"아, 응. 괜찮아."

"그거 다행이네요. 그럼…… 저 먼저 내려가 볼게요."

"그, 그래."

마리야가 고개를 끄덕이자, 침대에서 조용히 몸을 일으킨 마사치카는 복도에 아무도 없는 것을 확인한 후에 방을 나섰다. 그리고 계단 아래에서 히죽거리며 스마트폰을 흔든 후, 보란 듯이 거실로 도망치는 여동생을 보고…….

"인마, 거기 서!"

맹렬히, 계단을 뛰어 내려갔다.

제 9 화 너한테 폭군이란 소리 듣고 싶지 않아

"왕 게임을 하자."

합숙 이틀째. 점심 식사 중에 갑작스럽게 비가 내리기 시작해서 그칠 때까지 게임이라도 하자는 이야기를 나누고 있을 때, 토우야가 그런 말을 했다. 그와 동시에, 마사치카와 유키가 전율했다.

((이, 인싸가 하는 놀이잖아…….))

머릿속으로 완전히 똑같은 생각을 한 남매는 온몸을 부르르 떨었다. 딱히 이유는 없지만, 왠지 온몸을 떨고 말았다. 딱히 두 사람이 아싸인 건 아니지만 말이다.

"왕 게임……이 뭔가요?"

전율에 사로잡힌 남매의 옆에서, 아리사가 고개를 갸웃거렸다. 그러자 마리야는 뜻밖이라는 듯 말했다.

"어~? 아랴, 몰라? 왕 게임이야, 왕 게임."

"그러니까, 그게 뭔데?"

아리사가 발끈하며 언니를 쳐다보자, 마리야는 검지를 치켜세우며 의기양양하게 말했다.

"후후~~. 왕 게임은 말이지~? 딱 하나만 붉은색 표시가 되어 있고, 다른 것에는 숫자가 적혀 있는 제비를 다 같이 뽑아~. 그리고 빨간 제비를 뽑은 사람은 왕이 되는데, 번호로 다른 사람에게 명령을 내리는 게임이야~. 『2번이 5번에게 아~를 해준다』라든가~ 『4번이 1번에게 키스를 한다』 같은 식으로 말이지~."

마리야는 자기 입으로 그렇게 말하더니, 꺄아~ 하며 양손으로 볼을 감쌌다. 그렇게 흥분한 언니와 달리, 동생인 아리사는 설명을 듣고 눈을 치켜떴다.

"키, 키스……?!"

"아, 그런 과격한 명령은 금지야. 어디까지나 양식에서 벗어나지 않는 선에서 명령을 내리자고."

아리사가 동요하자, 토우야는 쓴웃음을 머금으며 덧붙이듯 말했다. 그리고 슬쩍 주위를 둘러보며 말을 이었다.

"저기, 뭐냐……. 『2번이 재미있는 이야기를 한다』, 『3번이 5번에게 딱밤을 때린다』 같은 가벼운 벌칙 게임이면 괜찮지 않을까?"

"딱밤…… 그다지 해본 적이 없는데……."

토우야가 그렇게 말하자, 옆에 앉아 있던 치사키가 자기 손을 뚫어지게 쳐다보며 천천히 오른손을 들어서 손가락 두 개로 동그라미를 만들었다. 그리고 가운뎃손가락에 힘을 최대한 주더니…….

퍼엉!

"으음, 치사키는 살살 때리는 게 좋겠는걸."

치사키가 허공에 딱밤을 때리는 모습을 본 토우야가 상냥한 미소를 지었다. 범상치 않은 소리가 들렸지만, 분명 손가락 마찰 때문에 발생한 소리일 것이다. 결코 공기의 벽을 돌파하며 음속에 도달한 소리는 아닐 것이다. 틀림없다.

"뭐, 어디까지나 친목을 다지기 위한 거니까…… 명령도 너무 심한 건 하지 말자."

"아, 네……."

마사치카가 마음속으로 「그건 좋지만, 왜 하필 왕 게임을?」 하고 생각하며 고개를 갸웃거리는 것을 눈치챈 건지, 치사키가 히죽 웃으며 토우야를 쳐다봤다.

"즉, 인싸들의 놀이를 해보고 싶은 거구나~. 응, 오케이~."

"아니, 뭐, 그런 건…… 아니거든?"

토우야가 노골적으로 동요하며 말끝을 흐리자, 후배들은 상냥한 눈길을 머금었다. 원래 커뮤니케이션 장애였던 아싸로서, 그런 게임에 동경심을 품고 있는 것이리라. 후배들이 뜨뜻미지근한 눈길로 쳐다보자, 토우야는 거북한 듯 팔을 치켜들었다.

"그만해! 그런 눈길로 쳐다보지 마!"

"아, 으음. 그래요. 왕 게임, 해보자고요."

"좋아요. 그럼 제비를 준비할게요."

"배려하지 마! ……그리고, 제비라면 이미 준비해뒀지."

"의욕이 넘치네요……."

다들 쓴웃음을 머금으며 소파에서 일어서더니, 카펫 위에 쿠션을 깔고 둘러앉았다. 자리 배치는 마사치카의 오른편이 아리사. 그 옆이 마리야이며, 그다음…… 즉, 마사치카의 정면 오른편이 유키다. 마사치카의 왼편에는 아야노가 앉았으며, 그 너머에 치사키, 토우야 순서로 앉았다. 그리고 그들의 중심에는 나무젓가락 일곱 개가 꽂힌 조그마한 빈 병이 놓여 있었다.

참고로 나무젓가락이라고 해도 네모난 것이 아니라, 손으로 잡는 부분만 쪼개는 동그란 젓가락이다. 그런 젓가락이 거꾸로 빈 병에 꽂혀 있었다. 아무래도 젓가락의 각진 손잡이 부분에 표시를 해둔 것 같았다.

(즉…… 쪼개진 부분의 미세한 차이로 젓가락을 분간하는 건 불가능하겠는걸.)

마사치카는 아무것도 모르는 듯한 표정으로, 게임을 시작하기 전부터 사기를 칠 수 있을지 생각해봤다. 단순한 레크리에이션에 이러는 건 어른스럽지 못한 짓일지도 모르지만, 그로서는 당연한 대비였다. 왜냐하면…… 사기를 칠 수 있다면 아무렇지도 않게 칠 참가자(유키)가 있는 것이다.

누군가에게 마음껏 명령을 내릴 수 있는 이 멋진 게임에서, 저 여동생이 가만히 있을 리가 없다.

(발안자인 회장도, 마작 때는 사기를 치려고 했잖아…….

미리 제비에 손을 써뒀을 가능성이…… 있을까? 뭐, 친목을 다지자는 말은 거짓말이 아닐 테니까 미리 손을 써뒀더라도 이상한 짓을 벌이지는 않을 거라고 생각하지만…….)

마사치카는 그런 생각을 하면서, 토우야의 말에 따라 아무 제비나 움켜쥐었다. 전원이 제비를 쥔 것을 확인한 토우야가 말했다.

"그럼 시작한다? 왕은~ 누구냐!"

토우야의 말에 맞춰, 다들 일제히 제비를 뽑았다.

"어머, 나네~?"

그리고 끝부분이 빨간색인 젓가락을 쥔 마리야가 눈을 깜빡였다. 첫 번째 왕은 마리야 같았다. 하지만…… 마사치카는 그것보다 다른 쪽에 의식이 쏠렸다. 그것은…….

(역시…… 제비의 방향에 따라서는, 뽑는 순간에 숫자가 보이네.)

바로, 꼼수였다. 아마…… 아니, 제비를 준비한 토우야도 예상하지 못했을 것이다. 하지만 가위바위보를 시력 간파 게임으로 만드는 마사치카의 동체시력이면, 제비에 적힌 번호를 확인할 수 있다.

그리고…… 마사치카가 할 수 있는 건 유키도…… 그리고 아마 치사키도 할 수 있을 것이다.

(이거 큰일인걸……. 동그란 젓가락인 만큼, 뽑기 전에는 숫자가 적힌 면이 어디를 향하고 있는지 알 수 없어. ……이

래서야 유키 쪽으로 숫자 면이 향한 것을 뽑은 순간, 그대로 번호를 들키고 말겠는걸.)

위기감을 느낀 마사치카는 일단 몰래 젓가락에 손톱으로 흠집(마킹)을 남길 수 없을지 시험해보려다…… 곧 관뒀다. 젓가락 자체의 강도가 상당하고, 표면이 매끄러운 탓에 흠집을 내더라도 바로 들킬 거라고 생각했기 때문이다.

(이렇게 되면 다소 운에 좌우되겠어……. 유키에게 숫자가 들통나는 불운, 그리고 유키가 왕이 되는 불운이 겹치지 않도록 빌 수밖에 없나…….)

"그럼~ 2번이……."

마리야의 목소리가 들려오자, 마사치카는 생각을 멈췄다. 그리고 손에 쥔 젓가락을 다시 살펴서…… 자기가 4번이라는 사실을 재확인했다. 그런 그가 얼굴을 든 순간, 볼에 검지를 댄 마리야가 고개를 갸웃거리며 말했다.

"으음~. 그래. 배꼽 빼기 챌린지!"

"무리거든요?"

마리야가 고개를 살짝 끄덕이며 그런 명령을 내리자, 마사치카는 무심코 태클을 날렸다. 마사치카만 무리라고 생각한 건 아닌지, 치사키도 쓴웃음을 머금으며 마리야에게 물었다.

"아니, 왜 그런 명령을 내린 거야?"

"응~? 배꼽을 빼다, 란 말을 처음 듣고 참 재미있는 표현이라고 생각했거든……. 혹시 할 수 있는 사람이 없나 싶어서 말이지~."

"그건 무리거든요?"

"하지만 다 같이 간지럽힌다면……."

"무리야. 그리고 죽도록 웃는다고 배꼽이 빠진다는 것도 말이 안 되잖아."

치사키가 옳은 말을 하자, 마사치카도 고개를 끄덕였다. 그러자 마리야는 입술을 삐죽 내밀면서 반대편으로 고개를 돌렸다.

"그럼…… 아, 병뚜껑 챌린지! 그걸 보고 싶어!"

"병뚜껑 챌린지?"

그 말을 들어본 적 없는 듯한 치사키에게, 마사치카는 마음속으로 「왜 챌린지를 시키려고 하는 걸까……?」 하고 생각하며 설명해줬다.

"한때 인터넷에서 유행했던 건데, 손을 쓰지 않고 병뚜껑을 따는 챌린지예요……. 반응을 보아하니, 사라시나 선배가 2번 맞죠?"

"아, 응."

치사키는 고개를 끄덕이면서 자기 제비를 공개했다. 바로 그때, 토우야가 냉장고에 들어 있던 2리터짜리 미네랄워터 병을 가지고 돌아왔다.

"나도 본 적이 거의 없긴 한데…… 돌려차기로 따는 거였

던가?"

"맞아~. 내가 본 것도…… 뒤돌려차기, 라고 하지? 발꿈치 부분으로 병뚜껑을 차서 따는 느낌이었어~."

토우야가 주위 사람에게 물어보면서 바닥에 페트병을 두자, 마리야가 고개를 끄덕이며 대답했다. 그러자 치사키는 「돌려차기……」 하고 중얼거리며 몸을 일으켰다.

"아니, 내용물이 들어있는 상태에서 하는 건…… 그리고 맨발로는 무리 아니에요? 신발을 신어야—."

마사치카가 거기까지 말했을 때, 치사키가 토우야가 내려놓은 페트병 앞에서 뒤돌아섰다. 그리고 다음 순간…….

부웅, 딸깍.

페트병의 끝부분에 잔상이 남더니, 거의 동시에 소파 쪽에서 가벼운 소리가 들려왔다. 치사키를 제외한 여섯 사람이 그 소리가 들린 곳을 일제히 돌아보니, **뚜껑이 달린 페트병 끝부분**이 소파 등받이에 튕기고 좌석 부분에 떨어졌다.

""""""""……. """"""""

그리고 다시 원래 방향으로 고개를 돌리자…… 마치 칼로 자른 것처럼 깨끗하게 끝부분이 잘린 페트병이 눈에 들어왔다. 게다가 안에 든 물은 전혀 찰랑이지 않았다.

찬물을 끼얹은 것처럼 정적이 흐르는 가운데, 한 발로 선 치사키가 고개를 갸웃거리며 말했다.

"……이러면 돼?"

"……응."

치사키가 그렇게 묻자, 토우야가 기나긴 뜸을 들인 후에 고개를 끄덕였다. ……끄덕일 수밖에, 없었다.

(무시무시하게 빠른 돌려차기…… 내 눈에도 안 보였어~☆)

머릿속으로 장난스럽게 그런 생각을 한 마사치카는 떨리는 손에 힘을 줬다.

"와아~ 대단해, 치사키~. 챌린지 성공이네~."

주위를 둘러봐도, 순수하게 찬사를 보내고 있는 건 마리야뿐이었다. 역시 왕답게 그릇이 크다.

"……페트병, 치우겠습니다."

그 와중에 자리에서 일어난 아야노가 페트병을 들고 냉장고 쪽으로 향했다. 그사이에 다들 아무 말 없이 제비를 빈 병에 꽂았고, 토우야는 그것을 등 뒤로 돌려서 섞었다. 그리고 아야노가 돌아온 후에 그것을 일제히 뽑자, 이번에는 토우야가 왕이 됐다.

"오, 나구나!"

토우야는 분위기를 환기시키려는 듯 밝은 목소리로 그렇게 말하며 씨익 웃었다. 그리고 모든 이들을 둘러보더니, 유쾌한 목소리로 명령을 내렸다.

"좋아……. 그럼 5번이 우스운 이야기를 해봐."

"초반부터 악랄한 명령을 내리네요……."

"아, 내가 5번이야~."

"충격의 하극상 전개……"

왕의 자리에서 내려오자마자 악랄한 명령을 받게 된 마리야는 입술에 손가락을 대며 잠시 생각해본 후, 좋은 생각이 난 것처럼 이야기를 시작했다.

"맞아. 나중에 가기로 한 축제 때문에 생각이 난 건데 말이야. 내가 어릴 적에 갔던 러시아의 축제는 사람들로 정말 붐볐어. 그 바람에 비닐봉지가 터진 건지, 근처에 있던 사람이 사과를 몇 개나 떨어뜨린 거야~. 우스스스~ 하는 느낌으로 말이지."

마리야는 거기까지 말한 후, 입을 다물었다. 그 직후, 아리사가 어깨를 약간 흔들며 「후훗」 하고 웃음을 터뜨렸다. 다른 다섯 명은 방금 이야기의 어느 포인트가 웃긴 건지 알 수 없었다. 솔직하게 말하자면 「어, 이걸로 끝이야?」라는 게 솔직한 감상이었다.

(뭐, 뭐야? 러시아 조크? 으으, 전혀 이해가 안 돼!)

이해가 안 된다. 안 되지만…… 이대로 정적이 흐르는 건 좋지 않으리란 점은 이해했다. 선배가 개그(?)를 했으면, 후배가 받아줘야 한다. 사명감에 사로잡힌 마사치카는 필사적으로 머리를 굴렸고…….

"……아하. 사과가 우스스~ 떨어진 거군요. 확실히 「우스」란 말이 들어간 이야기이긴 하네요."

"오, 오오! 쿠제는 말주변이 좋은걸!"

"우후후, 그렇군요."

"아, 아하하. 쿠제~. 그렇게 일일이 설명하면 개그가 재미없어지잖아~."

"하하, 죄송해요."

마사치카의 말에 세 명이 그런 반응을 보이면서, 마리야의 우스꽝스럽다기보다 알쏭달쏭한 이야기를 어영부영 넘어갔다. 아야노는 존재감을 없애고 있어서 문제없다. 그대로 다시 제비를 빈 병에 넣은 후, 다음 게임을 시작했다.

"어라, 또 나잖아……."

토우야가 붉은색으로 표시된 제비를 쥔 채, 그렇게 말했다.

"토우야는 운이 좋네."

"뭐, 그런가? 그럼…… 무난하게, 3번이 우스꽝스러운 얼굴을 하는 건 어때?"

아까 일을 반성한 건지, 토우야는 왕 게임에서 정석적인 명령을 내렸다. 하지만 여성이 더 많은 이 자리에서는 그런 명령도 꽤 악랄할 수 있지만 말이다. 아니나 다를까 여성들 사이에서 긴장된 분위기가 감도는 가운데, 3이라 적힌 제비를 들어 보인 건…….

"접니다."

바로, 아야노였다.

(아야노가 우스꽝스러운 얼굴을……?!)

평소 무표정한 얼굴로 눈동자만 움직이는 아야노가, 우

스팡스러운 얼굴을 한다. 흥미가 생기는 게 당연한 전개이기에, 이 자리에 있는 이들 전원이 그녀를 주목했다. 긴박한 분위기 속에서…… 잠시 침묵을 지킨 아야노는 천천히 두 손을 들더니, 무표정한 채로 두 볼을 잡아당겼다.

"네가 무슨 마음을 손에 넣은 로봇이냐?"

"이것이, 기쁨……?"

"오오. 사라시나 선배, 나이스예요."

"아하하, 그래~?"

마사치카의 태클을 들은 치사키가 더빙을 하듯 그렇게 한 마디 했지만, 당사자인 아야노는 이해를 못 한 건지 고개를 갸웃거렸다. 그런 반응도 로봇 같았다.

"으음……. 뭐, 일단 통과한 걸로 할까."

"아하하, 그래……."

명령을 내린 토우야가 그렇게 말하자, 다음 게임으로 넘어갔다. 이번에 왕이 된 건…….

"어, 나야?"

아리사였다. 잠시 생각에 잠긴 듯한 반응을 보인 후, 그녀가 말한 것은 토우야가 아까 예시 삼아서 말했던 명령이었다.

"그래……. 그럼, 2번과 4번이 서로에게 딱밤을 때려."

"으윽."

4번 제비를 뽑은 마사치카는 무심코 신음을 흘렸다. 왜냐하면…….

(2번이 사라시나 선배라면 골로 갈 거야!)

……라는 이유에서였다. 기도하는 심정으로 치사키를 쳐다봤을 때, 다행히 반대편에 있는 이가 손을 들었다.

"아, 나야~. 4번은 쿠제구나?"

"아, 네. 다행이야……. 그럼 먼저 때리세요."

안도의 한숨을 내쉰 마사치카는 앞 머리카락을 쓸어 올린 후, 마리야를 향해 몸을 내밀었다. 그러자, 엄지와 중지로 동그라미를 만든 마리야가 마사치카의 이마를 향해 손을 뻗었다.

"그럼 할게~ 에잇!"

마리야는 힘차게 손가락을 날렸지만…… 거리가 너무 가까운 탓에, 손톱이 아니라 중지 전체가 마사치카의 이마에 닿았다. 힘이 제대로 실리기 전에 이마에 닿아서 전혀 아프지 않았다.

"어, 어머머? 의외로 어렵네~."

"뭐, 좀 요령이 필요하거든요……. 하하."

마사치카의 이마에서 손을 치운 마리야가 난처하다는 듯 웃었다. 마사치카도 어떤 반응을 보이면 좋을지 몰라서, 어설픈 웃음만 흘렸다.

"그럼 쿠제가 시범을 보여줄래?"

"아, 네……."

이번에는 마리야가 앞 머리카락을 쓸어 올리며 몸을 내밀었다. 그 모습을 보고 오늘 아침의 일을 떠올린 마사치카는 약간 동요하면서 오른손을 내밀었다.

"으음, 이런 식으로 하면 돼요."

"아얏!"

상대가 여성이라 꽤 살살 때렸지만, 마리야와 다르게 손톱에 힘이 집중되면서 명중한 탓에 그녀는 작게 비명을 지르며 이마를 감싸 쥐었다.

"으으~ 아파~."

"아, 죄송해요. 제대로 명중한 것 같네요……."

양손으로 이마를 감싸 쥐며 삐친 듯 볼을 부풀린 마리야에게 허둥지둥 사과하면서…… 마사치카는 온몸에 닭살이 돋는 느낌을 받았다.

(끄어어어어—! 왜 바보 커플의 닭살 행각 같은 짓을 하고 있는 거냐고—!! 주위의 시선이 뜨뜻미지근해!!)

그와 동시에, 두 사람 사이에 앉은 아리사가 차가운 눈으로 쳐다보고 있다는 것을 눈치챘다. 왼편에서는 뜨뜻미지근한 공기. 오른편에서는 차가운 공기. 어라? 여기는 사우나 입구인가?

(저기, 명령을 내린 사람은 바로 너거든?)

마음속으로 태클을 날린 마사치카는 아리사의 시선을 눈치채지 못한 척을 하며 앞을 바라보고, 태연한 척 제비를 뽑았다.

“““““““““왕은~ 누구냐!”””””””””

그러면서 다시 제비를 뽑아 보니, 마사치카가 뽑은 제비에 빨간색 표시가 되어 있었다.

“아, 제가 왕이네요.”

“어머…… 후훗. 폭군이 탄생한 걸까요?”

“너무 이상한 명령을 내리진 마.”

“나, 되게 신용이 없네.”

마사치카는 유키의 놀림과 아리사의 압박에 쓴웃음을 머금은 후, 어떤 명령을 내릴지 생각했다.

(으음…… 아, 그래.)

그리고 어떤 아이디어가 갑자기 떠오르자, 그는 의미심장한 미소를 머금었다.

“6번이 세이레이 학원의 교가를 아카펠라로 최선을 다해 부르기, 는 어떨까요?”

“우와, 그건 쪽팔리겠네!”

마사치카가 그런 명령을 내리자, 치사키는 소름이 돋은 것처럼 두 팔을 손으로 비볐다.

“자, 6번은 누구죠?”

치사키의 반응을 보고 기분이 좋아진 마사치카가 가련한 산 제물을 찾아보자…….

“……나야.”

오른쪽 옆자리에서, 목소리가 들려왔다. 6번은 바로 아리사였다.

"좋아, 그럼 아랴. 힘차게 노래해봐! 아, 일어서서 말이야."

마사치카가 재미있어하며 그렇게 놀리듯 말하자, 아리사는 그를 노려보며 자리에서 일어났다. 그리고 다른 이들에게 성대한 성원과 박수를 받으면서 교가를 부르기 시작했다.

그 순간, 재미있어하던 토우야와 치사키의 표정이 굳어졌다. 마사치카 또한, 얼굴에서 미소가 싹 사라졌다.

솔직히 말해, 엄청난 미성이었다. 벌칙 게임을 시킨 건데, 프로 소프라노 가수 뺨치는 수준의 끝내주는 노래를 들었으니 깜짝 놀랄 수밖에 없었다. 다들 성원을 보내거나 손뼉을 치지도 못하며, 그 노랫소리에 빠져들었다. 그렇게 아리사가 1분 동안의 노래를 마치자, 다들 자연스럽게 박수를 보냈다.

"이야…… 놀랐어. 아랴는 노래도 잘 부르는구나."

"아뇨…… 평범한 수준이에요."

"에이, 겸손할 필요 없어. 솔직히 말해 꽤 놀랐다고."

치사키와 토우야가 솔직하게 칭찬하자, 아리사는 약간 멋쩍은 태도를 보이며 자리에 앉았다.

"나도 놀랐다니깐. 너, 정말 노래를 잘하는구나. 깜짝 놀랐어."

"그래?"

마사치카의 칭찬에 퉁명하게 답한 아리사는 고개를 반대편으로 돌렸지만, 그런 그녀의 귀는 약간 빨개져 있었다. 참 알기 쉬운 반응이었기에, 마사치카와 마리야는 양쪽에서 훈훈한 눈길로 아리사를 쳐다봤다. 그리고 부끄러움을 견디다 못한 아리사는 자신을 향한 시선을 떨쳐내듯 제비를 다시 빈 병에 집어넣었다.

그 후에도 게임은 몇 번 이어졌고, 분위기가 꽤 달아올랐을 때…… 왕이 된 치사키가 이제까지 내린 명령 중에서 가장 공격적인 명령을 내렸다.

"그럼 2번이 1번에게 키스!!"

그야말로 인싸들이나 왕 게임을 하면서 내릴 듯한 명령이었기에, 경악과 긴장이 거실에 흘렀다. 마사치카 또한 경악을 금치 못하면서도, 눈치챘다.

(사라시나 선배는 회장의 제비가 몇 번인지 알고 있는 건가?!)

그것은 게임을 시작할 때부터 우려한 사태다. 평범하게 게임을 즐기느라 까맣게 잊었지만, 치사키와 유키는 마사치카와 마찬가지로 제비를 뽑는 순간에 거기에 적힌 숫자를 눈으로 볼 수 있다. 그렇지 않다면, 자신의 연인(토우야)이 있는 상황에서 이런 명령을 내릴 리가 없다.

"치사키, 그건……."

"아니, 꼭 입에 하라는 건 아니잖아. 볼이나 손에 해도 돼."

"으음, 그런 거라면……. 그런데, 1번과 2번은 누구지?"

토우야도 여자끼리라면 딱히 문제는 없을 거라고 생각하는 것 같았다. 하지만…….

"제가…… 1번인데요."

유감스럽게도, 그의 생각대로는 되지 않았다. 하는 쪽이 아니라 당하는 쪽인 게, 불행 중 다행일지도 모른다.

"2번은 저예요."

그리고, 마사치카의 대각선 앞쪽에 앉아있던 유키가 손을 들었다.

"쿠제와 스오우인가? 하아…… 치사키, 역시 그 명령은―."

남녀가 그러는 건 좀 그렇다고 여긴 토우야는 인상을 찡그리며 치사키에게 명령의 철회를 요구……하기도 전에, 유키가 네발로 기듯이 마사치카에게 다가갔다. 그리고 그의 턱을 잡고 자기 쪽으로 돌리더니…….

"그럼 마사치카 씨, 아~ 해보세요."

"혀 집어넣으려고 하지 말라고."

혀를 쑥 내밀면서, 주저 없이 마사치카의 입을 향해 얼굴을 내밀었다. 하지만 마사치카가 손으로 이마를 밀어낸 덕분에, 유키의 키스는 미수로 끝났다.

"……후훗. 마사치카 씨가 막지 않으면 어쩌나 했답니다."

"그럼 애초에 일을 벌이지 마."

서로의 턱과 이마를 잡은 채, 두 사람은 서로의 숨결이 느껴지는 거리에서 굳은 미소를 머금었다. 그러자, 어찌 된 건지 명령을 내린 치사키가 가장 동요하고 말았다.

"어, 어? 디, 디프 키……? 어? 어엇?!"

"우, 와아……."

선배 두 사람은 눈을 치켜뜨며 경악했다.

"이봐, 거기. 사진 찍으려고 하지 마."

"윽!"

아야노는 아무 말 없이 스마트폰을 들고 있었다. 그리고 마리야는 입가에 손을 댄 채 눈을 동그랗게 떴으며…….

"빠, 빨리 떨어져! 정말 불순하네!"

눈을 부릅뜬 아리사가 두 사람을 떼어놨다. 유키는 그런 아리사를 향해 의미심장한 미소를 짓더니, 자신의 이마에 닿아 있는 마사치카의 손을 잡았다. 그리고…….

쪽.

소리 나게, 그의 손바닥에 키스했다. 그리고, 빙긋 웃으면서 치사키를 돌아봤다.

"이걸로 명령을 완수한 거죠?"

"어, 아, 응……."

유키가 별일 아니라는 태도로 그렇게 묻자, 치사키는 두 손으로 볼을 감싸면서 멍하니 고개를 끄덕였다. 뭐랄까, 남친이 있는 사람치고는 참 순진한 반응이었다.

"으음. 어어…… 그럼, 다음 게임으로 넘어갈까……."

아직 마음을 진정시키지 못한 듯한 토우야가 헛기침을 하며 그렇게 말했다. 분위기가 좀 묘한 가운데, 마사치카는 오른편에서 날아오는 날카로운 시선을 느끼면서 유키가 키스한 오른손을 바지에 닦았다.

(아니, 그렇게 노려보지 마……. 나는 잘못이 없다고.)

아리사가 신경 쓰인 마사치카는 마음속으로 남자답지 못한 변명을 늘어놓으면서 제비를 뽑았다. 그리고 그 직후, 자신의 실수를 깨달았다.

(아차! 아랴를 신경 쓰느라, 경계가 허술해졌어……!!)

경계한다고 해서 크게 소용은 없을지도 모른다. 하지만 신경 써서 번호를 뽑았다면…… 대각선 앞에 앉은 유키의 눈동자에 어린 악마적인 미소를 보자, 마사치카는 마음속으로 이를 악물었다.

(젠장, 내 번호를 본 거냐……. 하지만, 유키가 왕이 아니라면…….)

그 실낱같은 희망은…… 다음 순간, 무참히 무너졌다.

"어머, 저군요."

눈에 웃음기를 머금은 유키가 붉은색으로 표시가 된 제비를 들어 보였다. 그리고, 제비를 쥔 손으로 입가를 가리더니, 마사치카와 아리사 쪽을 쳐다보며 말했다.

"그럼 사라시나 선배를 따라서…… 3번과 5번이 서로에게 키스해주겠어요?"

옆자리의 아리사는 그 명령을 듣고 몸을 부르르 떨었고, 마사치카는 완전히 저격을 당했다는 것을 눈치챘다.

(이 녀석, 악마적인 제비를 뽑은 걸로 모자라 악마적인 명령을 내린 거냐!)

게임 마스터인 토우야는 제지하지 않았다. 당연했다. 왜냐하면 키스라는 명령은 아까 치사키가 내렸던 것이며, 후배인 유키는 그 명령에 따랐다. 그러니 지금 제지하는 건 공정하지 못하다. 하지만…….

(그래도, 이건 아웃이잖아아아아—?!)

아리사와 키스를 한다면, 어느 부위에 하든 영향이 오래 갈 것이다. 사이가 서먹해질 게 틀림없다. 아니, 어쩌면 거기까지 고려하며 대립 후보 측을 뒤흔들려고 수작을 부린 걸까……?

(어느 쪽이든 간에 이건 안 돼! 절대, 안 된다고!)

지기 싫어하는 아리사가 유키에게 도발을 당하면, 명령을 실행하려 들지도 모른다. 어떻게든 이 명령을 피하기 위해, 마사치카는 죽을힘을 다해 머리를 굴렸다.

"그런데, 3번과 5번은 누구죠?"

하지만 유키는 선배가 제지하지 않는다고 판단한 건지, 생각할 시간을 주지 않으며 상대를 궁지로 몰았다. 그리고, 그 말을 들은 아리사가 솔직하게 제비를 들어 보였다.

"5번은…… 나야."

"어머, 아랴 양인가요. 그럼, 3번은 누구죠?"

유키는 일부러 놀란 척을 하며 다른 이들을 둘러보았다.

(큭, 시간이…… 뭔가 방법이 없을까? 뭔가…….)

마음속으로 이를 깨문 마사치카는 주위를 둘러보다가…… 눈치챘다.

"내가, 3번이야."

"어머나, 마사치카 씨였군요. 이런 일도 다 있네요. 운이 좋았다……고 말하면 되려나요?"

시치미 떼는 표정으로 고개를 갸웃거린 유키가 눈 깊숙한 곳에 음흉한 미소를 머금자…… 마사치카도 맞서듯이 히죽 웃었다.

"글쎄. 하지만 유감이야, 유키."

"어머, 유감이라고요?"

유키가 표정을 지우고 눈을 가늘게 뜨자, 마사치카는 정면에 있는 창문을 손가락으로 가리켰다. 그리고, 자신만만한 미소를 지으며 선언했다.

"이미, 비가 그쳤거든."

그 말을 들은 유키…… 그리고 다른 멤버는 동시에 창밖을 쳐다보며, 비가 그쳤다는 것을 확인했다. 그리고 마사치카는 이 자리에 있는 최고 권력자를 포섭하려 했다.

"회장님, 이 레크리에이션은 **비가 그칠 때까지** 하기로 했죠?"

"아, 그래! 맞아. 그랬지!"

"들었지? 타임 리밋이야. 이걸로 게임 종료인 거라고."

"마, 맞아! 자~, 그럼 간식 먹을 시간이니까, 다 같이 수박 깨기라도 할까!"

마사치카가 그렇게 말하자, 이 상황을 초래한 원흉이기도 한 선배 두 명이 바로 동의하면서 사태를 수습하려 했다. 그리고 회장과 부회장이 종료 선언을 했으니, 다른 사람은 이의를 제기할 수 없었다.

허둥지둥 제비를 정리하기 시작한 치사키를 본 마리야는 웃음을 흘리며 몸을 일으키더니, 자기 제비를 빈 병에 넣었다. 그 모습을 본 아야노는 유키의 반응을 살폈고, 유키는 가볍게 어깨를 으쓱했다.

"자, 게임 끝이야. 게임 끝."

유키가 포기했다는 것을 안 마사치카는 자기 옆에 굳어 있는 아리사의 손에서 제비를 낚아채더니, 자신의 것과 함께 빈 병에 넣었다.

"회장님, 수박 꺼내올게요."

"그, 그래. 부탁해."

"막대는…… 부엌에 국수방망이가 있던가요?"

"아마 있을 거야. 어제 누가 썼거든."

"알았어요~."

"아, 으음, 나도 도울게."

재빨리 자리에서 일어나 부엌으로 향하자, 이러지도 저러지도 못하고 있던 아리사가 약간 허둥대며 따라왔다.

"으음, 수박이 어디 있더라~?"

"아, 분명 안쪽에……."

서로의 얼굴을 쳐다볼 수가 없는 두 사람은 그런 뻔한 대화를 나누며 냉장고에서 수박을 찾았다.

"아, 찾았다—."

마사치카가 발견한 수박을 향해 손을 뻗자, 아리사도 동시에 손을 뻗으면서 두 사람의 손이 공중에서 부딪쳤다. 그 순간, 아리사가 튕기듯 손을 뺐다.

(와, 완전 전형적인 반응이네.)

마사치카는 마음속으로 그렇게 생각하면서도 태연한 표정으로 수박을 비닐봉지 안에서 꺼내더니, 태연히 화제를 돌렸다.

"아, 맞다. 아까 마샤 씨가 해준 이야기 말인데, 그건 어떤 의미야? 나는 어디가 우스운 부분인지 모르겠던데……."

"어? 아, 그건…… 러시아에서는 사람이 밀집해 있는 곳을『사과를 떨어뜨릴 곳이 없다』고 표현하기도 해."

"아~ 그렇구나. 사과를 떨어뜨릴 장소가 없는데, 사과가 떨어졌다…… 아니, 그걸 어떻게 알아듣냐고!"

이제 와서 태클을 날리자, 아리사는 슬며시 웃음을 흘렸다. 바로 그때, 유키가 고개를 쑥 내밀었다.

그리고 무슨 일인가 싶어 돌아보는 두 사람을 향해…… 숙녀의 가면을 벗어던진 유키가 거무튀튀한 미소를 머금으며 말했다.

"도망쳤군요."

이어서 비아냥거리는 듯한 웃음을 흘리더니, 그대로 거실로 가버렸다.

(이봐!! 정전 협정 맺은 걸 잊은 거냐?!)

마음속으로 그렇게 외친 순간, 아리사의 등 뒤에서 솟구친 투지를 본 마사치카는 허둥지둥 그녀를 달랬다.

"진정해. 도발에 넘어가지 마. 방금 그건 우리 사이를 어색하게 만들려는 유키의 계략이야."

"……."

아리사가 미간을 찌푸리면서 자신을 노려보자, 마사치카는 진정하라는 듯 손을 들어 보였다.

"진정하라니까 그러네. 내 말 잘 들어. 도발에 말려들어서, 혹은 한때의 감정에 휩쓸려서…… 키스를 한다면, 나중에 분명 후회할걸?"

"……."

마사치카가 그렇게 말하자, 아리사는 언짢은 표정으로 유키가 나간 문을 노려봤다. 그리고 코웃음을 치며 조리대를 향해 돌아섰다.

"……이제 국수방망이를 찾으면 되지?"

"으, 응."

아무래도 납득한 것 같다고 생각한 마사치카는 가슴을 쓸어내리며 냉장고를 향해 돌아섰다. 수박을 품에 안고, 팔꿈치로 냉장고를 닫으려—.

【후회 따위, 안 해.】

(크, 억…….)

느닷없이 그런 러시아어가 들려오자, 마사치카는 수박을 놓칠 뻔했다. 하마터면 여기서 수박 깨기(사고)를 할 뻔한 마사치카는 허둥지둥 수박을 다시 안아 들었다.

(너란 애는, 정말……!)

유키의 계략이라면 피할 수 있다. 그 어떤 기습에도, 대응할 자신이 있다. 하지만, 이 파트너의 러시아어 발언만은…… 어떻게 피하면 될지 몰라서, 마사치카는 몰래 한숨을 내쉬었다.

제10화 연심

오후 일곱 시가 지났을 때, 학생회 멤버 일곱 명은 별장에서 도보로 20분 거리에 있는 신사에 와있었다.

기나긴 바위 계단을 올라가서 신사의 기둥문을 지나자, 그곳에는 바위를 깔아서 만든 길과 본당이 있었다. 그리고 그 길 양옆에는 노점이 줄지어 있었으며, 비일상적인 활기를 자아내고 있었다.

"오오~. 생각했던 것보다 본격적이네!"

『조그마한 지방 참배일』 정도일 거라고 생각했던 마사치카는 이 많은 노점과 사람들을 보고 무심코 그렇게 외쳤다. 그러자 유카타를 걸친 토우야가 약간 의기양양한 미소를 지으며 말했다.

"놀랐어? 그리고 폭죽의 규모도 상당하지. 시간이 되면 가마도 등장하거든. 본당 앞에서 출발해서 신사 주위를 한 바퀴 돌아."

"진짜인가요……."

토우야의 말을 들은 여성들이 감탄과 놀람이 반반씩 섞인 듯한 반응을 보였다. 그녀들은 미리 짠 것도 아닌데 다들 화사한 유카타를 입었으며, 그 모습을 본 마사치카는 「유카타를 가져오길 잘했어……」 하고 진심으로 생각했다.

(할아버지에게 보내달라고 부탁하길 잘했어……. 이 정도 규모의 축제에, 나 혼자만 평상복 차림으로 온다면 정말 최악이었을 거야.)

그런 사태를 겨우 모면한 마사치카는 가슴을 쓸어내렸다.

그건 그렇고, 여성들은 참 화사했다. 흑발 순수 미인인 치사키와 유키, 아야노는 말할 필요도 없이 잘 어울렸다. 그리고 아리사와 마리야도…… 기모노 체험을 하는 외국인 관광객 같은 느낌이지만, 참 아름다웠다.

이 두 사람처럼 가슴이 큰 여성은 허리띠가 느슨해지면 뚱뚱해 보인다는 곤란한 점이 있지만…… 그래도, 유카타를 맵시 있게 입어서 커버하고 있다. 두 사람에게 유카타를 입혀준 아야노의 메이드 파워가 빛을 발했다. 그래도 마리야는 「기술로 커버할 수 있는 질량에도 한계가 있구나……」 라는 느낌이 배어 나오고 있었다.

"뭐, 일단 돌아볼까."

"그러죠."

줄지어 있는 노점을 일단 차례차례 돌아보기로 했지만…… 이렇게 아름다운 미소녀가 모여 있으면 발생하는 폐해인지, 얼마 지나지 않아 낯선 남자 집단이 말을 걸어왔다.

"저기~ 저기~ 너희들, 관광객이야?"

"우와, 대박! 완전 귀여운 애가 있잖아!"

언뜻 보니 대학생으로 보이는 6인조 남성 그룹이다. 다들 평상복 차림에 짐도 들고 있지 않은 것을 보면, 축제를 즐기려고 온 게 아니란 사실을 바로 알 수 있었다.

말을 걸어온 시점에 토우야와 마사치카가 앞으로 나섰지만, 두 명 대 여섯 명인지라 여성들 전원을 감싸줄 수는 없었다. 이런 상황에 익숙한 것처럼 좌우로 흩어진 남성 그룹은 반원 형태로 퍼져서 퇴로를 차단하더니, 여성들을 뜯어보기 시작했다.

"무슨 일이죠? 헌팅이라면 됐으니까, 다른 곳으로 가주시겠어요?"

"음. 우리는 순수하게 축제를 즐기러 왔을 뿐이니까, 비켜줬으면 해."

마사치카가 딱 잘라 거절했고, 토우야가 팔짱을 끼며 위압했다. 하지만 상대는 히죽거리기만 할 뿐, 물러서지 않았다.

"너무 그러지 말라고. 우리는 이 지역 사람이거든~. 안내해줄게~."

"너희들, 되게 귀엽네~. 이름이 뭐야?"

"저기, 원래 머리색이 그런 거야? 아, 일본어 알아들어?"

마사치카와 토우야가 눈앞의 남자와 이야기를 나누는 사이에도 다른 남자들이 여성들에게 뻔뻔하게 말을 걸어대자, 마사치카는 말로 형용할 수 없는 혐오감을 느꼈다. 토우야와 시선으로 의사소통을 하며 옆으로 이동한 마사치카는 유키와 아리사의 앞에 서서 남자들을 노려봤다.

“저기, 진짜로 그만해주겠어요? 여자애들이 무서워하니까, 둘러싸고 압박하지 말아 주세요. 너무 끈질기게 굴면 경찰을 부를 거예요.”

“에이, 되게 호들갑 떠네~.”

“압박하기는 무슨~. 저기, 이름 알려줘. 왓츠 유어 네임~?”

남자는 그 말을 듣고도 장난스러운 태도로 마사치카의 뒤편에 있는 아리사와 마리야에게 말을 건넸다. 짜증이 나서 표정이 굳은 마사치카의 뒤편에서, 러시아어로 나누는 대화가 들려왔다.

원숭이는 산으로 돌아가 버려
“Обезьяна, возвращайся назад в лес!”

우와~, 기분 나빠~
“Фуу, противно!”

“푸읍?!”

등 뒤에서 신랄한 러시아어가 들려오자, 마사치카는 이런 상황에서도 웃음을 터뜨릴 뻔했다.

“푸핫, 어느 나라 말이야? 대박이네.”

하지만 한 남자가 웃으면서 아리사를 향해 손을 뻗은 순간, 마사치카는 자신의 의식이 전환되는 것을 느꼈다. 원만하게 해결할 생각이 순식간에 머릿속에서 사라지더니, 남자의 손목을 움켜잡고 인정사정없이 힘을 주며 노려봤다.

"건드리지 마."

열기가 전혀 느껴지지 않는, 냉철한 목소리였다. 그와 동시에 마사치카의 온몸에서 범상치 않은 살기가 뿜어져 나오자, 평소의 그를 아는 학생회 멤버들은 숨을 삼켰다. 마사치카가 노려본 남자 또한 미소를 지우며 한 걸음 물러섰다. 하지만 그런 자신을 부끄러워하듯 시선을 날카롭게 만들더니, 험악한 어조로 위협했다.

"……아앙? 너, 뭐야? 이 손 놔."

두 사람 사이에서 날 선 분위기가 감돌더니, 그것은 순식간에 주위로 전파됐다. 여섯 명의 남자에게서 장난스러운 태도가 사라지더니, 불온한 분위기가 감돌기 시작했다. 그 모습을 본 토우야가 각오를 다졌고, 유키는 몰래 주먹을 말아 쥐었으며, 아야노는 소매 안에서 나온 샤프 세 자루를 손가락 사이에 끼웠다. ……급격하게 흉흉한 분위기가 형성되는 가운데, 갑자기 왼편에 서 있던 남자 두 명이 소리 없이 쓰러졌다.

전원이 일제히 그쪽을 돌아본 순간, 마사치카의 앞에 있던 남자 두 명이 뒷덜미에 한 방씩 얻어맞고 기절했다. 순식간에 남자 네 명을 기절시킨 이는, 이제까지 침묵을 지키고 있던 세이레이 학원 부회장이었다.

"아, 니—?"

"어…… 엇?"

남은 두 남자는 상황을 파악하지 못한 건지, 눈을 치켜뜨며 뒷걸음질을 쳤다. 치사키는 그들에게 정면에서 다가가더니, 눈에 보이지 않는 속도로 그들의 턱에 일격을 날려서 기절시켰다.

몇 초 만에 남자 여섯 명을 쓰러뜨리자, 멀찍이서 쳐다보고 있던 이들이 술렁거렸다. 하지만 치사키는 그런 구경꾼들에게는 시선을 주지도 않으며 남자들의 멱살을 잡더니, 양손으로 두 명씩 번쩍 들면서 토우야를 쳐다봤다.

“아, 토우야. 미안한데 저 두 명 좀 맡아줄래?”

“……그래. 알았어.”

연인의 부탁을 들은 토우야가 복잡한 표정을 지으며 고개를 끄덕였다. 그리고 토우야가 남자 두 명의 멱살을 잡고 번쩍 들어 올리는 모습을 본 치사키가 별일 아니라는 투로 이렇게 말했다.

“미안하지만, 먼저 가줄래? 나는 이 녀석들을 곱게 접어서 포갠 후에 방해 안 되는 곳에 차근차근 쌓아놓고 올게.”

“웬만해서는 인체에 쓰이지 않을 표현이네요. 곱게 접어서 포개…… 어?”

“응? 보고 싶어?”

“사양할게요.”

마사치카가 정색을 하며 그렇게 답하자, 치사키는 「그래?」 하며 한쪽 눈을 슬쩍 치켜뜬 후에 노점 뒤편에 있는 숲으로 향했다. 의식을 잃은 6인조가 경내의 숲으로 사라졌다. 밤의 어둠에 휩싸인 저 숲이 왠지 나락 입구처럼 보인 마사치카는 고개를 돌렸다.

"휴……."

그리고 숨을 길게 내쉬면서 머리를 식힌 후, 남은 네 사람을 향해 깊이 고개를 숙였다.

"죄송해요. 제가 괜히 나선 바람에, 여러분을 위험에 처하게 했어요."

조금 전의 흉흉한 분위기는 어디 간 건지, 감정적으로 상황을 어지럽힐 뻔했던 것을 사과하는 마사치카를 본 아리사는 얼이 나간 것처럼 눈을 깜빡였다. 하지만 곧 마사치카의 어깨에 손을 얹더니, 우물쭈물 그를 감싸주는 듯한 발언을 입에 담았다.

"무, 무슨 소리야……. 우리를 지키려고 나서줘서, 기뻤어. 그러니까 고개 들어."

그 뒤를 이어 다른 세 사람도 차례차례 입을 열었다.

"괜찮아요. 상대방도 웬만해선 물러서지 않을 눈치였고요."

"정말 멋지셨습니다. 온몸이 다 떨릴 지경이었죠."

"사과 안 해도 돼~. 멋있었거든! 자, 축제를 돌아보자~."

아리사에 이어 마리야도 상냥히 어깨를 두드려주자, 마사치카는 고개를 들었다. 그러자 걱정스러운 눈길을 머금은 아리사와 위로하는 미소를 머금은 마리야가 눈에 들어왔다. 바로 그때, 마리야가 마사치카와 아리사의 손을 움켜잡았다.

"두 사람 다 저기 좀 봐~. 솜사탕을 파네~."

"으, 응."

"아, 저는 솜사탕을 그다지……."

"그래? 그럼 아랴, 같이 가자~."

마사치카가 무심코 사양하자, 마리야는 아리사와 함께 솜사탕 노점으로 향했다. 그런 두 사람을 쳐다보던 마사치카는 곧 자신이 선배의 배려를 거절했다는 것을 깨닫고 후회했다. 하지만 머릿속을 바로 축제 기분으로 바꾸는 건 무리였다. 네 사람에게 용서를 받기는 했지만, 자신의 격한 감정에 사로잡혀서 사태를 악화시킨 끝에 선배에게 뒤처리까지 하게 했다는 사실은 엄연한 사실이다. 마사치카는 자신의 경솔함을 반성할 수밖에 없었다.

그런 오빠의 마음을 눈치챈 건지, 슬그머니 다가온 유키가 작은 목소리로 말을 건넸다.

"너무 풀 죽지 마. 아까는 꽤 멋있었다고~."

"그거 참 고맙네……."

"너무 신경 쓰지는 마. 여자애를 위해 화내는 건 정의거든? 아랴 양도 콩닥콩닥~했을 거야."

"대체 무슨 소리를 하는 거야……."

마사치카는 어이가 없어서 한숨을 내쉬었지만, 여동생과

이렇게 오타쿠 토크를 나누다 보니 마음이 좀 풀렸다. 그러다가 할 말이 생각난 그는 동생을 노려보며 입을 열었다.

“아, 맞다. 너, 정전 협정은 어떻게 된 거야?”

시선으로 「왕 게임 후의 그 도발은 대체 뭔데?」라고 묻자, 유키는 바보를 본 듯한 눈길로 쳐다봤다.

“뭐? 정전 협정은 방심한 상대의 허를 찌르기 위해서 맺는 거잖아?”

“크으, 부정을 못 하겠어.”

“그리고 그건 이 기회에 두 사람을 확 가까워지게 해주려는 센스 만점 어시스트였거든?”

“괜한 참견이야…….”

“무~슨 소리 하는 거야. 이번 여름 방학 동안, 친밀도가 꽤 상승하지 않았어? 응?”

“아니, 그렇지는…….”

여동생이 구경꾼 근성을 발휘하며 팔꿈치로 찔러대자, 마사치카는 부정하면서 생각해봤다. 여름 방학 동안 아리사와 만든 추억을…… 떠올려 보니, 아리사의 화난 얼굴만 생각나서 「어?」 하며 얼어붙었다.

(승천할 뻔하고, 걷어차이고, 두들겨 맞고…… 어라? 진짜로 친밀도가 전혀 상승하지 않은 거 아냐? 오히려 하락하지 않았어?)

아무리 머리를 쥐어짜 내도, 사고 친 기억만 생각났다. 가까워지는 건 고사하고, 정나미가 떨어지지는 않았을지 걱정해야 할 레벨이었다.

(어, 거짓말……. 나, 여름 방학 동안 완전 쓰레기 같았네……?)

위기감을 느낀 마사치카는 솜사탕을 들고 돌아오는 쿠죠 자매를 쳐다보면서 작게 중얼거렸다.

"나…… 아랴한테 점수 좀 따고 올게."

위기감으로 가득 찬 마사치카의 얼굴을 보고 뭔가를 눈치챈 건지, 유키는 뜨뜻미지근한 눈길을 머금으며 오빠를 배려했다.

"……그래, 다녀와~. 그럼 나는 초코바나나로 아야노에게 봉사의 마음가짐을……."

"하지 마, 바보야."

"……농담이야. 그래……. 아, 저기 있는 뽑기 가게 주인의 눈물을 쥐어짜고 올게."

"……적당히 해."

"아, 맞다. 카메라 빌려줄게~. 좋아. 아야노, 가자~."

"네, 유키 님."

디지털카메라를 넘겨주고 의기양양하게 뽑기 가게로 향하는 두 사람을 마사치카가 배웅하고 있을 때, 아리사와 마리야가 돌아왔다. 그쪽을 돌아본 마사치카는 무심코 눈을 치켜떴다.

"오오……."

"어? 왜 그래?"

"아, 솜사탕을 들고 있을 뿐인데도 한 폭의 그림 같거든."

"어머, 정말이야~?"

"……갑자기 무슨 소리를 하는 거야?"

마리야는 부드러운 미소를 머금으며 볼에 손을 댔고, 아리사는 어떤 반응을 보이면 좋을지 모르겠다는 듯 눈썹을 살짝 모았다. 하지만, 방금 그 말은 점수 따려고 한 말이 아니라 진심이었다. 유카타와 솜사탕. 그게 전부인데도 한 폭의 그림 같았다. 무심코 카메라를 들어서 셔터를 누르고 말 정도로 말이다.

"아, 잠깐만…… 찍을 거면 미리 말 좀 해."

"아, 셔터 찬스를 놓치고 싶지 않아서…… 싫으면 지울게."

"딱히…… 싫은 건 아니지만…… 표정이, 이상하다거나……."

"안심해. 그 어떤 표정을 지어도 멋지게 찍힐 거야."

"아, 응……."

난처해진 아리사는 고개를 휙 돌리면서 솜사탕을 베어 물었다. 그 모습을 흔훈하게 지켜보던 마리야는 아리사가 노려보자, 시선을 슬며시 돌리면서 화제를 바꿨다.

"그런데 유키와 아야노는 어디 간 거야~?"

"뽑기하러 갔어요."

"뽑기?"

"으음, 어떻게 설명하면 좋을지 모르겠네요. 설탕을 얇게 굳혀서 만든 과자를 받은 후, 거기에 그려진 그림을 바늘이나 이쑤시개 같은 걸로 도려내는 건데…… 그 과자를 깨뜨리지 않고 무사히 도려내면, 상금이나 상품을 받아요."

"흐음~ 재미있겠네~."

"초보자한테는 권하고 싶지 않네요……. 열중했다간 시간이 금방 지나가거든요."

"그래? 그럼 나중에 하는 편이 좋을까~?"

"네. 우선 다른 곳을 돌아본 후, 나중에 시간이 남으면 가봐도 되지 않을까 싶네요."

마리야에게 그렇게 말한 마사치카는 아리사가 금붕어 건지기 가게를 쳐다보고 있다는 걸 눈치챘다. 참고로 들고 있던 솜사탕은 어느새 일개 막대가 됐다. 참 불가사의한 일이다.

"아랴, 금붕어 건지기를 해보고 싶어?"

"응, 좀 흥미가 있어."

"아, 그럼 해보자. 마샤 씨는 어때요?"

마음속으로 「멋진 모습을 보여줄 기회!」 하고 생각한 마사치카가 마리야를 쳐다보니, 그녀는 솜사탕을 들어 보이며 대답했다.

"나는 아직 이게 남았으니까, 구경만 할래~."

“그럼 이것 좀 가지고 있어 줄래?”

“그래~. 아, 카메라도 내가 들고 있을게~.”

“아, 네. 고마워요.”

막대와 카메라를 마리야에게 건네준 두 사람은 금붕어 건지기 가게로 향했다. 그리고 가게 주인아저씨에게 200엔을 건네주고 뜰채 세 개와 조그마한 사발을 건네받은 후, 비닐풀 앞에서 몸을 웅크렸다.

그리고, 이 시점에…… 마사치카는 눈치챘다. 「아, 이 녀석은 풋내기구나」 하고 말이다.

우선 물이 담긴 사발을 손에 들고 있는 것만으로도 아웃이다. 저래선 걷어 올려야 하는 거리가 넓어져서, 뜰채에 가해지는 대미지가 커진다. 게다가 수조를 들여다보는 것도 좋지 않다. 수면에 그림자가 생기면, 금붕어는 도망친다. 도망치는 금붕어를 억지로 건지려 하면, 그대로—.

“아—.”

뜰채 하나가 벌써 찢어진 아리사는 낮은 신음을 흘렸다. 그리고 날카로운 시선을 머금으며 두 번째 뜰채를 쥐는 아리사를 보면서, 마사치카는 사발에 물을 가득 채운 후에 수면에 띄워놨다. 그리고 그 사발의 그림자를 이용해 자기 쪽으로 금붕어를 유인하더니, 수면을 가르듯 뜰채를 비스듬히 집어넣었다.

“에잇.”

기세를 죽이지 않으며, 원을 그리는 움직임으로 금붕어를 사발에 던져 넣었다. 그렇게 두 마리, 세 마리, 연이어 금붕어를 잡는 마사치카를 본 마리야가 환성을 질렀다.

"쿠제, 대단해~."

그 순수한 칭찬을 듣고 기분이 좋아진 마사치카는 몸에 익힌 기술을 유감없이 발휘했다. 원래는 어느 정도 솜씨를 선보인 후에 아리사에게 조언을 해줄 작정이었지만…… 마리야의 환성에 기분이 좋아진 나머지, 괜히 세 마리 동시 잡기 같은 것을 선보였다. 결국 최종적으로 마사치카가 뜰채 세 개를 다 소모한 후에는, 사발 안이 금붕어로 가득 찼다. 서른 마리는 가볍게 넘게 잡은 것 같았다.

"우와, 완전 달인이네~."

"훗……."

마사치카는 마리야에게 박수를 받고 만족한 듯 미소를 머금으며 아리사를 돌아봤고…… 분한 듯 텅 빈 사발을 노려보는 그녀의 모습이 눈에 들어오자, 그의 미소는 딱딱하게 굳어졌다.

(윽, 압승을 하면 어떻게 해! 아니, 애초에 승부가 아니었지만 말이야!)

마사치카는 자기가 아리사에게 점수를 딴다는 목적을 까맣게 잊고 금붕어 건지기에 열중했다는 사실을 눈치챘다. 상냥하게 금붕어를 건지는 법을 알려줘서 호감도를 올린다는 계획은 어디 간 것일까.

"으음~, 아랴……. 금붕어 건지는 법, 가르쳐줄까?"

"……됐어. 그만할게요."

마사치카는 뒤늦게 조언을 해주겠다는 제안을 해봤지만, 아리사는 그 제안을 짤막한 말로 거절하더니, 찢어진 뜰채와 사발을 가게 주인에게 돌려주며 자리에서 일어났다. 자기가 한 짓을 후회한 마사치카는 금붕어를 받지 않고 그녀를 뒤쫓아갔다.

"아, 저쪽에서는 요요 낚시를 하네. 이번에는 저걸 안 할래?"

그리고 어떻게든 만회를 해보려고 아리사를 요요 낚시 가게에 데려가려 했다. 이쪽은 시간제인지, 30초에 100엔으로 요금이 설정되어 있었다. 경기장 트랙 같은 느낌으로 가운데 부분이 빈 타원형 수조에는 다양한 색깔의 물풍선이 떠 있었다. 그것을 본 마리야가 손을 들었다.

"나, 해보고 싶어~."

"……그럼 나도 할래."

"그럼 셋이서 할까요."

셋이서 나란히 몸을 웅크리고 앉아서, 끝부분이 네 갈래로 갈라진 후크가 달린 낚싯줄을 들었다. 그리고 가게 주인의 카운트다운에 맞춰, 일제히 물풍선의 고무 밴드 부분을 노렸지만…….

"앗— 으으."

"아앙, 정말~."

아리사와 마리야는 가벼워서 계속 흔들리는 낚싯줄 때문에 고전하고 있었다. 후크가 생각보다 원하는 방향으로 향하지 않았고, 고무 밴드에 걸치더라도 금방 빠지는 탓에 낚아 올릴 수가 없었다. 그러는 사이에 20초가 흘렀지만, 아직 성과는 제로였다.

그런 와중에…… 마사치카는 양옆에 있는 두 사람을 의식하면서, 기회를 노렸다.

(두 사람 다 고전하네……. 좋아, 실력 좀 뽐내볼까. 멋지게 물풍선 세 개를 낚아서, 아까 금붕어 건지기에서 범한 실수를 깨끗이 청산해주겠어!)

마사치카는 의욕에 찬 눈길로 수면을 응시했다. 그리고 남은 시간이 4초가 됐을 때, 기회가 찾아왔다.

(—지금이다!)

물의 흐름과 반대 방향으로 튀어나온 고무 밴드에 재빨리 후크를 건 마사치카는 낚싯줄을 비스듬히 잡아당겼다. 그리고 끈이 팽팽해지면서 후크가 고정된 한순간을 이용해, 부근에 있는 고무 밴드를 두 개나 더 후크에 걸었다.

"좋았어!"

"어, 세 개?!"

"우와, 대단해~!"

노리던 대로 물풍선 세 개를 한 번에 낚아 올린 마사치카는 회심의 미소를 머금었다. 그리고 그 타이밍에 30초 카운트다운을 하던 타이머가 울렸고…… 그와 동시에, 무게를 견디지 못한 후크가 끈에서 빠지면서 수면에 떨어졌다.

"어—?!"

첨벙하고 수면을 때리는 소리에 이어 물이 사방으로 튀더니, 그 물줄기는 마사치카의 다리와 양옆에 있는 두 사람에게 흩뿌려졌다.

"아, 미, 미안해!"

아름다운 유카타에 물을 튀긴 마사치카는 죄책감에 사로잡히며 허둥지둥 손수건을 꺼냈지만, 그렇다고 자기가 손을 닦는 데 쓴 손수건을 건네주는 것도 주저됐다. 그러는 사이, 두 사람은 자신의 손수건을 꺼내서 물을 닦고 말았다.

"미안해……."

"괜찮아. 일부러 그런 것도 아니잖아."

"물이 많이 튄 것도 아니니까, 너무 신경 쓰지 마~. 그것보다, 쿠제도 빨리 닦아."

"아, 미, 미안해요."

마리야가 마사치카의 유카타에 튄 물을 닦아주자, 그는 황송해했다. 결국 마지막에 낚은 물풍선은 받아서, 다들 물풍선을 하나씩 손에 넣었지만…… 마사치카는 두 사람의 유카타를 물에 젖게 했다는 죄책감에 사로잡혔다.

(아, 아냐, 아직 멀었어! 만회할 기회가 분명 있을 거야!)

그렇게 생각한 마사치카는 멋진 모습을 보여주자고 생각하며 의욕을 불태웠지만…… 그 후에도 그 의욕은 헛돌기만 했다.

과녁 맞히기에서는 마리야가 원하던 인형을 명중시켰지만, 낙하 충격으로 인형의 얼굴에 흠집이 생긴 바람에 분위기가 미묘해졌다. 유카타에 물을 튀긴 것을 사과하는 의미에서 야키소바를 사주려고 했더니, 세 사람의 관계를 오해한 가게 주인이 방송 금지 용어를 연발하며 음담패설을 늘어놨다.

고리 던지기에서는 1등 상품인 게임 소프트를 땄지만, 뒤쪽에 서 있던 어린애가 노리던 경품을 다른 사람이 먼저 따간 탓에 울음을 터뜨리면서 분위기가 확 가라앉았다. 마사치카도 그 게임이 탐났던 것은 아니기에 그 애에게 게임 소프트를 줘서 울음을 그치게 했지만…… 그런다고 한번 망가진 축제의 즐거운 분위기가 되살아나지는 않았다.

"……저기, 미안해요."

자식의 손을 끌면서 연신 고개를 숙이며 멀어져가는 부부를 쳐다본 후, 마사치카는 두 사람에게 사과했다.

"어? 왜 사과하는 거야? 좋은 일 했잖아~."

"아니, 그게…… 아까부터 순수하게 축제를 즐기지 못한 것 같아서……."

마사치카가 자조 섞인 웃음을 흘리자, 아리사는 약간 난처한 듯 미소 지으며 말했다.

"마사치카 탓은 아닌걸……. 자, 이거라도 먹고 기운 내."

그렇게 말한 아리사는 시선을 살짝 돌리면서, 손에 쥔 초코바나나를 마사치카에게 쑥 내밀었다.

"어, 고, 고마워……?"

한순간 「간접 키─」와 「마리야 님이 보고 계─」 같은 생각이 마사치카의 머릿속을 스쳤지만, 그는 아리사가 내민 초코바나나를 반사적으로 한 입 베어 물었다. 하지만…… 간접 키스를 피하려고, 한가운데 부분을 베어 문 것은 실수였다.

"아─!"

초코바나나는 마사치카가 베어 문 부분에서 부러지더니, 윗부분이 떨어지고 말았다.

아리사가 반사적으로 손을 내밀어서 잡으려 했지만, 떨어진 바나나는 아리사의 손에 부딪혀 튕겨 나면서 그대로 지면에 떨어졌다.

"아아……."

"아, 미안해!"

"어머나~ 아깝네~."

변명할 수 없는 실수를 범한 마사치카가 그 자리에서 굳어버린 사이, 마리야가 몸을 웅크리며 바나나를 주워 들었다.

"으음, 쓰레기를 버릴 겸 손을 씻고 올까?"
"……그래. 아, 마사치카는 여기서 기다려."
"아, 아냐. 나도 같이……."
"기다리고 있어."
여자들끼리 돌아다니게 할 수는…… 하고 생각한 마사치카가 같이 가겠다고 말했지만, 아리사가 딱 잘라 대기를 명했다. 그러자 마사치카는 두 사람의 손 씻는 것 이외의 의미에서 화장실에 다녀오려 한다는 것을 눈치챘다.
"아, 그럼…… 다녀와."
거기까지 생각이 미친 마사치카는 섬세함이라고는 눈곱만큼도 없는 발언을 한 것을 반성했다.
뭐라 말할 수 없는 심정으로 두 사람을 배웅했을 때, 반대편에서 유키와 아야노가 다가왔다.
"기다리게 해서 죄송합니다, 마사치카 님."
"아…… 뽑기는 다 했어?"
"응. 니알라토텝과 슈브 니구라스를 성공하니까, 가게 주인아저씨가 울상을 짓길래 그냥 봐줬어."
"어떤 모양일지 상상이 안 되지만, 굉장히 어려울 것 같다는 건 알겠네."
마사치카는 힘없는 목소리로 태클을 날린 후에 한숨을 내쉬었다. 풀이 죽은 오빠를 본 유키는 한쪽 눈을 살짝 치켜떴다.

"왜 그래? 무슨 일 있었어?"

"유키…… 나, 오늘은 제대로 풀리는 일이 하나도 없는 것 같아……."

"으, 응? 진짜로 왜 이러는데? 금방이라도 울음을 터뜨릴 것 같잖아."

가라앉을 대로 가라앉은 모습으로 우는 소리를 대놓고 늘어놓는 마사치카를 본 유키는 표정이 굳었고, 아야노는 몇 번이나 눈을 깜빡였다.

하지만 마사치카가 자초지종을 설명하기 전에 토우야와 치사키가 돌아왔기에, 그는 한숨을 한 번 내쉬며 마음을 다잡았다.

"기다렸지~?"

"아, 어서 오세요. 저기, 죄송해요. 저 때문에……."

"어? 아, 신경 쓰지 마. 오히려…… 토우야와 단둘이 축제를 돌아봐서 이득이었거든."

"어머나, 두 분은 참 사이가 좋으시군요."

"음…… 뭐, 연인 사이잖아."

"어머나, 우후후."

두 선배는 약간의 부끄러워하면서도, 어딘가 기뻐 보이는 웃음을 흘렸다. 아까 폭력 사태에 휘말렸던 두 사람의 행복한 모습을 보자, 마사치카도 쓴웃음을 머금으며 어깨를 으쓱했다.

그렇게 다섯 명이 한동안 이야기를 나누다 보니, 곧 아리사와 마리야도 돌아왔다. 그 후에 다 같이 어디에 갈지 이야기를 나누고 있을 때, 본당 쪽에서 둥둥 하는 북소리가 들려왔다.

"어, 가마가 출발했나 보군. 그럼 곧 불꽃놀이가 시작되겠는걸."

토우야의 말대로, 본당 쪽에서 출발한 크고 작은 가마 세 대가 돌길을 따라 이쪽으로 오고 있었다. 사람들이 좌우로 물러나며 길을 비켜주자, 마사치카도 길가로 이동을 하면서 마음속으로 한숨을 내쉬었다.

(불꽃놀이가 시작된다면, 곧 축제가 끝나겠지……. 진짜, 실수 연발이었어.)

아리사에게 범한 실수를 만회할 생각이었는데, 오히려 더 많은 실수를 저지르고만 마사치카는 풀이 죽었다. 바로 그때, 누군가가 그의 유카타 팔꿈치 부분을 잡아당겼다. 고개를 돌려보니, 아리사가 미간을 살짝 모으며 마사치카를 쳐다보고 있었다.

"정말, 표정 좀 풀어. 전에 말했잖아? 그때……."

"어?"

마사치카의 건너편에 있는 다섯 명을 조금 신경 쓰면서, 아리사는 말끝을 흐렸다. 하지만 「그때」라는 말은 너무 추상적이라서, 마사치카는 뭘 말하는지 생각나지 않았다.

"그러니까…… 일전에, 같이 외출했을 때…… 집 앞에서 말이야."

"집, 앞……?"

조바심이 난 아리사가 힌트를 줬지만, 그래도 바로 생각나지 않았다.

(같이 외출했을 때……? 집 앞이면, 맨션 복도 말일까? 그때, 무슨 일 있었나?)

마사치카가 시선을 이리저리 돌리며 기억을 되짚어보고 있을 때, 아리사는「정말!」하고 볼멘소리로 말하면서 마사치카의 볼을 검지로 눌렀다.

"진짜, 여자 마음을 모른다니깐……."

"으, 음? 미안, 해?"

마사치카는 손으로 볼을 감싸며 눈을 껌뻑거렸다. 잠시 동안 그런 마사치카를 째려보던 아리사는 갑자기 미소를 흘리더니, 유쾌한 듯 마사치카의 얼굴을 들여다봤다.

"그건 그렇고…… 마사치카도, 실패해서 풀이 죽을 때가 다 있구나."

"무슨 소리를 하는 거야? 당연하잖아."

눈을 살짝 치켜뜨며 그렇게 대꾸하자, 아리사는 불만을 드러내듯 입술을 삐죽 내밀었다.

"……하지만 항상 너는 무슨 일이든 척척 해내는걸. 일이 잘 풀리지 않더라도, 풀이 죽지는 않을 거라고 생각했어."

"……그렇게 보였다면, 내가 그런 식으로 보여준 거야. 실은 남들처럼 풀이 죽기도 해."

마사치카는 그 말을 한 후, 곧 자신이 괜한 소리를 했다고 여기며 후회했다.

(야, 이 멍청이야. 자기 입으로 자신의 꼴사나운 면을 폭로하면 어떻게 하냐고.)

마사치카는 마음속으로 그렇게 투덜거렸지만, 아리사는 「흐음~」 하고 말하면서 마사치카에게 반걸음 다가와 그와 팔을 살며시 맞댔다. 그리고 앞을 바라보며 마사치카의 손을 움켜쥐었다.

"어? 아, 아랴?"

마사치카는 그 갑작스러운 행동 탓에 동요했지만, 아리사는 그를 쳐다보지 않으며 조용히 입을 열었다.

"……앞으로는, 숨기지 말고 그런 모습도 보여줘."

"뭐?"

"나도…… 너의, 버팀목이 되고 싶거든? 파트너니까, 말이야."

입술을 삐죽 내민 아리사가 언짢은 투로 그렇게 말했다. 하지만 그녀가 단순히 멋쩍어하고 있을 뿐이라는 것은, 마사치카가 아니더라도 알 수 있을 만큼 명백했다. 그것을 아는지 모르는지, 아리사는 불만을 쏟아내듯 말을 이어갔다.

"항상 도움을 받기만 하는 건 직성에 맞지 않아……. 그러니까, 때로는 나도 너를 돕게 해줘."

"뭐 그런 명령이 다 있냐고."

말투와 달리 귀여운 내용의 명령이었기에, 마사치카는 무심코 실소를 터뜨렸다. 그 순간, 아리사는 날카롭게 노려보면서 맞잡은 마사치카의 손에 손톱을 세웠다.

"시끄러워, 웃지 마."

"아야야. 미, 미안해."

마사치카는 사과를 하면서도 웃음을 흘렸다. 아리사의 서툴지만 솔직한 말을 듣자, 풀이 죽어 있던 마사치카의 마음이 훈훈해졌다.

"고마워. 그 마음만으로도 기뻐."

마사치카는 아리사의 눈을 응시하며, 상냥한 어조로 그렇게 말했다. 그것은 마사치카에게 있어 숨김없는 진심이었다. 실제로 아리사가 방금 한 말과 마음만으로도, 자기혐오에 빠져있던 마사치카의 마음은 구원받았다. 하지만, 아리사는 그렇게 받아들이지 않은 것 같았다.

"뭐야……. 내가 이렇게까지 말하는데도, 또 그런 소리를 하는 거야?"

"어, 어?"

아리사가 진심으로 언짢은 것처럼 인상을 쓰자, 마사치카는 당황했다. 그리고 아까 자신이 한 「그 마음만으로도~」라는 말을 사양의 의미로 받아들였다는 것을 눈치채고, 허둥지둥 변명했다.

"아니, 그런 게—."

"이제 됐어. 진짜 열받네."

아리사는 언짢은 어조로 그렇게 말하더니, 손을 확 놓으며 돌아섰다.

"어, 어……?"

"따라오지 마."

그리고 그런 말을 남기더니, 어딘가로 가버렸다. 마사치카가 뻗은 손이, 갈 곳을 잃은 것처럼 허공을 갈랐다.

"으, 으음……."

쫓아가야 할까, 쫓아가지 말아야 할까. 망설이는 사이, 이번에는 등 뒤에서 누군가가 그의 소매를 당겼다. 고개를 돌려보니 유키가 눈에 들어왔다. 그녀의 뒤편에는 어느새 가까이 다가온 가마가 있었다.

"마사치카 씨, 카메라 주세요."

"어, 그래."

유키의 말에 따라 디지털카메라를 넘겨주자, 그녀는 가마를 향해 카메라를 들며 셔터를 눌렀다.

"회장님, 사라시나 선배. 같이 찍어드릴게요."

"어, 그래 줄래?"

"아. 고마워, 스오우."

그리고 다른 멤버에게 초점을 맞추며 사진을 찍기 시작

했다. 그 모습을 멍하니 보고 있을 때, 아리사가 돌아왔다.

"아, 어서, 와?"

돌아온 아리사를 보고 안도하면서도…… 그녀가 손에 들고 있는 물건을 본 마사치카는 무심코 고개를 갸웃거렸다. 그것은 새하얀 접이식 용기였다. 용기의 틈새로 보이는 것은 바로 타코야키였다.

"……그렇게 먹고 싶었어?"

"아냐."

아리사는 마사치카를 노려보며 그렇게 말한 후, 약간 가학적인 미소를 머금었다.

"게임을 하자."

"뭐? 게임?"

"응."

그 순간 다른 학생회 멤버의 시선은 근처까지 다가온 선두의 가마에 쏠려 있었다. 하지만 마사치카와 아리사는 주위의 소란스러움을 개의치 않으며, 서로만을 응시했다.

"유키 양이 내렸던 명령을 실행하지 않고 넘어가는 건 도망치는 것 같아서 분하지 않아?"

"으윽?! 어, 으음…… 아니, 하지만, 말이야……."

아리사가 뜻밖의 말을 하자, 유키의 명령……『서로에게 키스』를 떠올린 마사치카는 격렬하게 동요했다. 그리고 동요한 상태에서 등 뒤에 있는 유키를 힐끔 쳐다본 후, 낮은 목소리로 말했다.

"그건, 좀…… 그렇지 않아?"

"나는 상관없어. 도망쳤다고 여겨지는 게 싫거든."

"으으……."

아리사가 결의에 찬 눈길로 응시하자, 마사치카는 얼이 나갈 뻔했다. 하지만 어떻게든 설득을 해보려고, 시선으로 주위를 가리키며 아리사에게 말했다.

"하지만…… 여기서, 할 거야?"

마사치카가 더듬더듬 그렇게 말하자, 아리사는 의기양양한 미소를 머금었다.

"그러니, 게임을 하자……. 네가 이기면, 별장에 돌아가서 너를 위로해줄게. 그래…… 무릎베개를 해주며 머리를 상냥하게 쓰다듬은 후, 이마에 키스해주는 건 어때?"

"어, 지…… 진심이야?"

무심코 그 광경을 상상한 마사치카는 진지한 목소리로 되물었다. 평소 자신을 매몰차게 대하는 아리사가, 무릎베개를 해주며 상냥히 위로해준다. 게다가 이마에 키스까지 해준다는 것이다. 딱히 위로를 받을 만큼 풀이 죽은 건 아니지만, 그래도 그 제안은 매우 매력적이었다.

마사치카가 남자의 마음을 자극당한 가운데, 아리사는 도발적으로 턱을 치켜들며 말했다.

"하지만, 너도 리스크를 짊어져야 하지 않겠어? 내 무릎

베개는 싸구려가 아니거든."
"……좋아. 뭘 시킬 건데?"
"그래……. 맞아. 나를 다른 곳으로 데려가는 건 어떨까?"
"뭐?"
마사치카가 눈을 깜빡이자, 아리사는 씨익 웃었다.
"이 혼잡한 인파 속에서, 내 손을 잡아끌며 인적 없는 곳으로 간 다음, 거기서 나에게 키스하는 건 어때? 그것도…… 정열적으로, 말이지."
아리사가 그렇게 말하자, 마사치카는 놀란 표정을 지었다.
"……악랄한 수치 플레이네. 그 정도면 드라마의 클라이맥스 장면 아냐?"
"후훗. 다들 깜짝 놀라겠지~? 하지만 이래야 공평하지 않을까? 나도 지면 부끄러운 짓을 해야 하는걸. 너도 그 정도는 해줘야 하지 않겠어?"
"……그런데, 어떤 게임을 할 건데?"
마사치카가 그렇게 묻자, 아리사는 타코야키가 놓인 용기를 들어 보였다.
"룰은 간단해. 이 러시안룰렛 타코야키에서, 꽝을 뽑은 사람이 지는 거야."
"러시안? 러시아인인 아랴와? 아니, 그것보다 왜 축제에 그런 걸 파는 가게가 있는 건데? 그것보다, 꽝에는 뭐가 들어있는 거야?"

"대량의 고추냉이래."

"연예인이 방송에서 먹을 법한 거네……. 잠깐만, 그러면 먹더라도 시치미 뗄 수 있지 않아?"

마사치카는 그 말을 한 후에 「아, 둘이니까 참아봤자 의미 없겠지. 자기가 안 먹었다면 상대방이 먹었을 거잖아」 하고 생각했지만, 아리사도 그걸 이해하고 있는지 어깨를 으쓱했다.

"그렇게 되면, 전부 다 먹은 후에 어느 것이 꽝이었는지 상대방이 맞추는 걸로 하자. 못 맞춘다면 무승부인 걸로 하고 2차전을 치르는 거야."

"만약 정답을 고르더라도 거짓말로 둘러댈 수 있을 것 같은데……."

"그때는 신사적으로 행동하는 거야."

"아, 그래. 오케이."

"그럼 선후공은 네가 골라. 어느 쪽을 할래?"

"……그럼 후공을 하겠어."

마사치카는 잠시 생각에 잠긴 후, 후공을 골랐다. 그러자 아리사는 망설임 없이 타코야키에 이쑤시개를 꽂더니, 주저 없이 입에 넣었다.

"자, 네 차례야."

"……응."

그리고 도발적인 미소를 지으며 타코야키를 내밀었다.

마사치카는 그 모습을 보고…… 확신했다.

(이 녀석, 미리 손을 써둔 게 분명해…….)

애초에 이 룰은 매운 것을 잘 먹는 마사치카에게 압도적으로 유리했다. 하지만 아리사의 태도는 이상할 정도로 자신만만했다. 게다가, 꽝을 뽑는 것을 경계하는 기색이 없었다.

거기서 나온 결론은…… 바로, 사기다. 자신의 승리를 확신하고 있으니까, 저렇게 당당한 태도를 취할 수 있는 것이다.

(아, 그래……. 『내 배려를 짓밟은 대가를 치러라』 같은 건가.)

아무래도 조금 전의 「그 마음만으로도 기뻐」란 마사치카의 말이 정말 마음에 들지 않았던 것 같다. 이 게임의 진짜 목적을 눈치챈 마사치카는 어깨를 으쓱했다.

(뭐, 용기를 내서 손을 내밀었는데, 상대방이 됐다며 거절하면 화날 만도 하지……. 오해일지라도 말이야.)

하지만 오해라고는 해도 아리사의 호의를 거절한 것은 사실이다. 용기를 낸 여자애에게 수치를 안겨준 것이나 다름없다. 그렇다면…… 속죄 삼아, 그 계략에 걸려들어줘야 할 것이다. 깨끗이 져준 후, 정열적으로 벌칙을 수행해서 아리사에게 비웃음을 사는 것이다. 그래서 아리사의 마음이 풀린다면, 마사치카로서도 바라 마지않는 일이다.

(으음~, 나도 고추냉이의 매운맛은 즐기지 않는데…….
뭐, 토하거나 뱉지 않도록 조심하도록 할까요…….)

그렇게 생각하며 각오를 다진 마사치카는 타코야키를 하나둘 입 안으로 집어넣었지만…….

(어라? 꽝이 없네?)

세 개째를 먹었을 때, 그는 뜻밖이란 느낌과 함께 약간의 위화감에 사로잡혔다.

"그럼 이걸로 나는 마지막이네."

그렇게 말한 아리사는 역시 주저 없이 네 개째 타코야키를 입에 넣더니, 도발적인 미소를 머금었다. 그 표정에서는 매운맛을 참는 기색을 전혀 찾아볼 수 없었다.

(우연, 인가? 이제까지의 행동을 봐도, 아랴는 필승을 확신하고 있었어……. 우연히 내가, 끝까지 꽝을 뽑지 않았을 뿐일까……?)

"자, 마지막 한 개를 먹어."

"으, 응……."

생각에 잠겨 있던 마사치카는 아리사가 내민 용기에 남아있는 마지막 타코야키에 이쑤시개를 찔러 넣었다. 하지만, 그사이에도 생각은 멈추지 않았다.

(뭐야? 왠지 위화감이…… 하지만…… 아랴에게 불리한 게임, 망설임 없는 행동, 분명 사기를…… 아.)

바로 그때, 마사치카는 눈치챘다. 이 모든 위화감을 설명할 수 있는, 단 하나의 해답을 말이다.

반대다. 아리사는 사기를 치지 않았다. 아니, 사기만 치지 않은 게 아니라…….

(애초부터 꽝이…… 존재하지 않은 것 아닐까?)

그렇다면, 모든 전제 조건이 무너진다. 그렇다. 필승의 전략이 아니다. 오히려 반대다. 이 게임은…….

(……처음부터 꽝이 없으니까, 내가 꽝을 뽑을 일은 없어. 그러니 내가 아랴가 먹은 타코야키 중 어느 게 꽝이었는지를 맞춰야 하는데…… 그게 정답인지 아닌지는 어디까지나 아랴의 자진 신고야. 즉…….)

그렇다. 즉, 이것은…… 아리사가 무조건 패배하는 게임이다.

그것을 눈치챈 순간, 마사치카는 어처구니없다고나 할까, 훈훈하다고나 할까…… 말로 형용할 수 없는 기분에 사로잡히며, 쓴웃음을 흘렸다.

정말, 서툰 위로 방법이다. 게임을 빙자해, 패배자의 벌칙이니 어쩔 수 없다는 핑계를 대며…… 마사치카를 위로해주려는 것이다. 이 상냥한 파트너는 말이다. 하지만…….

(그렇게 하지 않으면, 위로되지 않을 거라고…… 아랴가 여기게 만든, 내 잘못이야.)

모든 것을 이해한 마사치카는 마지막 타코야키를 입에 넣었다. 그리고 그것을 씹었지만…… 역시 매운맛은 전혀 느껴지지 않았다. 그 순간, 아리사가 씨익 웃으면서…….

【내가 이겼어.】

……하고, 중얼거렸다. 그 러시아어를 들은 순간, 마사치카는 자신의 추측이 옳았다는 확신을 가졌고—.

(뭐, 눈치채버렸으니…… 순순히 **이겨 줄** 순 없지.)

마음속으로 혼잣말을 중얼거린 마사치카는 눈을 치켜뜨더니, 손으로 입을 감싸 쥐었다.

"우읍, 큭, 커억?!"

"앗?! 어, 어?"

"큭~~! 우, 우읍~ 아아~, 내가 졌구나."

마사치카가 입 안에 있던 것을 삼키고 고개를 들자, 당황한 듯 눈을 깜빡이고 있는 아리사와 시선이 마주쳤다. 그녀의 당혹과 혼란이 뒤섞인 표정을 본 마사치카는 씨익 웃더니…… 한 손으로 용기를 빼앗은 후, 다른 한 손으로 아리사의 허리를 감싸 안았다.

"그럼 아가씨. 출발하실까요?"

"어, 아, 네—?"

몸을 밀착시킨 상태에서 장난스러운 어조로 던진 질문에 아리사가 눈을 치켜뜬 채 고개를 끄덕이자, 마사치카는 그대로 그녀의 손을 잡고 내달렸다.

"어, 오, 마사치카 씨—?!"

등 뒤에서 유키의 놀란 듯한 목소리가 들려왔지만, 마사치카는 뒤돌아보지 않으며 달렸다. 다섯 명을 내버려 둔 채, 신사의 기둥문 쪽으로 달려갔다.

아리사가 넘어지지 않도록 신경 쓰면서, 마사치카는 인파 속을 나아갔다. 가마를 추월하고, 기둥문이 보이기 시작했을 때…… 펑, 하는 큰 소리와 함께 밤하늘에 커다란 불꽃이 피어났다. 마사치카는 그것을 보면서 계속 뛰어갔다. 기둥문을 지나, 돌계단을 내려가서, 자갈이 깔린 조그마한 주차장에 도착하자, 그제야 걸음을 멈췄다.

그 주차장은 약간 고지대이기에, 거기서는 바닷가 마을의 야경과…… 밤하늘에 피어난 불꽃을 볼 수 있었다.

"……."

아무 말 없이 주차장 안을 걸어서 나무 울타리 앞으로 이동한 후에야, 마사치카는 아리사의 손을 놔줬다. 그리고 나란히 서서 잠시 불꽃을 올려다봤을 때, 아리사가 갑자기 「저기」 하고 험악한 목소리로 말했다.

"응?"

고개를 돌리자, 언짢은 표정으로 노려보는 아리사의 모습이 눈에 들어왔다. 하지만 마사치카는 그 이유를 알기에 딱히 동요하지 않았다.

"무슨 속셈이야?"

"속셈? 그런 거 없는데?"

"윽! 시치미 떼지 마……. 네가 꽝을 안 뽑았다는 걸 알

아. 그런데 왜 진 척한 거야?"

타코야키 중에 고추냉이 타코야키가 없다는 것은 아리사 본인이 누구보다 잘 안다. 즉, 마사치카는 아까 연기를 해서…… 아리사에게, 승리를 양보한 것이 된다. 아리사가 눈을 부릅뜨며 무슨 속셈인지 캐묻자, 마사치카는 전혀 동요하지 않으며 고개를 갸웃거렸다.

"그럼, 나도 뭐 하나 물어보겠는데 말이야."

"……뭔데?"

"너는 왜, 진 척을 하려고 한 거야?"

마사치카의 그 말을 듣고, 아리사는 눈치챘다. 자신의 계략이, 의도가, 전부 들통났다는 것을 말이다. 눈을 치켜뜬 아리사가 볼을 붉히자, 마사치카는 씨익 웃었다.

"푸하하~. 나한테 한 방 먹여줄 생각이었나 본데, 한 10년은 일러."

마사치카는 의기양양하게 웃은 후, 표정을 풀며 온화한 눈길로 아리사를 응시했다.

"위로해주려고 해서 고마워. 하지만, 진짜로 괜찮아. 너의 그 마음만으로도, 나는 정말 기뻐."

마사치카가 진지한 어조로 그렇게 말하자, 아리사는 한동안 입을 벌렸다 다물기를 반복했지만…… 이윽고 미간을 찌푸리며 삐친 듯 불꽃을 올려다봤다. 그 모습을 본 마사치카 또한 쓴웃음을 머금으며 불꽃을 쳐다보았다.

그리고 한동안, 두 사람은 아무 말 없이 불꽃을 응시했다. 밤하늘을 수놓은 화려한 빛과, 공기를 뒤흔드는 폭발음. 그것들을 온몸으로 느끼며, 아리사는 속삭이듯 말했다.

"……아름답네."

"그래."

아리사의 말을 듣고 고개를 끄덕이던 마사치카는 퍼뜩 이런 생각을 했다.

(아, 맞다. 방금은『네가 더 아름다워』하고 말하는 게 클리셰 아닌가?)

그렇게 생각한 마사치카는 아리사를 힐끔 쳐다봤다. 형형색색의 불꽃을 받으며 어둠 속에서 떠오른 아리사의 얼굴은, 무심코 한숨을 내쉴 만큼 아름다웠다. 하지만…….

(으음…… 그래도 잘 안 보이네. 역시 대낮에 밝은 곳에서 보는 편이 더 아름다울 거야.)

마사치카의 머릿속에서는 정서 같은 것과는 거리가 먼 감상이 떠올랐다. 하지만 그와 동시에, 약속을 지킬지 말지 생각했고…… 마사치카는 시선을 돌리더니, 힘차게 쏘아 올려진 불꽃이 터지는 타이밍에 맞춰서 말했다.

아름다워
"Ты красивая."

그 중얼거림은, 밤하늘을 뒤흔드는 커다란 소리에 삼켜졌다. 아리사의 얼굴을 힐끔 쳐다보며 자신이 한 러시아어를 듣지 않은 건지 확인한 마사치카는, 낯간지러운 느낌을 받으며 고개를 돌렸다.

(우, 오오오오오오오~~! 부끄러워어어어~~~~! 이런 짓을 용케 하네!)

표정을 무너뜨리지 않으려고 어금니를 깨문 마사치카는 그 낯간지러운 느낌을 필사적으로 참았다. 그런 그의 오른쪽 어깨에…… 누군가가 손을 올렸다.

(어—?)

어깨를 두드리는 건 줄 안 마사치카가 그쪽을 돌아보니…….

"으응—."

마사치카의 볼에, 아리사의 입술이 닿았다. 볼을 통해 아리사의 입술과 코끝의 감촉이 확연하게 느껴졌다. 그 명백한 키스의 감촉에, 마사치카는 돌이 된 것처럼 굳어버렸다. 뇌가 완전히 얼어붙더니, 불꽃 소리조차 들리지 않았다.

제 기능을 못 하는 마사치카의 귀에 쪽 하는 희미한 소리가 전해지더니, 아리사가 천천히 몸을 뗐다. 그제야 눈만 움직여 아리사를 쳐다보니, 부끄러운 듯 입가를 일그러뜨린 아리사가 도발적인 미소를 지어 보였다.

"나한테 한 방 먹여줄 생각이었나 본데…… 다음에 뭐라고 했더라?"

아리사는 귀밑머리를 만지작거리면서 의기양양한 어조로 말했다. 마사치카는 그 말을 듣고 아까 자기가 했던 말과 유키가 내렸던 명령을 떠올렸지만, 아리사의 키스에 충격을 극심하게 받은 탓에 머리가 잘 굴러가지 않았다.

"아니, 너—."

마사치카가 볼을 손에 댄 채 말을 잇지 못하자, 아리사는 우쭐대는 표정을 지으면서 턱을 들어 올렸다.

"그럼, 마사치카는 어디에 키스를 해줄 거야?"

그 말을 들은 순간, 마사치카는 눈을 치켜뜨며 숨을 삼켰다.

(만약—.)

만약 이 상황에서 아리사의 어깨를 움켜쥔다면…… 그녀는, 응해줄까?

그런 바보 같은 생각이 뇌리를 스쳤지만, 마사치카는 그것을 떨쳐냈다. 그리고, 역시 볼에 해야겠다고 생각했지만…… 어둠 속에 떠오른 아리사의 아름다운 얼굴을 본 순간, 무리라고 생각했다.

저 새하얀 피부에, 자신의 입술을 댄다. 그런 모독적인 행위는 절대 해선 안 된다는 생각이 들었다.

그렇게 생각하니, 손등에 키스하는 것도 주저됐다. 그럴 거면 차라리 옷 위에…… 하고 생각했지만, 상대의 물건에 키스하는 것도 변태 같았다. 그렇다고 자기만 키스를 거부하는 것도 남자답지 못하단 생각이 들었고…….

"으~~~~!"

몇 초 동안 어마어마하게 갈등한 끝에, 마음을 굳힌 마사치카는 아리사에게 다가가서 그녀의 귓가로 오른손을 가져갔다.

"으응……."

마사치카의 손가락이 귀에 닿자, 아리사는 간지럽다는 듯 한쪽 눈을 감았다. 하지만 곧 표정을 고치더니, 마사치카의 얼굴을 똑바로 응시했다. 그런 그녀의 눈을 응시하면서, 마사치카는 오른손을 아래쪽으로 가져가서 아리사의 머리카락을 들어 올리더니…… 머리카락 끝에, 자신의 입술을 댔다. 그리고, 바로 머리카락에서 손을 뗐다.

(으으으~~~~!!!!!!)

그 직후, 마사치카는 머릿속으로 마구 몸부림을 쳤다. 자기가 취한 행동 탓에, 수치심이 한계 돌파를 하고 말았다.

(아니, 머리카락! 냉정히 생각해 봐도, 머리카락은 아니잖아! 어쩌면 가장『단, 미남 한정』인 포인트일지도 모른다고오오오—!!)

피부에 키스하는 건 절대로 무리라는 확신이 들어서, 고육지책으로 머리카락을 선택했지만…… 곰곰이 생각해 보니 되게 눈꼴사나운 짓을 한 걸지도 모른단 생각이 들자, 마사치카는 머릿속에서 벽에 박치기를 했다.

"후, 후훗."

그런 와중에 작은 웃음소리가 들려오자, 마사치카는 머

뭇머뭇 눈을 떴다. 그러자, 아리사가 입가에 손을 댄 채 우스워 죽겠다는 눈길로 마사치카를 올려다보고 있었다.

“후훗…… 한순간, 입술에 키스하나 했더니…… 머리카락에 한 거야?”

“……시끄러워. 미안하지만, 나는 겁쟁(치킨)이라고.”

수치심에 약간 삐친 마사치카는 고개를 휙 돌렸다. 그런 마사치카를 보고 미소가 더욱 진해진 아리사는 키스를 받은 머리카락을 들어 올리더니…… 그가 곁눈질로 쳐다보는 가운데, 그 머리카락에 자신의 입술을 댔다.

“아, 니—.”

마사치카가 경악을 금치 못하며 눈을 치켜뜨자, 아리사는 씨익 웃었다.

“겁쟁이.”

그리고 도발하듯 그렇게 말한 아리사는 갑자기 마사치카의 팔을 잡았다. 마사치카와 팔짱을 끼며 몸을 맞대더니, 불꽃을 올려다보며 그의 어깨에 머리를 얹었다.

“정말, 파트너가 여자 마음을 너무 몰라서 문제라니깐.”

그리고 어처구니없다는 어조로 그렇게 말하면서도, 얼굴에는 장난기로 가득 찬 미소가 어려 있었다. ……그, 얼굴을 보자…….

(아아, 그래…….)

마사치카는 깨닫고 말았다. 깨달을 수밖에, 없었다.

(아랴, 너는—.)

쭉, 눈을 돌려왔다. 하지만 이제 와서는, 그럴 수 없다. 더는…… 눈치채지 못한 척, 할 수 없었다. 아리사에게서 느껴지는— 자신을 향한, 연심을 말이다.

그것을 눈치챈…… 마사치카는, 가슴이 옥죄어드는 느낌을 받았다.

(……하지만, 나는—.)

마사치카는 주먹을 꾹 말아 쥐며, 하늘을 올려다보았다. 아까까지만 해도 그저 아름답게 느껴지던 불꽃이, 지금은 어째선지 덧없이 느껴졌다.

그런 마사치카의 마음을 모르는 듯, 화려한 불꽃은 밤하늘을 오색찬란하게 수놓고 있었다. 그 덧없고 아름다운 빛이, 나란히 선 두 사람의 그림자를 지면에 드리웠다.

에필로그 잊어선 안 되는 과거

"어머, 마사치카. 외출하니?"

"응, 나갔다 올게."

"그래. 조심해서 다녀하렴."

"응, 다녀오겠습니다."

마사치카는 할머니에게 손을 흔들며 집을 나섰다. 학생회 합숙을 마친 후, 조부모님의 집에 온 마사치카는…… 이날, 어떤 결의를 품으며 어느 장소로 향하고 있었다.

"……좋아."

작은 목소리로 그렇게 말하며 결의를 다진 마사치카는 뜨거운 햇살 아래를 천천히 걷기 시작했다.

"……."

학생회 합숙 때, 마사치카는 자신을 향한 아랴의 연심을 눈치챘다. 그 연심의 크기까지는 알 수 없다. 본인도 자각하지 못할 만큼 어렴풋한 연심일까, 본인도 깨닫고 있을 만큼 확고한 연심일까……. 후자라면 아리사는 연인 관계가 되고 싶다는 소망을 가지고 있는가, 없는가. 그것은 마사치카가 알 수 없지만, 눈치를 챘으니, 예전처럼 모르는 척 넘어갈 수는 없다.

아니, 모르는 척을 하더라도…… 그 전에, 자신의 마음과 의지를 확인해야 한다고 생각했다. 아리사의 호의에…… 어떻게, 답할지를 말이다.

(나는…… 아랴를, 좋아하는 걸까?)

그 질문은 합숙 이후로 몇 번이나 자기 자신에게 물었다. 좋아하는지 싫어하는지를 묻는다면, 당연히 좋아했다. 그뿐만 아니라, 애정에 가까운 감정 또한 품고 있다. 그뿐만 아니라…… 사랑의 두근거림 또한, 느낀 적이 있다. 하지만…….

(모르겠어…….)

그것이 진정한 사랑이냐고 누군가가 묻는다면, 마사치카도 알 수가 없었다. 아니, 알려고 하지 않는다, 는 것이 올바른 답일지도 모른다. 그 이유는, 본인도 잘 알고 있었다.

(사랑에 대해, 생각하면…….)

어쩔 수 없이, 떠올리고 만다. 한때 좋아했던, 그 애를 말이다. 그리고 그 애를 잊은 자기 자신을 혐오했고, 자신의 연심을 믿지 못하게 된 결과…… 결국, 모르는 척을 해왔다. 그런 식으로, 마주하지 않으며 도망쳐왔다.

(하지만…… 그래선, 안 돼.)

이제는, 도망치는 것을 관둬야만 한다. 더는 그 애를 사랑으로부터 도망치는 이유로 삼아선 안 된다. 과거의 사랑과 결판을 내고…… 앞을, 쳐다봐야만 한다.
못난 자신에게, 연심을 품어주는 이가 있다. 못난 자신에게…… 용기를 준, 선배가 있는 것이다.
『쿠제는, 남을 사랑할 수 있는 사람이야.』
상냥하게 포옹을 받으며 들은 그 말을 가슴에 품으며, 마사치카는 걸음을 내디뎠다. 그 애와의 추억으로 가득 차 있는…… 그 공원으로 향했다.
"으……."
공원에 다가갈수록, 눈에 익은 길을 나아갈수록…… 마사치카의 마음이 삐걱거리며, 혐오감과 거부감을 쉴 새 없이 토해냈다. 각오를 다졌는데도 발은 무거워졌고, 「역시 돌아갈까」, 「다음 기회로 미루자」 같은 부정적인 생각이 고개를 치켜들었다.
그런데도, 마사치카는 걸음을 내디뎠다. 더위와 상관없이 배어 나오는 진땀과, 복부에서 소용돌이치고 있는 기분 나쁜 감촉을 참으면서……. 평소에는 10분 만에 도착할 거리를 30분 넘게 이동한 끝에, 드디어 도착했다.
"……그래, 여기야."
그 공원의 입구를 본 순간, 마사치카는 불가사의할 정도로 마음이 진정되는 느낌을 받았다. 뭐랄까, 정체를 알 수 없는 두려움의 대상이, 실체를 얻은 탓에 두렵지 않게 된 듯한…… 그런 느낌이다. 갑자기 마음이 진정되자, 마사치카는 약간 김이 샌 느낌을 받았다.

(그렇게…… 기피할 필요는 없었던 걸까……?)

어쩌면 가장 많은 추억이 담겨 있는, 놀이기구가 잔뜩 있는 그 광장이 아니라서 그런 걸지도 모른다. 그 애와 항상 만난 그 장소는 이 커다란 공원 전체 중 일부이며, 여기서 산책길을 따라 부지 반대편까지 가야 도착한다.

"……뭐, 차례차례 가보도록 할까."

되뇌듯이 그렇게 혼잣말을 한 마사치카는 그 가벼운 어조와 달리, 강렬한 각오를 담으며 한 걸음 내디뎠다.

놀러 온 가족이나 조깅 중인 남성이 오가는 산책길을, 주위를 둘러보면서 천천히 나아갔다.

(아, 저기는…… 그 애와 프리스비를 했던 곳이야.)

나무로 둘러싸인 커다란 광장을 본 마사치카는 과거의 기억이 되살아났다. 그렇게 주위를 둘러보자, 그 애와 함께 한 추억이 차례차례 되살아났다.

(저기는 숨바꼭질을 할 때마다 내가 숨던 곳…… 아, 저 롤러 미끄럼틀은 그 애와 자주 같이 탔었어……)

하나같이 딱히 특별한 것 없는, 어린이의 평범한 놀이다. 하지만 그런 어린이다운 놀이를 멀리하며 살아왔던 당시의 자신에게 있어, 그녀와 보낸 나날은 항상 눈부시게 빛났다. 그녀에게 받은 순수한 칭찬이, 자신을 똑바로 바라보는 푸른 눈동자가, 그 무엇보다도 기분 좋았다. 그 덕분에, 어머니에게 실망하며 차갑게 식은 마음이 열기를 되찾았다. 그녀를 위해서라면, 뭐든 할 수 있을 것 같은 느낌이 들었다.

(이 길…… 맞아, 여기서 개한테 공격을…….)

뜻밖일 정도로 평온하게, 담담하게 과거를 추억했다. 그 애와 보낸 나날은 역시 아름답게 빛나고 있었으며…… 그 빛에, 가슴이 옥죄어들지는 않았다. 상실감에 괴롭지도 않았다. 그런 자기 자신에게 내심 안도한 마사치카는…… 문뜩 눈에 들어온 분수 광장을 보고, 우뚝 멈춰 섰다.

(여기, 는…… 그 애와, 헤어진…….)

그것을 눈치챈 순간, 마사치카의…… 마음속 깊은 곳에 봉인되어 있던, 기억의 문이 열렸다.

◇

【마사아치카.】

【왜?】

평소처럼 둘이서 함께 논 후. 평소 애칭으로 자신을 부르는 그녀에게, 오랜만에 그 이름으로 불린…… 마사치카는, 무슨 일인가 싶어 돌아보았다.

그러자, 언제나 밝던 그 애가, 왠지 어두운 표정을 지으며…….

"________."

그렇다. 뭔가…… 충격적인 말을 했다. 러시아어가 아니라, 일본어로 말이다.

그 말에, 마사치카는 망연자실했고…… 정신을 차려 보니, 그 애는 사라졌다.

뭔가 잘못된 것이 아닐까. 다음에 만나면 이야기를 들어보자. 그렇게 생각하며 다음 날에도 이 공원에 왔지만, 그 애는 없었다.

그 후로 몇 번이나 이 공원에 와서 찾아봐도, 그 애는 없었고……「오늘은 만날 수 있지 않을까」,「오늘은 못 만났어. 하지만 내일은……」같은 헛된 기대와 허무한 실망을 몇 번이나 반복하며 한 달이 흘렀을 때. 불쑥「그래. 이제 그 애를 만날 수 없구나」라는 것을 깨달았다.

그로부터 얼마 후에 조부모님의 집에서 스오우 가문으로 돌아가게 됐고, 아버지에게서 어머니와 이혼한다는 말을 들었다. 그 순간, 뇌리에 과거의 기억이 떠올랐다.

『우와아, 멋져!』

그것은…… 언제 일일까. 아마 유치원생 때였을 것이다. 경찰관을 보고 그렇게 말하는 어린 마사치카에게, 아버지는 말했다.「그렇지? 실은 아빠도 옛날에는 경찰관이 되고 싶었단다」하고 말이다.

『왜 안 된 거야?』

마사치카가 어린애다운 순수한 질문을 던지자, 아버지는 약간 안타까운 미소를 머금으며 말했다.

"꿈보다 소중한 것을 찾았거든."

당시에는 그 말의 의미를 몰랐지만, 그 후에 스오우 가문은 대대로 외교관을 배출한 가문이라는 것을 알았다. 아버지는 어머니와 결혼하기 위해, 자신의 꿈을 버리고 외교관이 된 것이다.

그 사실을 안 마사치카는 감동했다. 아버지가 말한 꿈보다 소중한 것은 바로 어머니였다. 아버지는 자신의 꿈보다, 사랑하는 여성을 우선한 것이다. 멋지다. 아버지는 참 멋진 사람이구나, 하고 생각했다. 어린 마음에 그런 식으로 존경하기까지 했다. 하지만…….

『미안하구나, 마사치카. 아빠와 엄마는 이제부터 따로 살기로 했단다.』

하지만…… 왜, 어머니는 아버지의 헌신을, 노력을, 배신하는 걸까. 왜 아버지의…… 내 노력에, 답해주지 않는 걸까.

『알았어.』

알 필요는 없다. 이해할 필요 따위 없다. 어머니는…… 어머니는, 자기 남편과 자식에게 사랑을 쏟을 줄 모르는 사람이었을 뿐이다. 그것으로 충분하다.

『그럼, 나는…… 아버지를 따라갈래.』

이제 모르겠다. 더는 못 해 먹겠다. 전부 부질없었다. 어머니의 시선을 갈구하며 노력해온 나날은, 아무런 가치도 없었다. 전부, 하나같이 쓰레기다. 그러니 다 버리겠다.

아무리 노력해도 답해주지 않는 어머니도, 그런데도 노력을 강요하는 할아버지도, 아버지가 꿈을 포기하게 만든 이 집도. 전부 버려주겠다. 나에게는 아버지와, 동생인 유키만 있으면 된다. 앞으로는 두 사람만을 가족이라 여기며 살아가겠다. 아버지와 유키만 있으면, 나는…….

『미안해, 오라버니. 나는…… 이 집에 남을래.』

하지만 여동생의 방으로 찾아가자…… 침대에서 몸을 일으킨 유키는 조용히, 그러면서도 망설임 없는 어조로 그렇게 말했다.

예상조차 못 했던 말이었다. 여동생이 뜻밖에도 강렬한 의지를 내비치자, 나는 당황했다.

『천식을 걱정하는 거야? 걱정하지 마. 이 집을 나가서 산다고 천식이 심해지지는 않을 거야. 돌봐줄 사람이 필요하다면, 아야노도 같이…….』

당황한 마사치카는 초조함에 사로잡힌 채 유키를 설득했다. 하지만 유키는 고개를 끄덕이지 않았다.

『어째서! 이 집에 있어도 좋을 게 전혀 없잖아! 이런 집은 확 내버리는 편이 나아!』

감정에 사로잡혀 어머니와 할아버지를 험담하는 나에게, 유키는 쓸쓸한 미소를 지어 보이며…….

『하지만…… 내가 이 집을 떠나면, 어머님이 외톨이가 될 거야.』

단 한 마디, 그렇게 말했다. 그 말과, 그 표정을 접한 나는…… 더는 아무 말도 할 수 없었다.

그 순간, 이해하고 말았다. 항상 지켜줘야만 한다고 생각했던 병약한 동생은…… 나보다 훨씬 어른이며, 나보다 훨씬 강한 의지와, 깊은 애정을 지니고 있었다.

나는 갑자기 스스로가 부끄러워졌다. 감정에 사로잡혀 소리치고, 육친을 비난한 보잘것없는 자신이 참 꼴사납다는 생각이 들었다. 하지만 스오우 마사치카의 조그마한 자존심이, 그 사실을 받아들이는 것을 거부했다.

『그럼, 멋대로 하라고!』

나는 마음 한편으로 꼴사나운 짓을 거듭하고 있다는 것을 눈치챘으면서도, 그렇게 말하며 유키의 방에서 나왔다. 그리고 유키와 만나지 않으며「그 애가 사과하러 올 거야」,「유키가 나와 떨어지려고 할 리 없어」,「사과만 하면, 오빠로서 용서해주자」같은 독선적인 생각을 하며 하루하루를 보냈다. 그리고 찾아온 작별의 날, 어머니 옆에 선 여동생을 보고서야 자신의 어리석은 착각을 깨달았다.

버린 사람은, 분명 자신이다. 그런데 왜, 버림받은 기분이 드는 걸까. 상쾌함과는 거리가 먼, 가슴속에서 찬 바람이 부는 듯한 공허함을 느끼면서, 나는 망연자실하게 스오우 가문을 떠났다. 옆에서는 아버지가 미안하다는 듯 나에게 계속 사과를 하고 있었다.

그 후, 한동안은 무미건조한 나날이 이어졌다. 할아버지의 기대도, 그 애의 칭찬도, 수많은 과외를 받을 필요도 없는, 평온한 나날을 보냈다. 뭘 하면 될지, 자신이 뭘 하고 싶은지도 모른 채, 그저 허무하게 하루하루를 보내다…… 초등학교 6학년이 되어서 어느 중학교에 갈지 생각하게 됐을 때, 문뜩 생각했다. 그래, 세이레이 학원에 가자, 하고 말이다.

그것은 일종의 복수였다. 할아버지가 들어가기를 바라던 그 학교에, 스오우 가문의 힘을 빌리지 않고 입학하겠다. 그래서, 할아버지와 어머니에게 똑똑히 알려주는 것이다. 당신들이 놓친 물고기가 이렇게 컸다는 것을. 당신들의 어리석은 행동 탓에, 그 누구보다 뛰어난 후계자를 잃었다는 것을…….

그런 삐뚤어진 동기로 뒤늦게 수험 공부를 시작한 나는…… 당당히, 세이레이 학원에 입학했다.

어때? 봤지? 이런 학교는 반년만 공부하면 들어갈 수 있다. 역시 나는 대단해. 특별하다고…… 그런 오만함에 사로잡힌 채, 의기양양하게 참가한 입학식. 그 자리에서, 수석 입학자로서 신입생 대표 인사를 맡은 건…….

『여러분, 만나서 반갑습니다. 저는 이번에 신입생 대표를 맡게 된, 스오우 유키라고 해요.』

자신이 스오우 가문에 두고 온, 여동생이었다.

나무랄 데 없는 완벽한 몸가짐과 당당한 태도를 뽐내며, 여동생은 인사를 했다. 건강한 몸을 손에 넣고, 멋지게 성장한 그 모습을 보자…… 나는, 자신이 특별하지 않다는 것을 드디어 깨달았다. 나는, 얼마든지 대체가 가능한 존재였다. 진정으로 가치가 없는 건…… 진짜 쓰레기는, 나 자신이었다. 언제나 감정적이고, 언제나 타인을 동기로 삼았다. 타인에게 의지하고, 타인을 이유로 삼지 않으면, 아무것도 할 수가 없었다. 게다가 멋대로 의지해놓고, 상대방이 예상과 다른 반응을 보이면 멋대로 실망했고…… 육친을 사랑하지도 못했으며, 사랑하는 여동생에게 전부 떠넘기고 말았다.

그런 못난 오빠에게도, 동생은 상냥했다. 오빠가 부담을 느끼지 않도록 항상 바보 같고 오타쿠스러운 표정을 보였으며, 숨김없이 호의를 표현했다. 동생은 스오우 가문의 후계자라는 막중한 책임을 짊어지고 있으면서도, 가족의 유대까지 지키려 했다. 그 큰 그릇과 눈부시게 빛나는 영혼을 볼 때마다, 나는—.

◇

"하아……."

분수 광장의 벤치에 앉아서, 욱신거리는 가슴에서 우러나온 한숨을 쥐어짜 냈다. 최악의 기분이었다. 그 애와의 작별로 시작해서 연쇄적으로 생각난 과거의 기억은, 정말 괴로웠다.

"죽고 싶어……."

자신이 아리사를 좋아하느냐, 같은 단순한 문제가 아니었다.

애초에…… 왜 자신이 아리사에게 걸맞은 존재라는 자만에 빠진 걸까. 텅 비어 있는 조그마한 그릇을 감싸 안은 채 의지할 수 있는 누군가를 찾아 헤매고 있을 뿐인 자신이, 과연 그녀에게 걸맞은 존재라고 할 수 있을까.

"……바보 같아."

애초에, 자신에게는 그녀를 좋아하는지 생각해볼 자격 같은 것이 아예 없는데 말이다. 찬란히 빛나는 영혼을 지닌 사람들에게 둘러싸여 있다 보니, 자신 또한 그들과 마찬가지라는 착각에 빠지기라도 한 것일까.

"……쓰레기 주제에……."

자기 자신을 향한 욕설이 입에서 흘러나왔다. 과거의 자신을 떠올려 보니, 상상 이상으로 구제 불능인 망할 꼬맹이였다. 쭉…… 이제까지 쭉, 모든 잘못은 어머니에게 있다고 생각했다. 하지만 그렇지 않았다.

지금이라면 알 수 있다. 그 가족을 망가뜨린 직접적인 원인은…… 다름 아닌, 자기 자신이다. 그때까지, 다들 나름 생각하는 바가 있더라도 가족의 형태를 망가뜨리는 짓은 하지 않으려고 배려했다. 어머니 또한 아버지에게 짜증을 내는 모습을 자식들에게 보여주지 않으려 하며, 최후의 선은 지켰다.

하지만…… 마사치카만은, 그 선을 넘고 말았다. 어머니를 향한 증오를, 반발을 숨기려 하지 않았다……. 아마 그 바람에, 부모님은 이혼했을 것이다. 더는 가족의 형태를 지키는 것이 무리라고 판단한 것이다. 그 바람에 뿔뿔이 흩어지고 말았다……. 마사치카가 갈가리 찢어버린 가족의 유대를, 지금은 유키가 필사적으로 지키고 있다. 누구보다 가족을 사랑하는 동생이, 스오우 가문의 후계자라는 무거운 책임까지 짊어지고 있으면서…….

"윽!"

마사치카는 갑자기 울고 싶어졌다. 가슴이 떨리면서, 눈시울이 시큰거렸다. 그것이 못난 자신 때문인지, 사랑스러운 여동생 때문인지, 혹은 연민 때문인지…… 답은 알 수 없었다. 답을 모르는 채, 이를 악물며 눈물을 참았다. 지금은 유키를…… 그녀의 조그마한 몸을, 힘껏 꼭 끌어안고 싫어졌다.

"……하아."

다양한 감정이 뒤섞인 한숨을 내쉰 후, 마사치카는 벤치에서 몸을 일으켰다. 원래 목적은 그 애와의 추억이 어린 장소를 돌아보며, 과거의 사랑에 마침표를 찍는 것이었지만…… 아직 그것을 달성하지는 못했다. 하지만 이미 충분하다는 생각이 들었다.

애초에, 자신은 아리사에게 걸맞은 존재가 아니다. 아니, 자신은 그 누구에게도 걸맞지 않다. 가족을 증오한 나머지, 가족을 붕괴시킨 자신은……. 하나뿐인 사랑하는 동생을, 지키지 못한 자신은……. 새로운 가족의 유대를…… 그것으로 이어질 애정을, 거머쥘 자격이 없다. 거머쥐어도…… 그것을, 소중히 여기지 못할 테니 말이다.

"……돌아가자."

마사치카는 그렇게 혼잣말을 중얼거린 후, 걸음을 내디뎠다. 한여름의 햇살은 피부가 따끔거릴 정도로 뜨거웠지만, 그 열기가 느껴지지 않을 정도로 몸속의 심지가 차갑게 식었다. 마치 내장이 차가운 점토로 바뀐 것처럼 느껴질 정도였다. 온몸이 진흙처럼 무겁고, 기분 또한 매우 나빴다.

마사치카는 산책길을 따라 느릿느릿 걸음을 옮겼다. 그리고 갈림길에 도달하자, 그는 멈춰 섰다.

"……."

오른쪽 길로 가면, 공원 출구다. 왼쪽 길로 가면, 그 애와의 가장 큰 추억이 깃든 곳으로…… 그 애와 가장 오랜 시간을 보낸, 수많은 놀이기구가 있는 그 광장으로 가게 된다. 마사치카는 잠시 망설인 후…… 천천히 왼쪽 길로 향했다. 이유는 본인도 몰랐다. 두 번 다시 이곳에 오지 않도록, 이참에 공원을 전부 돌아볼 생각일까……. 아니면 될 대로 되라는 심정으로, 자신의 마음을 더욱 깊이 헤집으려고 하는 것일까.

그 답을 모른 채, 마사치카는 걸음을 옮겼다. 무거운 고개를 푹 숙이고, 지면만을 뚫어지게 쳐다보면서 말이다. 이윽고 잘 포장된 산책길은 자갈이 섞인 모래땅으로 바뀌었다. 천천히 고개를 들자, 생각했던 것보다 꽤 작은 광장이 눈에 들어왔다.

돌로 둘러싸여 있는 모래밭, 나란히 설치되어 있는 빨간색 그네 네 개. 그 뒤편에는 아이들이 도로로 갑자기 뛰쳐나오는 것을 방지하기 위한 울타리가 있으며, 그 너머는 차도가 존재했다. 어릴 적에는 저 조그마한 울타리 탓에 그 애의 곁으로 바로 뛰어가지 못하는 게 참 성가시게 느껴졌다. 그런 과거의 자신을 떠올리며 웃음을 흘린 마사치카는 왼편을 쳐다봤다. 그곳에는 곳곳에 구멍이 뚫린 돔 형태의 놀이기구가 있었다. 그리고 그 꼭대기에…….

"어—?"

눈에 익은, 사람이 있었다. 예상조차 못 한…… 이 자리에 있을 리 없는 인물을 보자, 마사치카의 사고회로가 정지됐다. 못 박힌 듯 선 마사치카가 멍하니 쳐다보자, 하늘을 올려다보고 있던 그 인물이 시선을 내렸다. 그리고 마사치카를 보고 몸을 일으키더니, 경사면에 발을 대며 반쯤 미끄러지듯 놀이기구에서 내려왔다.

그렇게 지면에 내려선 그 인물은 마사치카에게 천천히 다가왔다.

마사치카의 눈앞에 선 그녀의 얼굴에는, 그리움…… 그리고 안타까움이 묻어나는 미소가 어려 있었다. 그 모습을 보고 숨을 삼킨 마사치카에게, 그녀는 만감이 교차하는 어조로 말했다.

"오랜만이야—."

Масачка!

■ 작가 후기

안녕하십니까, SUN SUN SUN입니다. 후기에서의 이 인사 파트가 저의 가장 큰 고민거리입니다. 고민 끝에 내놓은 게 「안녕하십니까」냐, 란 태클은 사양하겠습니다. 보통 이런 건 고민하고 또 고민한 끝에 심플한 것을 고르게 되는 법이니까요. 즉, 이 짤막한 인사는 제가 심사숙고한 증거라고 할 수 있습니다. 10초나 고민했으니 틀림없습니다.

자, 저는 이번에 여러분께 사과드려야만 하는 게 있습니다. 그것은 바로 3권의 후기가 재미없었다는 점입니다. 요시카와 미키 선생님께서 제 작품을 추천해주셨다는 사실이 너무 기쁜 나머지, 재미를 충분히 추구하지 못했습니다. 그러면 안 되는데 말이죠. 왜냐하면 저는 소설가입니다. 소설가의 일은, 문장으로 독자의 마음을 움직이는 겁니다. 그렇다면, 후기에서도 최대한 독자 여러분을 웃기는 걸 목표로 삼아야 하지 않을까요? 그런 짓을 하는 소설가를 본 적이 없다는 건 제쳐두고 말이죠.

뭐, 제가 읽는 라이트노벨은 하나같이 유명 작품이니까요……. 저명하신 작가 선생님은 분명 진지하게 후기를 쓰시겠죠. 저처럼 대충 머릿속에 생각난 문장을 휘갈겨놓고, 「자, 다 썼다. 끝~」 하며 편집자님께 휙 넘겨버리는 식으로 후기를 쓰지는 않으실 겁니다. 분명 고심에 고심을 더한 끝에, 심플한 후기를 완성하실 테죠. 바로 여기서 이번 후기 첫머리의 인사로 이어지는 겁니다. 이걸 복선 회수라고 하죠. 혹은 억지라고 부르기도 합니다.

아, 맞다. 지난번의 반성할 점이…… 하나 더 있군요. 그건 바로 책 앞날개 부분의 작가 코멘트입니다. 저는 3권의 작가 코멘트에서 「그건 허들이 아니라 장대니까, 적당한 높이로 다시 설치한다」라는 취지의 내용을 썼습니다. 하지만 그걸 쓴 후에 눈치챘습니다. 바로…… 보통 허들보다 장대가 더 높다는 충격적인 사실, 이죠. 제가 학창 시절에 허들 경주를 하면서 넘었던 허들은 마음만 먹으면 충분히 뛰어넘어갈 수 있는 높이입니다. 하지만 장대에는 그럴 수 없죠. 그것을 넘어가려면 벨리 롤을 해야 합니다. 벨리 롤이라고 하니 블루베리나 라즈베리로 만든 롤케이크 같습니다만, 여기서 말하는 벨리는 과일을 뜻하는 berry가 아니라 배를 의미하는 belly입니다.

전국의 중고생 여러분은 체육 높이뛰기 수업에서 우쭐대며 이 지식을 뽐내 주십시오. 만약 반 안에 「책에서 본 내용으로 되게 우쭐대네」 하며 무시하는 표정을 짓는 이가 있다면, 그 사람은 동지입니다. 작은 목소리로 몰래 「아랴 양은?」하고 물어보십시오. 진짜 동지라면 바로 「귀엽습니다」 하고 답할 겁니다. 그러면 바로 굳은 악수를 나누세요. 만약 「나는 유키가 좋아」 하고 대답한다면, 그 사람은 적입니다. 즉시 상대의 belly에 주먹을 꽂아주시죠. 때로는 주먹으로 이야기를 나눠야만 할 때도 있는 법입니다. 괜찮습니다. 주먹을 나눈 후에는 우정이 싹트는 법이니까요. 참고로 저는 그것을 실천에 옮긴 결과, 대학 시절의 은사와 친구뿐만 아니라 가족마저 잃었습니다. 이상하죠? 대체 뭘 잘못한 걸까요? 어쩌면 청춘 만화와 다르게 현실에서는 주먹으로 우정을 꽃피울 수 없는 걸지도 모릅니다. 일단 다음부터는 주먹으로 이야기를 나누는 것을 관두고, 무릎을 날려볼까 합니다(※착한 아이는 절대 따라 하지 말 것).

자, 아무짝에도 쓸모없는 이야기를 하다 보니 분량이 다 채워졌습니다. 마지막으로, 이번에도 이 책이 간행될 수 있도록 많은 도움을 주신 미야카와 편집자님. 바쁘신 와중에 이번에도 에로쿨럭쿨럭! ……멋진 일러스트를 잔뜩 그려주신 일러스트레이터 모모코 선생님. 아랴의 끝내주는 츤데레 표정 밸런타인데이 일러스트를 그려주신 사바미조레 선생님. 그리고, 게스트 일러스트를 그려주신…… 전설급 일러스트레이터, 이토 노이지 선생님. 마지막으로 이 책의 제작에 관여해주신 모든 분과 이 책을 읽어주신 독자 여러분에게, 진심을 다해 감사를 표합니다. 정말 고맙습니다!

그럼 다음 권에서 또 뵐 수 있기를 빌며, 이만 실례하겠습니다!

아랴양을
앞으로도
잘 부탁드려요

■ 역자 후기

안녕하십니까. 근로청년 번역가 이승원입니다.

이번에『가끔씩 툭하고 러시아어로 부끄러워하는 옆자리의 아랴 양』4권을 구매해주셔서 진심으로 감사드립니다.

어느새 2022년도 12월이 되었습니다.

독자 여러분께서는 올해 마무리를 잘 지으셨는지요.

저는 연말에 서울에 갈 일이 있었는데, 볼일 마치고 부산행 기차 탈 때까지 세 시간이나 남아서 서울역 근처를 관광했습니다.

서울역에서 옆을 보니 보행자 전용 공원이 보여서 올라갔고, 거기서 숭례문 보이는 방향으로 가다 보니 오른편에 남산 공원이 보이더군요.

부산 촌놈답게 사진 한 장 찍은 후(^^) 아래쪽에 보이는 숭례문 쪽으로 걸어가 보니, 이번에는 남대문시장이 보였습니다. 또 발길 따라 걷다 보니 어느새 명동이 보이더군요. 그리고 명동이란 이름이 붙은 칼국수집에 손님 많아 보여서 혼밥 한 끼하고 나니 시간이 적당히 흘러서 서울역으로 향했습니다. 서울 지리를 잘 모르다 보니, 텔레비전에 나오던 명소들이 이렇게 다 연결되어 있는 게 신기하게 느껴졌습니다. 그리고 정말 아무런 목적 없이 발길 닿는 대로 걷기만 하는 시간은 몇 년만에 보낸지라 정말 좋았습니다, AHAHA.

언젠가 기회가 된다면 더 느긋하게 서울 관광을 해보고 싶습니다!

그럼 『가끔씩 툭하고 러시아어로 부끄러워하는 옆자리의 아랴 양』 4권에 관해 이야기를 좀 해볼까 합니다.

스포일러가 포함되어 있을 수도 있으니 본편을 안 읽으신 분은 유의해주시길!

『가끔씩 툭하고 러시아어로 부끄러워하는 옆자리의 아랴 양』 4권은 여름 방학!

여름 방학다운 멋진 이벤트로 가득 채워졌습니다.

놀이동산, 공부 모임, 해수욕장, 불꽃 축제…… 그야말로 여름을 화사하게 꾸며주는 이벤트들의 온퍼레이드! 아랴 양만이 아니라 이제까지 등장한 다양한 캐릭터들의 새로운 일면을 볼 수 있어서 정말 좋았습니다.

분명 서브컬처에서 흔하게 접할 수 있는 이벤트인데, 거기에 아랴 양이라는 캐릭터를 접목시켜 자아낸 신선함은 작품의 재미를 한층 더 끌어내고 있다는 느낌마저 받았습니다.

그렇게 러브 코미디의 재미에 빠져있던 와중에 주인공의 어두운 과거사가 드러나더니, 아랴 양을 위협하는 최강의 적(^^)까지 등장! 러브 코미디로서의 재미만이 아니라, 앞으로의 전개도 기대하게 만드는 내용이었습니다.

독자 여러분께서도 이 한여름 이벤트를 재미있게 즐기셨길 진심으로 빕니다!

그럼 이만 줄이겠습니다.

L노벨 편집부 여러분, 항상 재미있는 작품을 맡겨주셔서 감사합니다. 앞으로도 잘 부탁드립니다!

오래간만에 서울에서 만난 지인 여러분. 참 즐거웠습니다. 일부러 찾아간 유명 돈가스집에서 퇴짜 맞고 정처 없이 돌다 들어간 피자 가게가 정말 끝내주게 맛있었습니다. 다음에도 고독한 미식가 놀이를 다 같이 하죠.^^

마지막으로 언제나 제게 버팀목이 되어주시는 어머니와 『가끔씩 툭하고 러시아어로 부끄러워하는 옆자리의 아랴 양』을 읽어주신 모든 분께 진심으로 감사드립니다.

아직 여름이 끝나지 않은 아랴 양, 그리고 최강의 적(?)의 활약상을 볼 수 있는 『가끔씩 툭하고 러시아어로 부끄러워하는 옆자리의 아랴 양』 4.5권 역자 후기 코너에서 다시 뵙겠습니다!

2022년 12월 중순

역자 이승원 올림

가끔씩 툭하고 러시아어로 부끄러워하는 옆자리의 아랴 양 4

1판 1쇄 발행 2023년 3월 10일
1판 4쇄 발행 2024년 8월 14일

지은이_ Sunsunsun
일러스트_ Momoco
옮긴이_ 이승원

발행인_ 최원영
본부장_ 장혜경
편집장_ 김승신
편집진행_ 권세라 · 최혁수 · 김경민 · 최정민
커버디자인_ 양우연
국제업무_ 박진해 · 조은지 · 남궁명일
관리 · 영업_ 김민원 · 조은걸

펴낸곳_ (주)디앤씨미디어
등록_ 2002년 4월 25일 제20-260호
주소_ 서울시 구로구 디지털로 32길 30, 코오롱디지털타워빌란트 1301-1308호
전화_ 02-333-2513(대표)
팩시밀리_ 02-333-2514
이메일_ lnovellove@naver.com
L노벨 공식 카페_ http://cafe.naver.com/lnovel11

ISBN 979-11-278-6767-6 04830
ISBN 979-11-278-6439-2 (세트)

값 8,500원

L NOVEL

©Midori Mitsuki 2022 ©Chinozo 2022
Illustration: Arusechika
KADOKAWA CORPORATION

굿바이 선언

미즈키 미도리 지음 | 아루세치카 일러스트 | Chinozo 원작 · 감수 | 김덕진 옮김

학교는 최소한으로만 가서 유급만 하지 않으면 돼.
그리고 평범하게 대학에 가고, 평범한 회사원이 되어…….
학교에 가지 않고 집에 틀어박혀 빈둥거리며 그런 평범한 미래를 상상했다.
하지만 고등학교 마지막 봄, 전대미문의 문제아에
천진난만하고 누구보다도 꿈을 향해 나아가는 너와 만나고 말았다.
정반대였을 두 사람이 만나 끌린다.
사랑과 꿈의 현실이라는 저울 위에 흔들리는 두 사람의 선택은……?

Chinozo의 히트곡
『굿바이 선언』이 청춘 스토리로!!!

NOVEL

라이트노벨의 새로운 빛! L노벨의 신간은 매월 10일에 발매됩니다. http://cafe.naver.com/lnovel11

의매생활 1~3권

미카와 고스트 지음 | Hiten 일러스트 | 박경용 옮김

고교생 아사무라 유우타는 부모의 재혼을 계기로,
학년 제일의 미소녀 아야세 사키와 남매로서 한 지붕 아래 살게 됐다.
너무 다가가지 않고, 대립하지도 않으며, 적절한 거리감을 유지하자고 약속한 두 사람.
가족의 애정에 굶주린 고독 속에서 노력을 거듭해왔기에
다른 사람에게 어리광 부리는 방법을 모르는 사키와,
그녀의 오빠로서 어떻게 대해야 할지 몰라 당황하는 유우타.
어쩐지 닮은 구석이 있는 두 사람은,
같이 생활하면서 차츰 편안함을 느끼게 되는데…….
이것은 언젠가 사랑에 빠질지도 모르는 이야기.

완전한 남이었던 남녀의 관계가 조금씩 가까워지며
천천히 변해가는 나날을 적은, 연애 생활 소설.

라이트노벨의 새로운 빛! L노벨의 신간은 매월 10일에 발매됩니다. http://cafe.naver.com/lnovel11

NOVEL